魔豆

城隍

賽米絲物語

4

〔完〕

蒼葵——著

城隍
賽米絲物語 4〔完〕

目錄

楔子

「原罪．憤怒」，又名薩麥爾，在地獄位居公爵之位。現今的地獄君主路西法到來之前，地獄由他和另外五大公爵各自佔地為王，直到天界的至高神派遣路西法前來，授命他成為統率地獄之主。

面對這突來的變故，薩麥爾無法心服，也容忍不了自己必須降為他人臣下。他毫不猶豫地聯合其餘公爵率兵抵抗，引發一場激烈的地獄戰爭。

但是，薩麥爾沒料到，路西法的力量遠超他們。在那份壓倒性的力量面前，陸續有公爵臣服了，最後只剩薩麥爾。

可即使失去同盟，薩麥爾仍舊頑強地不肯低頭，甚至還設下計謀，挾路西法之妻作為人質，以此要脅。

殊不知此舉卻是大大觸到路西法的逆鱗，引起他的震怒。

路西法的憤怒與報復是可怕的，他雷厲風行地掃蕩了薩麥爾所有勢力，活捉了薩麥爾。若不是其他公爵和天界使者極力勸阻，只怕薩麥爾會徹底灰飛煙滅，永不存在。

最後，路西法決定將薩麥爾的軀體和元神分解成數大塊，封印各處，以此為懲戒。

這段歷史被記載於天界史和地獄史之中，後世更將此役稱為「原罪戰爭」……

「但是，歷史上記載的就全部是眞的嗎？」合上厚重的書籍擱至一旁，一名令人想到森林妖精的少女從柔軟的椅墊中站起。

少女擁有一頭美麗的深藍長髮，平常總是隨性地綰在頸後，此刻則是將髮絲全部撥到肩前，露出潔白的肌膚和一朵盛綻於上的紅色薔薇刺青。

明明該是妖艷的圖案，卻莫名地散發一絲不祥。

少女的問話並沒有在這個華麗房間內獲得一點回應，可她似乎並不在意，只移動未著鞋履的雪白雙足，往房裡的角落走去。

那裡設置著一個奇異的碩大法陣，繁複的漆黑線條交織，勾勒出詭異的圖紋及難以辨認的字符。而在法陣中央，赫然蜷躺著一抹嬌小人影。

那是一名外貌稚幼的小女孩，烏黑的髮絲長長地披散在後。

像是沒有察覺到他人靠近，黑髮小女孩依然一動也不動，眼眸緊閉。

少女記得對方即使發現自己的處境多危險，仍是平靜凜然，筆直的目光彷彿能看穿一切，不爲任何事而屈服。

「噢，我眞喜歡妳的眼睛，要是能挖出來讓我收藏就好了，我一定會好好愛護它的。可惜，現在還不行……也許等之後吧。」穿著白洋裝的藍髮少女蹲在法陣之前，吐出清脆悅耳的嗓音，琥珀色的眼珠同時滲出一縷縷鮮紅。

很快地，那雙眼睛就變成紅色的結晶體。

少女的名字是亞瑟希兒，在因帕德休島，在賽米絲學園，她有個廣為人知的身分——一年B班的班導師。

多數人也知道，她還是一名在許久前，由一位魔法師製造出來的鍊金人偶；可是卻無人知曉，那位魔法師之名正是……薩麥爾。

「好了，妳先乖乖地沉睡吧，可愛的誘餌。」亞瑟希兒直起身子，回到先前的長椅旁。她用兩根纖白的指頭拎起剛剛閱讀的書籍，金邊文字在封面上排列出「地獄史」三字。

「將我主薩麥爾的元神和軀體分解並封印？這眞是個掩人耳目的謊言哪。」亞瑟希兒咯咯輕笑，彷彿在複誦一個有趣的笑話，「明明封印的只有軀體，分割的元神——也就是靈魂碎片，則被投入輪迴，與他人的靈魂結合，再次轉世。為了不讓他人知曉，用虛假的謊言覆蓋眞實。但是，我也得感謝……如果沒有此舉，我又如何能等到我主的甦醒？」

倏然間，亞瑟希兒拎住的書籍一角無預警地著了火，火勢一下擴大。

亞瑟希兒沒有露出吃驚的表情，只是鬆開手，任憑《地獄史》剎那間被燒得只餘灰燼。她轉過頭，潔白的臉上綻露出燦爛笑容，使得她看起來一點也不像鍊金人偶。

「準備好了嗎，亞瑟希兒？」走進房內的是一名擁有奇特髮色的男子，他的長髮紅似火焰，末端卻呈現耀眼的金黃，予人彷彿正在燃燒的錯覺。

光看髮色，或許會有人下意識脫口喊出一個在賽米絲學園裡幾乎人盡皆知的名字。

珠夏。

原罪·憤怒的繼承人，那頭火焰般的長髮正是最明顯的特徵。只不過，男子不是珠夏，他的外貌也比珠夏成熟多了，一雙眼睛亦不是緋紅色，而是淡淡的淺灰。

「是的，我的主人，一切都已準備完畢。」亞瑟希兒優雅地彎身行禮，一手貼於胸前，唇角揚著甜美的弧度，「我還特地送了禮物給學園長，如果不是他當初邀我來此，我也不會那麼快就碰上你。我相信，他一定能感到大大的驚喜。」

「我也相信，那一定會讓人相當愉快。」紅髮男子露出溫和的微笑，只是他的灰色眼瞳中卻透出一抹冷酷。

亞瑟希兒伸出雙臂，摟住了男子肩頭，那是她最愛的眼神。縱使面前的人如今被稱作「雷文哈特」，但那屬於薩麥爾的眼神，卻未曾改變過。

「亞瑟希兒，這眞是多麼諷刺又多麼愚蠢，不是嗎？」雷文哈特輕輕撫上亞瑟希兒的臉龐，溫柔地笑著，「建立賽米絲學園是為了封印我本體頭顱的遺骸，但誰會知道薩麥爾的靈魂碎片就在這裡，而且還是兩枚……我以爲原本只有我，沒想到洛樹·哈爾頓也是與我相同的存在。」

「不，你們不同，眞正繼承意志甦醒的人是你，洛樹只是註定要被吸收，好讓你更完整的純粹碎片，我的主人。」亞瑟希兒說。她退離雷文哈特數步，在他身前屈膝跪下，光潔的背部下有什麼欲突出、掙脫。

下一剎那，一對金屬翅膀伸展開來，纖薄的金銅色翅膀上折閃出美麗又銳利的光輝。

「為了你，我會親手挖出洛榭．哈爾頓的碎片。」藍髮的鍊金人偶狂熱地低語。

「而為了我們，我會燒去一切阻擋在前的障礙物。」雷文哈特的目光越過亞瑟希兒，落在前方的法陣上。

法陣內的黑髮小女孩依然意識全無，像是尊失去生命的瓷娃娃。

雷文哈特很滿意地看見法陣上有些黑線已化作實體，如同藤蔓蜿蜒在那細弱的四肢上，隨後竟緩緩隱沒，白皙皮膚上什麼也沒有留下。

雷文哈特輕揮一下手指，數盞赤紅火焰平空浮出。

在火焰的包圍照耀下，法陣起了奇異的變化。

亞瑟希兒那雙結晶似的紅色眼珠裡閃動一瞬的熱切和興奮，她瞧見地面上的碩大法陣變成一朵巨大的花。

那是美麗的漆黑薔薇，層疊花瓣往中心覆蓋，逐漸吞沒其中的嬌小身影。

「人沒有祕密便毫無價值，所以我送了妳一個祕密。」曾經是賽米絲學園一年C班班導師，同時亦是薩麥爾靈魂碎片的男子說。他就像以往授課時，聲音溫雅，臉上掛著微笑。

只不過，從沒有一位學生能目睹這抹笑。因為頭套會遮住他的臉，遮住他表面的溫柔與真正的殘酷。

「妳將會是這場遊戲中的最大驚喜。」雷文哈特微笑。

隨著這句低柔話語落下，黑色薔薇也全然閉攏，吞噬了雷文哈特費盡心機帶回來的強力籌碼。

來自異國的神祇，賽米絲學園的第一位東方交換生。

——城隍・艾草。

一 一級警報

布偶熊是被一陣尖銳的聲音驚醒的。

那聲音像尖嘯，像有人用指甲撓抓著玻璃，令人聽著心生不安。

布偶熊猛地睜開雙眼，從它舒服的床鋪上跳起來，下意識尋找聲音來源。很快它就找到了，床頭櫃上的通訊手環正一閃一閃地亮著刺眼的紅光。

同時，那陣尖銳的聲音仍舊不停歇。

「二級警報！二級警報！」通訊手環內傳出高分貝的機械合成音。

布偶熊一時間以為自己聽錯了，不然就是警報系統錯了。

開什麼玩笑，怎麼可能無緣無故就出現二級警報！

「現在可是凌晨啊咩！」布偶熊惱怒地抓起通訊手環，一點開光屏，傳來的消息令它呆愣當場。它試著眨眨眼，然後想起自己根本沒有眼皮。

下一秒，布偶熊立刻衝到衣櫃前。一打開，櫃裡卻不見任何衣服，而是另一扇閉闔的門板。

門上掛著一面門牌，寫著「機密室」。

「現在就要讓它們出來了嗎？」布偶熊像是自言自語，可緊接著它又開口。

「不，還不用。現在先去跟班導師會合，我們要準備徹查一些地方了。」

與布偶熊原本尖細如小孩的嗓音不同，這聲音是成熟的，屬於一名中年男人所有。

「咩，老子明白了！」這次布偶熊吐出的是自己的聲音，它簡直像是在跟另一人進行對談一樣。

大力關上衣櫃門，外形是鮮艷拼布熊，眞正身分是賽米絲副學園長的布偶熊轉頭望向窗外。

天亮了。

對於大部分賽米絲學園的學生來說，今日一如往常，是個平凡的上課日。

由於時間還早，多數人仍待在宿舍裡悠閒地享用早餐，或是做自己的事，誰也不會知道只有特殊時刻才開啓的學園大會議室，此時呈現一幅截然不同的光景。

吵吵嚷嚷的聲音宛如浪潮不停響起，但氣氛卻異常緊繃，幾乎讓人喘不過氣。

不僅如此，明明大會議室裡待了數十人，可卻只有一人在開口說話，其他聲音都是從光屛上傳出。

說話的是一名灰髮中年人，眼角和唇角的皺紋顯示出他愛笑又開朗的事實，然而眼下那張英俊面孔卻是笑意全無，只餘焦灼和嚴厲。

灰髮中年人的周身環繞著數十面大大小小的光屏，這些光屏無一不映出某處景色，還能見到不少人正忙碌地行動。

只要細觀就能察覺，那是賽米絲學園裡的各個角落，多半是室內。

而灰髮中年人正對著這些光屏上出現的人們，不時厲聲地發號施令。

「把辦公室徹底搜一遍，再小的角落都不能放過！」

「當然連他們在校的住宿處也要搜！」

「不，我指的是可疑的東西。清醒點，副學園長，一缸金魚並不能算在裡面！」

「做得安靜一些，盡量別被學生發現，這時候我們最不需要的就是更多騷動了！」

「導師時間如果開始，我會廣播用別的理由擋掉，讓學生們自習一節課！」

見光屏裡的人們各自忙碌，迅速投入工作，暫時無暇向自己報告後，灰髮中年男人——同時也是學園最高掌權者的學園長吐出一口氣，感到有絲疲累地抹把臉，坐進身後的椅子內。

他不明白，才一天光景，事情怎麼就變了樣？

光屏上忙個不停的男女們，其實是三個年級的班導師與其他專科教師。他們負責搜索的地區雖然不同，可探索內容卻和兩個名字脫不了關係。

——雷文哈特和亞瑟希兒。

一天前，他們還是一年C班和一年B班的班導師；但現在，他們卻成了引發學園二級警報的罪魁禍首！

賽米絲學園除了是培育菁英的教育機構外，它還有一個公開的祕密，那就是它也是封印「原罪・憤怒」頭顱的場所。

眾所皆知，冠有「憤怒」之名的薩麥爾在原罪戰爭反叛失敗後，便被地獄君主分解身軀，送往各處封印，以防有心人士藉以獲其力量，或是欲使其復甦，再造成世間戰亂。

長久時光過去，學園長善盡職責，可百密總有一疏。他萬萬沒想到，自己當初主動邀請任教的亞瑟希兒，竟是薩麥爾創造的鍊金人偶。就連倍受自己信賴的雷文哈特，也是薩麥爾靈魂碎片的轉世！

雷文哈特不但繼承了薩麥爾的意志甦醒，暗地裡利用黑暗元素的結晶謀劃學園內的連串騷動，最後還與亞瑟希兒聯手，對來自東方的艾草下咒，並且用計帶走了她。

如果只是雷文哈特和亞瑟希兒離開學園，那麼事情或許還好解決。偏偏他們帶走了艾草，賽米絲學園首位東方交換生，甚至是神祇身分的黑髮小女孩。

別說一個處理不好會引起東西兩界紛爭，在這之前，恐怕會先面臨學園內的危機。

想到這裡，學園長忍不住揉了下臉，想放鬆繃得僵硬的肌肉。他抬頭瞥視四周，慶幸大會議室裡的其他人正瞬也不瞬地緊盯著光屏上的動靜。否則在稍早之前，那些目光如同要刺穿他的身體，冰冷得讓他不禁有些發毛。

只不過，學園長有點想不透。這當中的六名黑衣白服男女就算了，他們是艾草的部下，護主之心情有可原。可是……另外幾名學生又是怎麼回事？

學園長的眉頭忍不住皺了起來，暗暗打量白髮紅眸的少年、金髮藍眼的天使、黑髮金瞳的男子，以及紅髮紅眸的青年。

雖說賽米絲學園人數眾多，但學園長卻也認得出這四位可是倍受矚目的出名人物。

他們分別是伊甸之蛇的後裔、大天使長米迦勒之徒、成進組的菁英天才——他當然也知道對方還是地獄三頭犬，他可沒老眼昏花——還有「原罪・憤怒」的繼承人。

他知道這幾人與艾草交情不錯，不過有必要用凌遲般的視線瞪他嗎？

學園長無論如何就是想不通這點。

「那表示他們和艾草的感情『不只是』不錯，學園長。」一道清冷的年輕聲音突然傳來，「請恕我直言，不只相思病無藥醫，蠢病我也是無法醫治的。」

學園長一愣，怔怔地望向也待在大會議室裡的橘髮少年——那人一身黑袍，外表青稚得有如學生，卻是不折不扣的校醫。

就在學園長驚悟到對方的言下之意，反射性想大喊出「等等，這是幾角戀啊？」、「還有我才不蠢！」之前，另外兩道聲音先一步截斷他的話。

「閉嘴，禿子！」

「吵死人了，學園長！」

披著白袍的黑髮女子與神情不耐的金髮男子幾乎是同時開口。

兩人氣勢凌厲，眼神銳利，當下讓學園長不禁閉上嘴巴。

等學園長想起自己才是最高職位者，而對方只是一A和一D的班導師，披著白袍、單看打扮比薩拉更像校醫的黑荊棘，已經冷冷地再說：

「別多說廢話了，現在重點是這個嗎？學園長，我對東西戰爭一點興趣也沒有。」

「恐怕薩麥爾……不，雷文哈特的意見不會和妳一樣。」學園長注意到洛樹陰沉的臉色，說到一半及時改掉稱呼。他猜想那名脾氣硬得出名的教師，不喜歡被人用「薩麥爾」稱呼——即使他體內也有著薩麥爾的靈魂碎片。

但與雷文哈特不同，洛樹並不具備本體的意志，只是純粹擁有過往記憶而已。

對於學園長來說，這令人鬆了口氣。否則他們要面對的就會是兩名薩麥爾了，那還真是完全讓人笑不出來的場景。

學園長並沒有追究洛樹隱瞞自己身分的事，因爲他清楚洛樹比誰都還渴望封印維持下去的強烈意志——爲了保護現今所擁有的人生。

「我曾告訴雷文哈特，人無祕密便毫無價值，我現在幾乎能想像出他嘲弄的表情了。」學園長喃喃地說。

身旁的校醫和兩位班導師沉默，內心卻不約而同地浮上一絲苦澀。

他們確實保有各自的祕密，然而也因爲如此，才會讓雷文哈特和亞瑟希兒有機可趁。

梁炫並未仔細聆聽學園長等人的談話。這名裹著黑衣、難掩英氣的冷艷女子雖盯著前方光屏，一顆心卻緊繫在那抹消失的嬌小身影上。

他們的小姐，他們唯一侍奉的主人。

梁炫捏緊了手指。只要一回想起他們竟因爲敵方的小手段失去意識，無法保護小姐，只能在清醒後面對人消失的現實，心裡就忍不住湧冒出悔恨與憤怒交織的火焰。

這股火焰至今還未爆發出來，是因爲梁炫也明白，唯有力持冷靜才是上策，否則不但幫不了他們，也幫不了小姐。

發覺身旁的白服少年已難掩狂躁之色，俊秀的眉眼籠上了殺意，梁炫只是平淡地吐出兩個字。

「長照。」

接著她又說道：「羅刹、阿防，亦是同樣。」

被點到名的高大青年一震，兩張如出一轍的英俊面孔僵住。可他們很快便深呼吸，如長照一般迅速地壓下躁怒和焦灼。

他們三人皆明白梁炫的意思。

梁炫沒有多看另外兩名同伴一眼，金枷和銀鎖向來不須擔心情緒會失控。

事實也是如此，纖細的白服少女與高大的黑衣男人面無表情，像兩尊安靜的人偶。

另一端，和東方地府六將軍壁壘分明的白蛇、拉格斐、貝洛切爾、珠夏，也是不發一語。

就算是個性急躁的拉格斐也知曉，未得到有力線索前，他們難以採取任何救援行動。

艾草、艾草……

如果能窺見人的腦內，那麼大會議室裡唯一迴盪的，或許就只有這個名字。

所有人的目光都緊緊地盯著光屏，深怕遺漏任何動靜，錯失重要線索。

學園長雙手快速地在桌上敲敲打打，原來桌面上有著一個由光塑成的鍵盤。隨著學園長操作，幾面光屏的畫面倏然放大，聲音也清晰地流瀉出來，足以傳到大會議室每個角落。

「報告！此處一無所獲，只剩原本就有的基本家具！」其中一面光屏上，領隊男子喊道。

黑荊棘瞇起眼，那是三A的班導師，搜查的是雷文哈特的校內住宿處。

「報告！此處也無發現可疑之物。經確認，留下的文件也僅是課堂相關！」另一面光屏上，一名女子嚴肅地說。那是三C的班導師，負責的區域是亞瑟希兒的辦公室。

每一面光屏都能看見搜索隊伍將與雷文哈特或亞瑟希兒有關的地方，翻找得徹徹底底。他們翻箱倒櫃，整理出成堆文件或書籍。

所有人忙得不停歇，可至今爲止，完全沒找到可以證實雷文哈特計畫的資料。

學園長臉色越發凝重，但心中也不覺意外。既然雷文哈特和亞瑟希兒能隱瞞全盤行動，直到他們帶走艾草，又豈會大意地留下蛛絲馬跡供他們查找？

「喂，禿子！」正中央最大的光屏上，一抹鮮艷身影忽然擠上前。那是一隻由拼布縫成的巨大布偶熊。

布偶熊的臉幾乎佔滿整面光屏，它拉高尖細像小孩子的聲音說：「你最好做好什麼都找不到的心理準備咩！雷文哈特能在你眼下做那麼多事，別奢望他會留下什麼小辮子咩！」

「退後一點，副學園長，你的大臉擋住畫面了，那可是雷文哈特的辦公室！」學園長惱怒地喝道。一部分是懊惱自己又被人叫禿子，更多是惱於布偶熊居然口無遮攔地在學生面前說出可能會毫無所獲的事實，這無異是給那些孩子們又一次打擊。

可就在學園長想繼續喝斥布偶熊之際，短促的「嗶、嗶」兩聲在大會議室內響起，頓時引走眾人的注意力。

薩拉的眉毛不易察覺地挑動一下，傳出聲音的是他手腕上的通訊手環，顯示名字是沙羅。

爲什麼沙羅會傳訊息給自己？溫蒂妮．西芙又出什麼事了嗎？

自從艾草被帶走，自己強行逼出溫蒂妮體內的黑暗元素結晶碎屑後，薩拉就命令沙羅將溫蒂妮帶回宿舍休息。

人多的地方反倒能讓溫蒂妮不易陷入胡思亂想——那不是她的錯，她只是遭亞瑟希兒利用。

腦海中飛快閃過諸多猜測，在數道目光注視下，薩拉按下按鈕，通訊器上立即跳出一個小型螢幕。

「薩拉！」紅髮女孩心急的面容和她的大嗓門同時躍出，「事情不對勁……怎麼辦？事情不對勁啊！」

學園長馬上將搜索小組的光屏音量轉小，好使沙羅的聲音不會被蓋過去。

「怎麼了？溫蒂妮．西芙又出現異狀了嗎？」薩拉冷靜地問，手指靈活地點按通訊器。

下一剎那，原先小巧的螢幕拉遠、放大，投映在大會議室的一面牆上。

全部人都能看見沙羅．曼達心急如焚的臉。

第一時間，其他人也猜測是不是溫蒂妮又出事了，可緊接著，他們就看見一張熟悉的甜美臉蛋也出現在螢幕上。

綠髮碧眸，臉色比平時還蒼白，但那的確是溫蒂妮沒錯。

「我沒事，薩拉，我……」溫蒂妮也瞧見其他人的身影——白蛇、珠夏、拉格斐、貝洛切爾、艾草的六名部下——她的聲音瞬間哽住，忍不住再度回想起自己曾做過的事。

被利用、被操縱，喝下摻有黑暗元素結晶的茶水，幫助敵方破壞了治療室的結界……

不過溫蒂妮迅速強迫自己冷靜下來，不讓盤踞心頭的深切悔恨影響自己接下來要說的話。

「白犀之塔不對勁，薩拉、黑荊棘老師、洛榭老師、學園長。白犀之塔內發生奇怪的事，用說明的或許無法講清楚……請你們直接看這邊！」

溫蒂妮的話聲剛落，投映在牆壁上的螢幕影像旋即改變了，可以看得出沙羅和溫蒂妮跑至走廊上。

明明再過一段時間就是第一節課，照理來說，白犀之塔應該人聲鼎沸，隨處可見到學生的身影。

可是，沒有。

學園長他們只聽見一陣古怪的安靜，間或夾雜微弱的呻吟或抽氣聲。螢幕上，他們清清楚楚地看見走廊倒著數抹人影，有的一動也不動，像失去意識；有的蜷著身體抽搐，正發出不尋常的聲音。

接著，螢幕裡的畫面變換角度，這次成了俯望。

學園長從椅內「唬」地站起，滿臉震驚。

白犀之塔的一樓大廳地板癱倒著更多人，他們的狀況無一不和走廊上的學生相同，不是昏迷不醒，就是抽搐並呻吟著。

「這是怎麼回事？」洛榭僵著臉，不敢置信地問道。但那天生嚴厲的語氣，彷彿是在斥責人。

溫蒂妮臉色一白，一時竟回答不出。

「我們也不知道是怎麼回事啊！」沙羅趕緊擋在溫蒂妮之前，像是保護般地張開手臂。她的紫眸緊張地眨動，男孩子氣十足的臉龐上明顯慌亂。

「小溫剛醒，我們本來要去樓下吃早餐……可是一出門，就發現大家都倒下，都變成這樣。我們叫不醒那些昏迷的人，也不知道該怎麼幫助那些痛苦的人……這太奇怪了，爲什麼連宿舍的大家也會出事！」

「沙羅．曼達，冷靜一點！」薩拉霍然放大音量，那一聲讓沙羅睜大眼，反射性嚥下哽咽。

然而很快地，所有人便發覺到沙羅瞳孔收縮，溫蒂妮的神情扭曲，兩人就像目睹什麼可怕的景象。

這一瞬間，學園長忽然驚覺過來。那些被他派去搜查的教師們和副學園長，應該也能從他們那邊的光屏看見沙羅、溫蒂妮，看見白犀之塔內如今發生的詭異光景……

可是，爲什麼沒一個人說話？副學園長不是早該歇斯底里地驚喊出聲了嗎？

想到這點的不只學園長，薩拉等人也察覺到了。

大會議室不知何時變得格外死寂，光屏全沒了聲音。

眾人猛然一扭頭。

頓時間，震驚、憤怒、殺意，不約而同地浮現在多張臉孔上。

「亞瑟……希兒！」拉格斐和長照的性子尤爲狂躁。

金髮天使與白服少年當下勃然大怒地激紅了眼。一人白翼驟張，身後平空出現多枚冰刺；一人黑氣繚繞，掌中即刻抓住漆黑鎖鍊，不假思索地就想打碎那大大小小光屏上出現的恬美笑臉。

原本該顯示出學園各處的眾多光屏，在無人知曉時，竟不知不覺全被切換成同一畫面。

宛如森林妖精的藍髮少女笑吟吟地望著眾人，琥珀色的眸子裡流動著天眞爛漫。如果不知情，沒人會想到她是鍊金人偶、人工產物，更不會想到她也是連串陰謀的幕後黑手之一。

「給我冷靜下來！」

「拉格斐．帝！」

「長照！」

在拉格斐和長照動手之前，有兩道女聲嚴厲地喊了出來，分別是黑荊棘和梁炫。

黑荊棘望了梁炫一眼，見對方輕輕頷首，她冷冰冰的句子立刻扔砸出去，「別像個蠢蛋只會做蠢事，你們以爲你們能攻擊到什麼？」

「只會破壞學園長的螢幕，我猜。」亞瑟希兒天眞地偏頭，孩子氣地眨眨眼，那模樣看起來既親切又友善，「日安啊，賽米絲的各位，還有艾草的部下們，你們好嗎？」

「我家小姐，在哪裡？」梁炫上前一步，背脊筆挺，臉上看不出情緒起伏，一雙黑瞳像冰冷鏡面，映出亞瑟希兒的微笑。

「這可不行，話題還沒進行到這裡，所以我不回答喔。」亞瑟希兒宛如歌唱地說。

「妳！」羅剎和阿防眼中迸出凶狠，下意識也想往前邁出一步，只不過梁炫抬手攔住了他們。

「稍安勿躁。」梁炫的語氣乍聽平靜，可其餘將軍都明白，極力壓抑的怒意就藏在那份平靜之下，等待爆發的時機。

梁炫置於身側的右手手指一根根地攥握，她的那句話不只是說給同伴聽，更多是說給自己聽。

稍安勿躁，絕不能拿小姐的安危開玩笑。

面對八將軍之首的命令，長照、羅刹、阿防、金枷、銀鎖無一不遵從。他們的小姐（大人）如今在他人手上，他們唯有忍耐，別無他法。

「好孩子，我最喜歡聽話的學生了。」亞瑟希兒愉快地說，她笑聲清脆，像鈴鐺晃響似地。隨後那雙琥珀色大眼滴溜一轉，納入了白蛇、拉格斐、貝洛切爾，以及珠夏的身影。她眼中似乎有什麼快速閃了閃，一瞬又不復蹤影。

「當然，白蛇同學你們也會先乖乖聽話的吧？否則，我會讓你們永遠見不到你們想見的人。」那悅耳的嗓音驀然一低，剝離了所有情感溫度，那是屬於鍊金人偶的無機質聲音。

而在下一秒，亞瑟希兒臉上的情緒重新鮮活起來，「我開玩笑的，你們相信了嗎？」

「這該死的母狐狸……」拉格斐繃緊身體，齒縫間迸出森冷的聲音，藍眸似淬上焰火。白蛇、珠夏和貝洛切爾乍看下比拉格斐冷靜，他們不發一語，也沒有試圖攻擊。可是，亞瑟希兒又豈會看不出那一雙雙眼裡的森寒？

亞瑟希兒滿意地彎起唇角，目光終於轉向學園長。

「我們進入正題吧，學園長。」她說，在唇邊豎起一根潔白的手指，琥珀色的眼珠中心逐漸地滲出縷縷鮮紅，直至變成有如結晶體的硬質存在，「你喜歡我送的禮物嗎？爲了感謝你當初聘任我，我準備了很棒的禮物。當然，我沒有偏心，五塔我都有安置一份唷。」

禮物？什麼禮物？五塔……學園中的緋孔雀之塔、白犀之塔……！

學園長與黑荊棘等人臉色霍然大變，他們立即回頭，瞧見投映在牆壁的螢幕上，沙羅和溫蒂妮依舊驚惶地望著大會議室裡發生的一切；可是在她們背後，幾個沒失去意識的學生停止了抽搐。

那些學生們閉著眼，大口喘氣，然後他們張開眼——純粹的黑暗色澤佔領了他們的眼瞳。

「黑暗元素的結晶!?」學園長駭然大吼，「沙羅．曼達、溫蒂妮．西芙，馬上反擊！保護好妳們自己，然後離開那裡！」

「什……哇？這是怎麼回——」沙羅驚愕的叫喊隨著畫面的突然消失，一併中止了。

大會議室裡的所有人最後看見的，是遭受黑暗元素結晶污染的學生們撲向沙羅和溫蒂妮，沙羅的通訊手環撞上一角，螢幕被強制關閉。

從白犀之塔傳來的影像就這麼中斷。

短短數秒，學園長就想通了一切。

分給五塔的禮物、黑暗元素的結晶，有什麼方法能造成結晶的大幅度污染……

「我們本來要下去吃早餐。」

餐廳……宿舍的食用水水源！

「黑荊棘、薩拉、洛榭，立刻前往五塔，壓制已經外出的被污染學生！」學園長重重拍桌，大聲咆哮道：「嚴守五塔外，待其他老師趕到後即刻通知我，我要封閉五座宿舍塔！」

黑袍校醫和兩名班導師毫不猶豫地展開行動。

黑荊棘腳下影子化成了眾多尖利植物，這些漆黑的荊棘迅速撞破大會議室的窗戶。沒有遲疑，黑荊棘和洛榭直接以此作爲出口，閃身掠出。

薩拉居後，他一雙藍眼凌厲地掃向光屏上的藍髮少女。

「亞瑟希兒，妳眞是……該死的混帳！」年輕嗓音罕見地注入憤怒，話聲方落，薩拉扯下掛在胸前的空間之鑰，他的黑袍彷彿羽翼大力揚起，窗外閃過剎那光芒。

隨後一切歸爲平靜。

即使從光屏角度無法窺視到外面，亞瑟希兒也清楚，想必那名守門人是開啓了通道，用最快的速度將他們三人一併送達目的地——五塔之外。

「能被『守門人』這樣誇獎，這可眞是我的榮幸呢。」亞瑟希兒咯咯笑起，一點也不以爲意。

「妳居然做出這樣的事……亞瑟希兒，那些人當中也有妳的學生啊！」學園長再度猛一拍桌，但並不是純粹發洩怒氣。他的十指飛快在桌面鍵盤點按，其中幾面光屏突地不穩定地閃了閃，轉眼竟被其他畫面取代。

「停止搜索，此爲一級警報！一、二年級班導聽三年級班導命令，全速前往五塔，進行鎮壓工作！專科教師負責全面輔助！」

光屏上的男女——也就是搜索小組的教師們——面露吃驚也只是剎那的事，他們旋即神情一凜。

「是！」

那些堅毅的領命聲猝然間又被截斷，學園各角落畫面消失，光屏再度被亞瑟希兒的身影全面侵佔。

「對了，學園長，我有告訴過你嗎？」宛如森林妖精清麗的少女彎起狡獪的微笑，「禮物，可不只是那樣而已哪。」

最後一字剛逸出紅潤的嘴唇，大會議室外同時傳來了轟然的爆炸聲響，會議室所在大樓彷彿被搖晃似地震動。

梁炫等人一驚，反射性按住武器，警戒亞瑟希兒是不是乘隙來襲。

但是，不是。

亞瑟希兒的目標並不是他們所待之處。

從已經失去玻璃遮擋的偌大窗戶看出去，可以再清晰不過地看見位於兩側的教學大樓。

還沒到上課時間，那裡一直都是安靜的，然而現在，接二連三的聲音卻從那不停傳出。

磅！砰！爆炸就是在教學大樓頂樓發生的。

白色的建築物湧冒出大股塵煙，大塊大塊的外牆崩塌，碎石驟雨般砸落下去，眼看就要對學園造成二度破壞。

「亞瑟希兒！」學園長鐵青了臉色，雙臂迅速撐按在桌上。

奇異的事發生了，那被衣袖包裹的兩隻臂膀頓時竟分解成無數薄薄光片，它們散開、旋轉，再倏地聚合回原來的位置。

光片又消失，手臂依然還是手臂。

但是梁炫他們都親眼目睹，原本場毀的教學大樓頂端居然恢復成完好無缺的模樣，那陣猛烈的爆炸似乎不曾發生。

這到底……是怎麼回事？

反射性地，在場眾人一扭頭，視線都停在學園長身上。

「果然不出所料，學園長。」唯有亞瑟希兒愉悅地笑開來，「或者是說賽米斯先生，賽米絲學園的意志體。想必在學園裡，也就只有黑荊棘和薩拉知道你的身分。」

「既然如此，妳願意告訴我，妳爲什麼會知道嗎？」學園長捏緊了拳頭，震驚過後反倒露出凶狠的笑容，「亞瑟希兒！」

「答案是，」亞瑟希兒天眞地歪了下頭，光屏中的她忽地消失。

「我告訴她的。」另一道溫和的男中音出現，正中央的光屏上躍出一名俊雅男子的臉。

他的笑容溫柔，淺灰的眼瞳彷彿聚著暖意，一頭赤紅帶金的長髮予人火焰燃燒的錯覺。

幾乎同時間，拉格斐等人下意識瞥向了珠夏。

因爲那名男子的髮色，和珠夏如出一轍。

除了原罪·憤怒的繼承人之外，竟還有人擁有紅中帶金的稀罕髮色。

珠夏很快穩住臉上的錯愕，他瞇起眼，一字一字地說道：「我從來沒想到，你會是我族之人，雷文哈特老師。唯有繼承薩麥爾血統的人，才可能有那樣的髮色。」

「這眞是有趣，不是嗎？紅眼、紅中帶金的火焰之髮，那是繼承薩麥爾血統最純正之人的證據。珠夏，所以你被選爲繼承人。但是，我卻是薩麥爾的靈魂碎片，我帶著『我』的意志甦醒，我將成爲『我』。」頓了一下，雷文哈特輕彈手指，其中三面光屏頓時浮出新的影像，分別是白之森、湖中塔，以及學園中庭廣場。

沒有人明白雷文哈特想做什麼。

下一瞬間，三個地點的地面震晃，有東西正從底下鑽冒而出，赫然是一朵巨大的黑薔薇。黑薔薇的花瓣層層閉攏，無法窺探中心。

緊接著，三個地點的畫面跳換成同一幅景象——在一片黑暗中，嬌小的人影正毫無動靜地蜷躺在那。

縱使畫面昏暗，但依然能看出那是穿著紅黑服飾的黑髮小女孩。

「小姐！」

「艾草！」

「小不點！」

梁炫等人再也難以抑制內心的劇烈起伏。心心念念的身影如今就在他們眼前，教他們如何冷靜？

沒想到艾草的身影轉瞬間又消失，光屏重新浮現白之森、湖中塔，和中庭廣場的畫面。

「可愛的交換生就藏在其中一朵花裡面。」雷文哈特微笑，伸出食指輕置唇上，如同述說祕密似地溫柔低語，「好了，艾草的部下們、資質者們，你們要參與的是這項遊戲，五塔的事可與你們無關，那是要交由其他導師負責的。而學園長，你能在這場遊戲結束之前，猜出我的意圖嗎？人無祕密便無價值，我的祕密是什麼呢？」

「那麼，遊戲開始了。」

光屏上，紅金長髮的男子吐出溫柔的嗓音，露出冷酷無溫的笑意。

「你們不會以爲你們有拒絕的權利吧？」

二 五塔閉鎖

「深呼吸、深呼吸……這可不是夢……但是，這個數量會不會太誇張了啊！」

隨著一聲哀號響徹整座白犀之塔，一團火焰人形也從高處翻落下來，避過從兩方包夾撲來的學生，使那兩名眼瞳全然闃黑的男孩子重重地撞在一塊，頓時失去意識。

而那團火焰人形自高樓層的走廊翻落後，立即雙臂一伸，靈活地抓住其中一層樓的走廊欄杆，借力一晃，順勢躍入走廊內。

赤紅的火焰眨眼間消隱，那赫然是一名紅髮紫眸的少女。兩頰和鼻尖覆著淺淺的雀斑，英氣的臉蛋容易被人錯認成男性。

遭到被黑暗元素結晶污染的學生攻擊，導致與大會議室的通訊中斷，沙羅立即和溫蒂妮兵分兩路，各自引開敵人。

曾見識黑暗元素結晶威力的她們相當清楚，一旦心智被入侵、污染，就會徹底失去理性，狂暴地攻擊他人。因此就算學園長在通訊器中嚴令她們保護好自己、迅速撤退，她們還是決定留下來，盡自己所能地防止遭到污染的學生跑到白犀之塔外。

如果讓他們出去、不分敵我地攻擊，必會引發一場災難。

不可以……讓這種事發生！

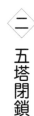

亞瑟希兒的出現，有極高機率表示他們那方也正式開始行動。沙羅二人或許沒有足夠強的戰力能幫上珠夏他們，可是減輕負擔、使對方不須分心，她們還是做得到的。

因此沙羅不斷地製造騷動，引走那些陸續停止抽搐、從地面爬起的學生。

心知自己無法像薩拉一樣，強行從這些人體內排除黑暗元素的結晶，沙羅採取的手段都是設法奪走他們的意識。

只不過發現人數超乎想像地多之後，饒是自認體力、精力都旺盛的沙羅也不禁哇哇叫。

正當她躲在無人的走廊喘口氣稍作休息時，一道細微尖銳的聲音忽地傳來。

如果不是沙羅聽力靈敏，一定會忽略，然後身體被刺出一個洞。

咻！

沙羅猛地抬頭，驚見一枝利箭射來。她想也不想便張嘴，口中噴吐出火球，熾烈的火焰當下就將那枝箭矢燒成灰燼。

但不等沙羅鬆口氣，對面又是連射數枝利箭，咻、咻、咻！

沙羅身子一滾，迅速躲開。可剛一撐起身子，她就睜大眼，不由自主地發出哀號。

白犀之塔的構造是每層的樓梯往內側延伸，最後在正中央交會。那些遍布在空中的白色樓梯乍看下就像蛛網。

而此刻其中一座樓梯上，不知何時竟站了一排人影。

他們動作一致地手持長弓，拉開弓弦，木製箭矢無一不是瞄準下方走廊的沙羅．曼達。

「不是吧？你們這些可惡的樹精！」沙羅氣急敗壞地喊，拔腿全力往前方衝刺，「虧我上禮拜還幫你們吃掉雞腿——」

種族是樹精的學生們毫不猶豫地放開弓弦，數十枝利箭接連射出。

沙羅從眼角餘光瞥見了那些箭矢正飛快逼近，她沒有把握能一口氣燒去那些箭，也不知道自己能不能逃出射程範圍。

就在這一刻——

「風啊，聽我命令！」高亢優美的女聲驟然響起，空中瞬間颳出數道淡綠色氣流。

氣流就像軟布擰起似地大力一捲，一把捲走所有箭矢；其餘氣流則是粗暴吹向樓梯上的人影，有幾人被粗魯地甩飛出去，撞上對面牆壁，滑落在地喪失了意識；有幾人則是被氣流包圍，遮蔽耳目，看不清前後左右。

沙羅沒有錯放這個大好機會，她雙手冒出利爪，腳下燃起火焰，整個人有如狩獵時的野獸，迅雷不及掩耳地踏上走廊欄杆，接連幾個竄躍，一下子欺近盤旋著淡綠氣流的那座樓梯。

彷彿算準了時間，淡綠色氣流乍然散逸，沙羅快狠準地揍暈剩餘的幾名學生。

「事實上，上禮拜是妳搶走他們的雞腿，幸好樹精眞的是非常溫和的種族呢，沙羅。」

淡綠色氣流中化出一名綠髮碧眸的柔美女孩，她輕悄無聲地站在樓梯上。

「溫蒂妮，我們不愧默契十足！」沙羅笑咧了嘴，一把撲抱上好友。自之前的誤會事件後，她對溫蒂妮的親暱肢體接觸更不加保留了，「所以雞腿什麼的，妳也給我留點面子嘛！」

「是是是，不過我們不繼續努力，恐怕妳就很難再有吃到雞腿的機會了。」溫蒂妮回抱沙羅一下，溫柔打趣的笑語裡，卻帶著再嚴肅不過的意思。

沙羅笑容頓斂，眉頭緊緊皺起。

「還有多少人，小溫？」沙羅問，「我們沒讓誰跑出去吧？」

「目前是還沒讓被污染的人離開白犀之塔。至於還有多少人……」溫蒂妮吐出一口氣，慢慢地說，「根據風傳回來的消息，大約……還有我們宿舍的三分之一吧。」

沙羅眨眨眼，她的算數不是很好，但在這種場合，卻難得地發揮一次。

一個班級保守估計是四十到五十人，三個年級共十二班，再分散於五座宿舍，然後加上宿舍的管理職員……也就是說……

「還有四十多人嗎？」沙羅舔舔嘴唇，她們剛才主要打倒的都是同年級學生，要是對上二、三年級的學長或學姊，恐怕就不好解決了。

想到這裡，沙羅的嘴巴忽然有點發乾，「那個，小溫、溫蒂妮。」

「是，我在聽，雖然我大概猜得出沙羅妳想說什麼。」溫蒂妮仰著頭，下意識地握緊沙羅的手。

更高層的走廊上，不知不覺中已站著越來越多人影。有男有女，每個人的眼眸清一色都被黑暗佔領。

「呃……本來在薩拉那休養的夢魔學姊們，該不會……也回來了吧？」沙羅乾巴巴地問，想說服自己看到的紫羅蘭髮色和淡灰髮色只是眼花造成的錯覺。

「我想妳忘了，在巴別塔的事情結束前，薩拉早就讓她們回來了。」溫蒂妮也看到了，同時肯定沙羅沒有眼花。

「啊、喔……」沙羅發出無意義的音節，接著又說，「溫蒂妮，既然我們還有一場……不，是很多場硬戰要打，妳覺得我們先到餐廳大吃一頓，補充體力怎樣？要是餓著肚子被打敗，我無論如何都難以瞑目啊！」

沙羅放聲大喊出真心話的剎那，白犀之塔的窗扇猛地一舉關上，「唰、唰、唰」的聲音同時疊在一起，聽起來彷彿只有一聲沉重的震響。

白日的陽光全數被隔絕在外，白犀之塔頓時成了封閉空間。

不只溫蒂妮和沙羅愣住，就連被黑暗元素結晶污染的學生們也不禁面露錯愕。

「白痴！笨蛋！腦袋只想著吃的飛機……比野薔薇還強一點的飛機場！」尖細如同孩童的聲音驀地大聲嚷嚷，「只要吃一點、喝一點，妳說不定就成了那些黑眼鬼的同伴啦！」

這個聲音……熟悉到讓人不由自主生起殺意的這個聲音！

一時顧不得上方樓層的動靜，沙羅和溫蒂妮急忙低頭往下方探視。

白犀之塔的正門也關起來了，在緊閉的門扇前，佇立著一抹娉婷人影。

那人一頭海藍色鬈髮，耳朵如魚鰭尖長，一雙眼眸也是深邃如大海的藍。白皙的面孔秀麗，唇邊掛著文靜又甜美的笑，手上套著一隻喋喋不休的奇異南瓜人偶。

「野……野薔薇!?」沙羅吃驚地喊出，「為什麼妳會……我記得妳不是待在黑荊棘老師的實驗室，替她……」

「這個嘛，當然是因爲我收到黑荊棘老師的通知……借用那邊的傳送法陣，才能及時趕來……」不再隱瞞自己水妖特徵的野薔薇噙著笑，悠悠說道，一隻手臂卻猛力一揮，將南瓜手偶砸上門板。

響亮的一聲足以看出她下手有多重，南瓜手偶瞬時沒了聲息。

無論看過多少次，沙羅還是不太習慣野薔薇出手的狠度和她恬靜笑容的反差。

「不過……細細說的對呢，沙羅、溫蒂妮。」野薔薇仰著頭，目光望著兩名同學，「宿舍的食用水被污染了，要是喝上一口……可能會失去意識，也可能像樓上的學長姊們一樣。其他四塔有各年級的班導師們前去處理了，這地方就由我們四人一起負責吧……對了，兩位夢魔學姊可以讓給我嗎？水妖的幻術我想是不會輸給夢魔的。」

野薔薇柔柔地拉開微笑，周身湧冒出眾多淡藍色泡泡。

沙羅和溫蒂妮沒有即刻回答，因爲她們都注意到，野薔薇說的是「四人」……但是加上她們兩個，在場的應該只有三個人……

「把妳大張的嘴巴閉起來，沙羅．曼達，蟲都要飛進去了，妳們不會以爲白犀之塔就只丟給學生處理吧？」從一樓大廳的另一端，走來一抹白袍身影。

豔麗的黑髮女子雙手斜插口袋，腳上的鮮紅高跟鞋在地板上敲擊出規律的音響。

樓梯上的沙羅和溫蒂妮看得清清楚楚，一年A班的班導師走至正門旁，一隻手從白袍口袋中抽出，細長的五指貼按於牆壁。

黑荊棘抬起頭，細長的眼睛凌厲地盯住那些遭到污染的學生們，薄薄的紅唇忽地彎出一抹冷酷的弧度。

同時間，無數漆黑荊棘自她蒼白的掌心底下瘋狂蔓延而出。不過一會兒，便密密麻麻地佔領了整座白犀之塔的牆壁……

目睹黑荊棘進入封閉完成的白犀之塔後，橘髮藍眼的黑袍校醫迅速關上空間通道。

「這裡是白犀之塔外，黑荊棘已成功進入，封閉亦完成，確認無人跑出。」將手腕上的通訊手環調整至教師專用頻道，薩拉一邊沉靜快速地報告情況，一邊邁步奔向另一方。

當薩拉與洛榭、黑荊棘來至五塔外，他與黑荊棘便立刻趕往白犀之塔，以防那裡只剩沙羅她們能壓制被污染的學生。

至於洛榭，則負責留守在五塔交界處，一旦發現被污染學生的蹤影，當即剝奪他們的意識，待薩拉稍後再來設法驅除他們體內的黑暗元素結晶碎片。

與此同時，薩拉手上的通訊手環也陸續傳出其他人的通報聲。

「這裡是緋孔雀之塔，三A和二A已就位，出入口也確實完成封閉！」這是三年A班班導師的聲音。

「這裡是墨鮫之塔，三B和二B同樣就位，封閉完成。」這是三年B班班導師的聲音。

「這裡是碧蜥之塔，三C和二C就位完畢！」

「這裡是藍獾之塔，三D和二D同樣就定位，但無法確定有多少學生已跑出外面。」

隨即分別是三年C班和三年D班兩位班導師的聲音傳來。

最後，是學園長果斷地下達命令——

「五塔外的學生毋須擔心，交由洛榭與薩拉處理即可！專科教師和成進組教師分組搜查，清查學園各處和嚴守學園四方大門！全體監視器注意，不要疏漏任何可疑鏡頭，影像統一傳送至大會議室！眾人務必保持通訊器開啓，隨時聽我調度，我將封閉學園，隔阻外人進入！現在，鎮壓行動即刻開始——動手！」

魄力十足地一聲令下，立時換來整齊劃一的有力響應。

「遵命！」

「收到！」

「沒問題！」

「學園長是禿子！」

捕捉到通訊手環頻道中有人公報私仇趁機偷罵學園長，薩拉微扯了下唇角，將通訊手環音量調小，直接忽略學園長暴跳如雷的罵聲。

從白犀之塔的後門繞到五塔的交界廣場有一段距離，不過薩拉並沒有打算再開啓空間通道。那雖然省時，卻會消耗他的力量。

在未知敵人數量的情況下，薩拉寧可盡量留存力量。

察覺到腳下原本平靜的地面突地傳來輕微震動，薩拉馬上知道洛樹那邊已經展開攻擊，不知道他面對的是遭到污染的學生，抑或是……

學園長宣布他要封閉整座學園，薩拉其實不認爲這能起多大效用。這個手段的確可以防止無辜市民被捲入，但是恐怕無法阻止敵人來襲。

畢竟雷文哈特和亞瑟希兒早已在學園中潛伏多年。這漫長的時間，他們在暗地裡不知做了多少準備工作了……

「賽米斯，就算你是學園的意志體，可是時間在不知不覺中，已磨去我們的敏銳……」薩拉喃喃地說，隨即見到一抹人影凌空朝他撞了過來。

不管對方是欲偷襲或是逼不得已地摔來，薩拉都沒打算手下留情。他動作迅速地側身一閃，手臂順勢搭上對方。

接下來的連串動作快得幾乎讓人看不清。

等到那抹人影被壓制在地，薩拉也俐落地折了對方手臂，連帶卸了對方的肩膀。

驚人的疼痛顯然衝擊得對方連慘叫也發不出，硬生生痛昏過去。

薩拉放開那名三年級的可憐學生——通訊手環的顏色可辨認出年級——拍拍雙手，首先望見的是雙手環胸，表情與其說陰沉，更接近不耐煩的白金髮色男人。

在那名男人身旁，立著一隻由石塊與泥土混合而成的大手。想必剛才那名男學生就是被這隻巨手扔擲過來的。

而在白金髮色男人四周，多名學生或站或躺，其中站著的人佔多數。他們年級不同，種族不同、但清一色都有一雙漆黑的詭異眸子——那正是受到黑暗元素結晶污染的證據。

也許是因爲目睹同伴被石頭大手輕而易舉地扔出去，那些還未被剝奪意識的學生們一時像是不敢貿然行動，改層層圍在外圈，將白金髮色男人圈在中央。

「比起忌憚你的攻擊方式，我更相信他們是本能地對『法陣緒論』的授課教師感到害怕，洛樹。」薩拉淡淡地說，彷彿不在意自己也成了那些學生們的目標。

「別說蠢話了，我可不是什麼猛獸。」洛樹冷哼一聲，放下抱胸的手。他沒問白犀之塔的情況如何，他的通訊手環一直保持開啓，那足夠讓他接收到他想要的訊息。

三個年級的班導師都順利地趕到五塔內，五塔外由他和薩拉聯手鎮守，學園其他角落則是專科教師和成進組教師負責。

「那個模樣傻得要命的副學園長被分派什麼任務？」洛樹緊緊擰起眉，忽然想起分工內容中，獨獨少了布偶熊的部分。

沒想到洛樹苛刻的話聲一落，他與薩拉手上的通訊手環頓時亮起光點，一個像是小孩子的尖銳聲音不滿地冒出。

「你才傻得要命！你全家都傻得要命咩！」一面光屏同時從通訊手環跳出，螢幕上是一隻花色鮮艷的布偶熊。雖然從它拼布的可愛熊臉上無法看出表情變化，可那雙激動揮舞的手臂顯示出它相當憤怒。

平時洛榭應該是不會理會布偶熊的幼稚挑釁，然而不知道布偶熊的哪句話觸到他的逆鱗。頓時，只見那名白金髮色的男人瞇起凌厲的碧眼。

「我不會當作沒聽到的，副學園長，我的女兒一點都不傻。」洛榭陰冷地說，「她絕對是個天才。再讓我聽見一次，信不信我燒了你的皮。」

「呃嗚！」光屏上的布偶熊驚恐地縮縮脖子，但很快又抬頭挺胸，「呆子！咩！洛榭．哈爾頓就是個呆子！你們晚點一定會感謝老子的，老子可是在進行神祕的後勤支援咩咩咩！」

匆匆拋下這句，布偶熊的身影連同光屏瞬間消失了。

薩拉在這時候開口，年輕的臉龐依然讀不出什麼情緒，「第一，顯然副學園長自有任務。第二，你比猛獸還嚇人，我想這些學生本來是這麼想的。但現在，他們只會認爲你是個不足爲懼的蠢爸爸了。」

頓了頓，薩拉繼續補充：「我相信你是個蠢爸爸，不過『不足爲懼』這點，你應該可以扭轉我的看法。否則明天開始，我的病床邊故事就要敘述我同事的事蹟了。」

「閉上你那張煩人的嘴巴，你這披著年輕人皮的老妖怪。」洛榭粗暴地給予回應。隨即重重一踩，地面瞬間湧起波動，彷彿底下藏著某種龐然生物，正快速向薩拉直衝過去。

薩拉不閃不避，當他面前的土地迸裂開，鑽出兩條土之蛇，分頭往他身後繞去的那一瞬，他的身形亦是一動，雙掌間凝聚光點，迅雷不及掩耳地與洛榭錯身而過。

金色光點化成光絲，像張縱橫交錯的大網，兜頭就往原先鎖定洛榭的那批學生而去。

「此爲神之光，此爲淨之光。」薩拉身邊再度湧出眾多光點，光點一口氣壓縮、凝聚在他高舉的右掌心中，接著重重拍揮在學生頭頂的金色光網上，「不該留之物，即刻退去！」

光點與光絲相互連接，像是多道小型閃電，快速遊走在學生們的身體上。最後只見雙眼闃黑的學生猛然一抖震，紛紛跪地，嘔出一小灘水，接著閉上雙眼，沉沉地昏迷過去。

另一邊，洛榭腳下也橫倒多抹身影。他右手握著一柄石杖，面對撲來的僅存學生，他神色冷酷，毫不留情地狠狠一杖揮擊出去，強行奪走對方的意識。

「你可眞是人太好了，薩拉。」洛榭踢開腳邊的學生，轉過身，冷冷地看著還特地替學生驅逐黑暗元素結晶的黑袍校醫，「直接揍昏這些小鬼想必省事許多。」

「那恐怕我會克制不了衝動，忍不住想一個個拆了他們的骨頭，再試著拼組回去。」薩拉單手揹後，淡淡地回話，「職業病還是選在適合的時間發作比較好。」

如果這時候沙羅在場，她一定會煞白了臉，驚恐萬分地大叫出聲「嗚啊！這是什麼虐待狂的對話啦」。

洛榭看起來像是接受了薩拉的理由，他點點頭，視線往那些被逼出黑暗元素結晶的學生們掃去。在他們嘔出的透明液體中，看不出含有明顯的黑色結晶體。

「雖然不知道亞瑟希兒手上的結晶有多少，但宿舍的水源將它們沖淡了，學生們都只喝下極少量，與溫蒂妮那次無法相比。」薩拉似乎一眼看穿洛榭的疑問，他平靜說道。可仔細一觀，就會發現那雙天空藍的眼眸深處凝聚著冰冷怒焰。

「這也就是爲什麼，我能輕易逼出那些結晶。而顯然地，微量的黑暗元素結晶並不是對每個人都能造成狂化，不適者是直接昏迷。但亞瑟希兒做這些事的目的爲何？這樣的確絆住了其餘班導師，使他們無暇分身。可僅僅如此，還不足以讓整座學園都陷入困境。」

「如果她與雷文哈特眞的認爲只要這些手段就足夠，那我會無比失望。」洛榭倏地舉起石杖，直指白犀之塔和緋孔雀之塔中間相連的走廊，「妳說是吧，亞瑟希兒？我相信妳躲在那裡夠久了。」

三 鍊金人偶

「嘻嘻……」

清脆悅耳的笑聲無預警落下，攀爬著綠藤植物的走廊屋頂其中一塊位置忽然出現奇異的扭曲和起伏，接著浮出一個人形輪廓。

深藍髮絲、宛如結晶體的鮮紅色眼珠、潔白洋裝，一名像森林妖精的清麗少女就坐在走廊屋頂上，輕輕踢晃著她雪白赤裸的雙足。

那赫然是亞瑟希兒，曾經的一年B班班導師。

「你們好，洛榭老師和薩拉醫生。」亞瑟希兒態度親暱地露出微笑，彷彿她仍是賽米絲學園的一分子，「沒想到還是被你看穿我的擬態了，洛榭老師，我該說真不愧是地之精靈嗎？大地上的任何動靜都逃不過你的耳目。」

「別說笑話了，亞瑟希兒，不是妳故意讓人發現的嗎？」洛榭不領情地冷笑，「鍊金人偶對大地來說可算不上『生物』。有什麼手段就快點使出來，不要再浪費彼此的時間。」

「哎呀，被你發現了，我的確是故意讓你察覺到的。」亞瑟希兒俏皮地眨下眼睛，她站了起來，背後展開一對纖薄金屬翅膀。在日光照射下，輝映出美麗又銳利的金銅光華。

「否則待會的表演中，你們缺乏觀眾的話，也會覺得很無聊吧。」亞瑟希兒優美的嗓音一落，五塔交界處的中庭廣場登時又生起一波新的震動。

但是，這並不是洛樹使用力量造成的。他眼神一凜，毫不猶豫地迅速操縱身邊矗立的石灰大手，使之一把鏟起那些昏迷的學生們，丟到離亞瑟希兒最遠的走廊內。

亞瑟希兒笑吟吟地望著底下一切，她優雅地揮動手臂，像個指揮家。緊接著，如同回應她的呼喚，地面的震動停止了，然後響起眾多物體鑽出地面的異聲。

啪！啵！

乍看下難以計數的金屬人偶從地底探出來，紛紛站立在薩拉與洛樹的視野內。

這些人偶有著光滑的金銅色皮膚，眼珠是鮮紅的結晶體，外貌則肖似屋頂上的亞瑟希兒。

人偶們包圍薩拉和洛樹，雙手平舉橫立於胸前。

「唰」的一聲，它們的手緊緊握住一柄鋒利長劍。

「誰都不能打擾雷文哈特大人的遊戲。你們不是在猜這些年我們究竟做了什麼嗎？」亞瑟希兒的雙手也像那些人偶般平舉於胸前，握住一柄平空冒出的長劍。她的嘴唇綻露出柔軟甜美的笑意，雪白肌膚剎那間覆上冷硬的金屬色。

「答案是，非常多、非常多呢。只可惜，你們大意得只會關注地面，關注眞實之湖的變化，卻不知道地底下有什麼……已經開花結果了。」

瞬間，遠方不知從何處傳來一陣爆裂聲。

那聲音使得薩拉和洛樹一震，眼中無可避免地流露出一瞬驚疑。

然而亞瑟希兒卻面露愉悅，她高舉自己的劍，對下方金屬人偶兵團一聲令下。

「活捉洛榭．哈爾頓，我要親手挖出他的碎片，奉獻給我的主人！至於薩拉，那位礙事的『守門人』，當場格殺勿論！」

「咩！妳要是滅了我們的校醫，那老子可就要傷腦筋了，我們還需要他神乎其技的針線工夫，不然我們以後要怎麼縫補自己咩！」

尖高的大叫聲猝不及防地冒出，亞瑟希兒的笑容微微凝住。這道聲音她不陌生，凡是賽米絲學園的教職人員都聽過。

是副學園長的聲音！

然而放眼望去，卻尋找不到布偶熊的顯目身影。

「呆子洛榭、呆子薩拉，老子就說你們晚點會感謝我的！咩哈哈哈！」

洛榭和薩拉的通訊手環再度閃動光點，布偶熊的聲音就從那發出。

「老子要趕快去發動校車了，就讓我的機密兵團幫你們吧咩！」

在布偶熊高亢響亮的叫聲中，無論是洛榭、薩拉，或是走廊屋頂上的亞瑟希兒，都看見了廣場四周的樹叢內，正擁出一批批迷你布偶兵團。

它們身高只到一般成人的小腿處，外表清一色是拼布製成的小熊，短短的雙手間握著一柄長劍。

迷你小熊軍團包圍住所有金屬人偶，毫不猶豫地高舉起它們的劍——

響亮的炸裂聲猛地在梁炫等人前方響起，他們立即警戒地煞住腳步，留意四周情況，以免有埋伏。

一確認艾草有可能是位在白之森、湖中塔、中庭廣場其中一處後，梁炫、長照與拉格斐不假思索地選擇了同一方向。

他們有志一同地趕往白之森，內心唯一想望的，都是那抹曾在大會議室光屏裡出現一瞬的嬌小人影。

小姐！

艾草！

但白之森的邊緣才剛進入視野，三人前方便驟然出現一場爆炸，瀰漫的煙霧阻攔在他們與森林之間。

梁炫、長照立即按住腰間武器，臂上更是黑氣繚繞；拉格斐手中握緊瞬間生成的鋒利軍刀，藍眸冷厲地環視四方。

待煙霧散去大半，三人吃驚地發現，僅有前方地面塌凹了個坑洞，並無其他異狀。

「這是怎麼回事？他媽的只是想嚇唬人嗎？」拉格斐暴躁地咒罵一聲，但仍是緊握軍刀，不敢大意。

「不知道，暫時無從判斷。」梁炫指尖離開刀柄，冷靜地回答。臂上的黑氣沒有消散，反而迅速繞上她的掌心。

另一邊的長照也是相同動作。

謹慎地確認過坑洞內並未見到任何伏兵，梁炫向另外兩人拋出一記眼色，毫不遲疑地再度邁開腳步，直奔那座被列爲學園禁地的森林。

由於還不到特定季節，白之森的樹木看起來與尋常無異，並非染成雪絮的純白色澤。梁炫和長照都是初次進入，他們沒有異議地讓拉格斐在前頭領隊。

全副注意力都放在前方的三人，並沒有注意到在煙霧散逸的同時，樹梢間、隱密的草叢間，似乎竄閃過無數矮小的黑影……

明明還是白日，但越往白之森內前進，便越加昏暗，異常濃密的枝葉縱橫交錯，阻擋了大部分日照。

只不過這樣的程度對拉格斐等人來說並不會造成影響。他們腳步不停地奔跑，耳邊除了落葉、草屑不時被踩踏過的沙沙聲之外，就是自身難以控制如擂鼓的心跳聲。

在哪裡？小不點……艾草在哪裡？拉格斐從不曾有這樣的感受，胸口發緊，心臟像被一隻看不見的手大力握住。他閉了下眼，再度回想起在大會議室裡看見的光屏畫面。即使只有短短時間，他仍將黑色薔薇和旁邊的景象記住了。

拉格斐的記憶力相當好，雖然他僅來過白之森兩次，可也足夠比對出黑薔薇的所在地。

下一瞬間，一抹黑色果然撞入拉格斐的藍眸裡。

「在那裡！」拉格斐瞳孔猛地收縮，驚喜和焦灼混在一塊的叫喊衝了出來。

梁炫和長照也看見了，就在前方，曾出現於光屏上的漆黑薔薇如今正矗立在那，大小足以藏納一名孩童。

「小姐！」梁炫、長照冷靜的面具剝落，纏繞在掌心的黑氣刹那間凝聚成實體鎖鍊，迅捷地直衝黑色薔薇的花莖。

看那架勢，顯然是打算將薔薇花一舉拉拽過來！

眼見黑鍊即將觸及，卻沒想到從四面八方霍然竄下大量黑影。它們有尖爪、利齒，動作快速地撲向黑鍊，頓時使黑鍊的攻勢空功虧一簣。

「這些礙事的東西！」拉格斐立即刀尖向下，手中軍刀刺入地面。周遭溫度瞬間下降，淡藍色冰層一口氣衝湧向前，凍結那些在黑薔薇前跳竄的矮小身影。

隔著半透明的寒冰，可以望見那些黑影原來是一種怪異的生物。有著格外尖銳的牙齒和爪子，眼睛大得幾乎突出眼眶，灰色皮膚充滿皺摺，鬆垮垮地披在身上。

拉格斐神情一冷，再抽刀揮斬，當下就讓那些冰塊碎裂，連同被凍結的生物們一起。破碎的冰屑紛紛灑落地面，折射出冰冷的光。

「它們是何物？」長照皺起俊秀的眉頭。

「我不曾看過，無從判斷。」拉格斐陰沉著臉說。

「無論它們是什麼，很明顯，它們都是要來妨礙我們的。」梁炫踩碎了離自己最近的碎冰，五指按上刀柄，面無表情地仰頭望著周圍。

拉格斐和長照也留意到了，兩人眼神森寒，眸中倒映出的景象，是無數灰色的矮小生物不知何時遍立於樹枝間。它們的雙眼瞬也不瞬地盯住底下三人，就像在看獵物。

梁炫等人不發一語，蓄勢待發，那些灰色的怪異生物一有動作，就即刻採取肅清行動。

可沒想到，最先有動靜的竟是看似平靜的地面。

突來的眾多細微聲音，啪、啵，乍聽之下彷彿有什麼欲從地底鑽出來。

不對，不是像，是眞的有什麼從地底下鑽出了。

先是金銅色的手指，接著泥土撲簌簌落下，一具具金屬外表的人偶接連站起。它們有著光滑的金銅皮膚，眼珠是鮮紅色的結晶體，臉孔五官無一不似亞瑟希兒。

「鍊金……人偶！」拉格斐從齒縫間擠出聲音。

所有人偶環立在外側，雙眼忽然一同亮起不祥的紅光。

「挖出心臟，砍下……資質者以外的人的頭！」隨著這陣像是一聲、又像是多人嘶吼的喊聲發出，全體人偶的雙手齊唰唰地改變形狀，銳利如尖刀。

鍊金人偶轉瞬如浪潮衝出，與此同時，樹梢上的灰色生物也跟著尖嘯躍下。

面對兩波凶猛敵人的來襲，拉格斐當機立斷地張開背後雪白羽翼，多枚白羽即刻像箭矢般射出，精準又狠辣地刺穿那些撲得最快的灰色身影。

矮小生物發出了尖厲的叫喊，有的中途掉墜，有的被釘於樹幹上。但即使如此，依然遏止不了其他身影逼近。

拉格斐快速地瞥了眼梁炫和長照的位置，確保自己與他們兩人正好形成三角陣形，將黑色的薔薇花保護在其中。

不過很快地，拉格斐就發覺被侷限在薔薇花前反倒無法發揮，同時還要顧及黑薔薇是否會被己方誤傷。

沒有人能保證，薔薇花一旦受到傷害，藏在其中的艾草會不會也受到影響？

思及此，拉格斐馬上厲喊道：「退離薔薇花，現在！」

梁炫和長照互換一記眼色，他們無法判斷那名金髮天使的下一步行動，但他們明白對方不可能傷害他們的小姐。

衝著這一點，一黑一白的身影毫不猶豫地抽退，長刀和長劍配合得天衣無縫，快若疾雷地一同殺進人偶軍團中。

不過瞬間，就有多隻金屬手臂在銀光一閃後紛紛掉於地面。

趁著梁炫和長照攔阻人偶軍團，拉格斐雙掌間聚集淡藍色光輝，隨後光輝大熾，空氣裡的熱量也像一口氣被抽取光。

白之森的溫度急劇下降。

下一秒，拉格斐將藍光猛地重拍於地。

說時遲、那時快，竟有一名鍊金人偶闖過梁炫和長照的攔截網，末端化爲利器的金屬手臂已高高揚起，對準背後空隙大敞的拉格斐！

然而事情卻出乎那名人偶意料，它的武器的確劈砍上那名金髮天使張開的潔白雙翼，可是預期中的撕裂傷和大量噴出的鮮血卻沒有出現。

人偶的武器觸到翅膀，卻沒辦法再下壓任何一分。

鍊金人偶光滑的臉孔露出接近困惑的人性化表情，不過這表情僅只出現一秒。

下一剎那，淡藍的寒冰連同人偶的手臂、身體，將它整個人一併凍結。

拉格斐站了起來，他的羽翼上還留著淡淡、剔透的藍光。他轉過身，精緻的臉上缺乏表情。在他身後，巨大的漆黑薔薇已被他小心翼翼地用寒冰築起一層保護高牆，包括花莖連接的大半地面都被冰封，以防再有敵人鑽出地底偷襲。

看也不看那名徹底失去行動力的鍊金人偶一眼，拉格斐掠身加入戰局。

與梁炫、長照利用刀劍互相配合的攻擊方式不同，拉格斐發現就算砍斷人偶的腦袋也無法完全中止它們的行動，於是他捨棄軍刀，雙手十指上凝聚著淡藍光華。當他一隻手臂穿透一名人偶的胸腔，他也隨即從內部凍結住對方整具身軀。

倒下或僵立不動的人偶逐漸變多。

注意到自己的同伴不斷地被拉格斐用寒冰破壞體內、喪失行動能力，人偶改變攻擊策略。

其中一名人偶張嘴，發出古怪的嘯聲。

就像回應嘯聲，白之森的某處忽地傳來炸裂聲響。

什麼!?梁炫、長照、拉格斐神情瞬變，可還未等他們分神看向傳來爆炸聲的方向，大量黑影已像旋風呼嘯而至。

它們快速靈活地從樹梢、樹枝間竄出，張牙舞爪地露出嚇人的利齒。

彷彿事先策劃好，這些灰皮膚的古怪生物全都鎖定拉格斐。它們矮小的體型和敏捷的速度反倒使拉格斐原先的攻擊方式難以發揮作用。

另一邊，鍊金人偶改將梁炫和長照視為目標。

縱使黑白人影攻勢凌厲，又配合得天衣無縫，可只是削斷它們的手、腳、頭顱，或是其他部位，無法徹底停止它們的行動。

那些少了某些部位的人偶依然毫不停歇地逼近，攻擊、攻擊、再攻擊，如同一支不知疲倦為何物的軍隊。

梁炫與長照自然也看出戰況若再延長，只會對他們更加不利。

「長照，毋須再管此處是不是禁地了。」梁炫冷聲一喊，手中長刀迅速滑回刀鞘內。

「明白。」長照待長劍滑回劍鞘內，他後退一步，背脊和梁炫相抵。

剎那間，黑服女子和白衣少年的指尖、身軀輪廓都飄升出縷縷黑氣，這些黑氣轉眼層層環繞在他們身前。

就在鍊金人偶逼近的前一秒，黑氣驟成實體，漆黑的大量鎖鍊往四面八方疾速射出，縱橫交錯、層疊如網。

所有鍊金人偶都被納入黑鍊的攻擊範圍內。

頓時，只見那一具具金銅色軀體被扎得千瘡百孔，僵立原地不動。

而這片黑網中心的梁炫和長照面無表情，他們眼神一冷，漆黑鎖鍊立刻就像百蛇舞動，在空中飛也似地繞出一個又一個旋。

眨眼間，那些原本還僵立著的人偶便碎成難以計數的金屬碎片，遍撒在白之森的土地上，折閃出微微光芒。甚至離人偶剛好近一些的樹木也無法倖免，遭到了大規模毀壞，無故被鏟平一大片。

而就在梁炫、長照一舉鏟除鍊金人偶軍團時，拉格斐也一口氣殲滅了那些古怪又凶猛的灰色生物。

梁炫和長照一閉眼，抹去黑鍊，同時強行壓制住從心口處衝上的氣血翻湧感。這裡畢竟不是東方，力量耗損太過，也無從補充氣力。

旋即梁炫、長照睜眼，不約而同地加快腳步，與拉格斐分頭靠近那朵受到冰牆保護的黑薔薇。

當三人一接近，冰牆登時無聲無息地消融，在地面留下一灘反著光的濕漉。

踩過水漬，拉格斐想也不想地伸出手臂。

梁炫眼中剎那閃過戾氣，正當她和長照要聯手阻止拉格斐搶先碰觸他們小姐的不敬舉動，對方白皙的指尖已沾碰上花瓣邊緣。

幾乎毫無預警，巨大的黑色薔薇花居然自動綻放。那一片片閉攏的花瓣朝外掀開，不一會兒，吃驚的三人就見到花朵中心的光景。

三雙眼眸瞬間湧上狂喜。

「小姐！」

「小不點！」

黑薔薇中央赫然蜷躺著一抹安靜的嬌小人影。漆黑長髮披散，在紅黑服飾包裹下顯得身軀格外脆弱。

梁炫和長照有志一同地撞開拉格斐，梁炫最快上前，伸手就要抱出躺在花裡、彷彿失去意識的黑髮小女孩。

「小姐，沒事了，我等這就帶妳……！」梁炫的話語未竟，臉上笑意已凍結住。

不對，這不是他們的小姐！

「該死，是假貨！」梁炫臉色大變，厲聲一喊，但要拋扔臂彎中的人影卻已是來不及。

那名黑髮小女孩的皮膚霍然成了金銅色澤，旋即就像遇上高溫，迅速熔解，液態金屬突地流淌過梁炫雙腳，再覆蓋於長照和拉格斐足上。

短短時間裡，耗費氣力打敗人偶軍團與灰色生物的三人，輕易地被束縛行動。

液態金屬包裹住梁炫、長照與拉格斐的半身，讓他們被困在原地，動彈不得。

黑色薔薇花冷不防震顫，片片花瓣飄落。隨著它的凋零，一道低滑的男中音也逸入了空氣，再緩緩地消散於白之森中。

「不是眞正的資質者，眞是可惜了……你們就乖乖地待在這，別來礙事……」

這個聲音……雷文哈特！

梁炫等人有如被當面掌摑一記，他們扭曲了臉，然而那道低語早已化爲虛無，彷彿判定他們毫無價值。

偌大的白之森裡，如今只餘一片死寂，直到附近樹叢猛地發出沙沙異響。

被剝奪行動力的梁炫、長照和拉格斐內心一沉，只能咬牙被動地等待新一波敵人出現。

可是，當多抹矮小身影終於出現，三人不禁面露錯愕。因爲闖進他們視野的，竟是……

四 惡意之襲

冷不防出現的沙沙聲，讓珠夏腳步微滯。

謹慎地確認四周並無異狀之後，這名紅髮青年再次邁開步伐，那頭紅中帶金的長髮在深幽密林間，乍看下宛如燃燒搖曳的火焰。

而在珠夏身後，還有著一名白髮紅眼的蒼白少年，以及外貌如同個模子印出來的兩名高大青年。

他們分別是白蛇、羅剎和阿防。

當大會議室裡的光屏影像回復正常，雷文哈特的身影從上消失後，這四人不約而同地選擇前往同一個地點——湖中塔！

他們認爲艾草定是在那裡！

要抵達湖中塔，就必須先穿過一片茂密的樹林，接著才會看見湖中小島。

對於珠夏他們來說，這個地點並不會太過陌生。

或許賽米絲學園的學生鮮少知道，但湖中塔其實是隸屬黑荊棘的實驗室。

當然，雷文哈特將那朵黑色薔薇安置的地方自不會是在塔內——他還無法將自己的勢力伸至防備森嚴的實驗室中——而是在那座高塔所在的小島上。

可即使如此，也足夠顯示出雷文哈特在學園的這些年，暗地裡做了多少謀劃。甚至就連黑荊棘，也未曾察覺實驗室外被人動了手腳。

正是明白這個道理，所以就算珠夏他們心急如焚，也不敢貿然在這個有一定熟悉程度的地方躁進。

很快地，隨著珠夏伸手撥開面前遮擋的一叢枝葉，一座湖泊登時映進視野之內。

日光照耀下，湖泊像一瓣發光的鱗片，可是任誰都沒有那份心思欣賞。

所有人的目光都落在湖中央的島嶼上。

那是一座青翠小島，島上矗立著一座怪異萬分的灰色高塔，塔身由極爲巨大的石塊一體塑成，光滑的外牆上不但找不出一絲接縫，更看不見任何門窗。

不僅如此，其中最不尋常之處，莫過於那座高塔竟是上下顛倒。該是塔尖的地方埋入土裡，使得它呈現上寬下窄的古怪模樣。

但就算湖中塔再怎麼引人注目，樹林中四人注視的卻不是它。

那四雙眼睛瞬也不瞬凝望的，赫然是立在塔前的一朵黑色薔薇花。

黑薔薇巨大得不可思議，大小正好可以安置一名孩童在其中。黝黑的花瓣片片向內閉攏，不輕易讓人窺探內部的意味十分明顯。

一見到那朵漆黑的薔薇花，饒是態度沉穩和性子寂冷的珠夏、白蛇，都忍不住心神震蕩，瞳孔竄閃過一瞬熾光。

大會議室的光屏上，那抹躺在花內的嬌小黑髮人影，如今彷彿就在眼前。

「小姐……」

「小姐！」

羅剎和阿防更不可能沉得住氣，激動大喊的同時，他們的身形也化成黑煙，快若箭矢地飛掠過湖泊，一接近島嶼便恢復人形。

珠夏和白蛇的動作只慢那對孿生兄弟一瞬，當他們兩人來到島上時，立即發現自己被層層白霧包圍。

那些乳白色的霧氣不知從何而來，彷彿一開始就生成於此。

原本還能清晰看見景象的湖中小島，如今放眼望去盡是白茫茫一片，只能依稀模糊看見小島邊緣與湖水的交界處。

由於珠夏和白蛇落地位置極近，還能察覺到對方的存在。然而最先到來的羅剎和阿防卻已不見蹤影，也聽不見他們的聲音。

換作一般人，這時下意識會先尋找失散同伴的去向。只不過，珠夏和白蛇並不是一般人。

無論是紅髮的冷肅青年，抑或是白髮的淡漠少年，在確定視野內只餘彼此的瞬間，當即毫不猶豫地對著登上小島前就牢記的薔薇花位置飛快無比地探出手。

誰都想第一時間救出花內的嬌小人影，好讓對方第一眼看見自己！

「別礙事。」珠夏的指尖燃出金黃焰光，毫不留情地甩向一邊的白蛇。

「這句話奉還給你。」白蛇面無表情，手指到手腕浮出銀白鱗片，成為擋下火焰的堅固防護。不只如此，他的臂上眨眼間捲出數條白色繃帶，眼看就要纏縛住珠夏。

說時遲、那時快，兩人中間霍地再迸出金色的烈焰，繃帶一下子燒為灰燼。

只是珠夏和白蛇或許都沒想到，會有數道利光無預警地從前方的白霧深處劈出。

兩人急忙煞住腳步。珠夏手中即刻握住由金焰凝聚而成的長鞭，動作快速地朝前一揮甩；白蛇則是手背皮膚下飛竄出一截白色繃帶，疾如靈蛇地捲住針對自己的光影。

隨著兩人猛一施勁，一刀一劍立刻被大力地扔砸於地面。

與此同時，島上霧氣漸淡，已能讓人大致看清周遭景色。

珠夏和白蛇的眼中浮現短暫訝色，緊接著又轉回冷酷。

黑色薔薇花前方，不知何時竟佇立著兩抹應當屬於女性，卻又顯得格外古怪的身影。

她們體型高大，一頭青銅色的長髮披散糾結於背後；上半身赤裸，下半身層層圍繞著粗大的恐怖蛇尾。總共有四隻手臂，除了一手空無一物，另外三隻都拿著或刀或劍或斧的武器。

白蛇的鮮紅眼瞳微瞇起來，眼前兩名蛇女除了皮膚呈現金屬般的金銅色外，外形著實與巴別塔的守衛太過相像。

面對無法一擊偷襲成功的對象，蛇女們似乎也有些忌憚，沒有立即掄高武器攻擊。

就在這時，珠夏與白蛇四周的泥土地倏然冒出異樣聲響。

啵、啵、啵、啵、啵！

許多東西扒開泥土，從地底下鑽出竟是有著人形輪廓、高度只到成人膝蓋的木偶，以及半人高的紙片。

珠夏瞳孔驟縮，曾發生於夢魘之檻的場景從記憶中翻掀出來——木人偶、紙人形！

珠夏破天荒地冷哼一聲，緋紅眼瞳中湧動的不僅是冰冷的憤怒，還有毫不掩飾的殺氣。

雷文哈特安排它們作爲伏兵，簡直是一種惡意的嘲弄。

從地底爬出的木人偶和紙人形陸續站直身體，即使淡白霧氣環繞，也能看清它們的臉部。木人偶臉孔光滑，沒有任何突起的五官；扁平的紙人形臉上，卻有一張古怪的立體大嘴，裡頭成排牙齒正在上下敲擊，咔咔作響。

咔咔咔，殺殺殺。

咔咔咔，殺殺殺。

不論是木人偶或紙人形，不論它們有無嘴巴，全都發出了這陣詭異的聲音。

咔咔咔，殺殺殺！

當叫喊聲猛地拔得高尖的瞬間，它們一齊衝向了白蛇與珠夏。

另一邊，兩名高大的蛇女似乎也把這陣叫喊當作了攻擊訊號，從喉嚨中衝出凶猛的嘶吼，糾結的髮絲像被注入生命力般延長，「唰」的一聲，自兩方包圍住她們的敵人。

面對多重圍擊，白蛇只略掀一下眼皮，覆著蛇鱗的蒼白面龐帶有一絲厭煩。

他吐出寂冷的嗓音，「別拖我後腿，傷到艾草的花就殺了你。」

「這句話同樣奉還給你。」珠夏話聲剛落，他和白蛇便足不點地掠閃至相反方向，不但避開了木人偶的多方攻擊，更宛如他們一點也不想靠彼此太近。

咔咔咔，殺殺殺！薩麥爾的繼承人，你以為你能做到什麼？拔掉頭銜，你什麼也不是！

紙人形咆哮，雙手彎曲成尖銳的弧度。該柔軟的手指頓閃危險的鋒利光芒。

珠夏敏捷側身，讓眾多手臂撲空，有的劃過他的披風，有的刮到地面，瞬間留下數道深深爪痕。

即使目睹紙人形身體變異，堅利有如實質武器，珠夏的神情依舊未變，甚至那陣咆哮都無法撼動他的心神。

「拔掉頭銜又如何？我就是珠夏，這點毋須他人置喙。」五指伸起，紅髮青年的指尖瞬燃起金黃焰火。火焰就像多枝箭矢飛竄而出，毫無遺漏地射中紙人形，並且捲起越發旺盛的火勢，宛如野火燎原，一發不可收拾。

紙人形轉眼就被金焰吞噬，燒得灰飛煙滅。不僅如此，那波金色焰火還向四周擴散。

那些逃之不及的紙人形一下在高溫中化為灰燼。

就在珠夏燒去又一波圍攻上來的紙人形之際，危險的直覺衝上他的後脊。

那雙緋紅瞳眸一凜，珠夏立即抓住火焰化成的長鞭，迅雷不及掩耳地往身後捲甩，險之又險地攔截住一名蛇女的致命攻擊。

見自己揮出的刀斧被擋下，高大蛇女猙獰一吼，蛇尾乘隙要捲住珠夏的身軀。

珠夏及時再退，熾烈的金火飛快席捲，凶猛地爬上蛇女青綠的鱗片。

但蛇女不退反進，手中武器以刁鑽角度揮下。

珠夏無暇細思，烈焰當下塑成了雙劍，左右開弓地擋擊，但腕上佩戴的通訊手環還是被削斷，飛落至一邊。

施加在劍身上的強悍力道讓珠夏明白，這場由雷文哈特設下的戰鬥，最棘手的敵人便是面前的蛇女……

就在珠夏被紙人形和蛇女牽制之際，另一端的白蛇則遭木人偶團團圍住。

咔咔咔，殺殺殺。

咔咔咔，殺殺殺！

沒有五官的木人偶發出尖銳又稚氣的叫喊，如同情緒高漲的孩童們。

伊甸之蛇的後裔，你什麼也做不到！旁觀者就該乖乖滾回旁觀的位置上！

木人偶像是尖嘯又像是大笑地一擁而上，它們的胸腔霍然打開，裡頭竟埋藏了多把鋒利的匕首、彎刀。

木人偶抓著這些武器「唰、唰、唰」地朝白蛇揮劃，專挑致命部位，顯出它們凶殘的一面。

白蛇依舊沒什麼表情，彷彿就算陷入險境，也難以引起他心緒起伏。

「你們是什麼東西？不覺得管太多了嗎？」白蛇的紅眸沉寂如死水，手臂皮膚底下竄伸出多條白色繃帶。

繃帶快若飛箭，一晃眼就逼近木人偶身前，層層纏繞它們的身軀。

下一秒，繃帶成了蒼白的蛇，張嘴露出獠牙，一口咬掉木人偶的腦袋；其粗長有力的身軀更是將木人偶絞得四肢錯分，頓時在地面散落一片。

有的木人偶閃躲得快，沒被繃帶勒住。它揮舞著手上的武器，趁機跳竄到白蛇胸前，快狠準地便是雙刀齊下，只不過白蛇的反應比它想像中還快。

白髮少年反射性地以手擋在身前，使雙刀砍在手臂上。可刀鋒並沒有砍入血肉，更別說斬斷他的筋骨。

木人偶沒有五官表現情緒，然而在發現自己的武器像是砍在了某種堅硬無比的物體上後，它的動作不禁一怔，宛如在表達深深錯愕。

五隻蒼白的手指猛地抓住木人偶，白蛇的紅眼像在俯望卑微的生物。從他的手指到手腕、到沒入衣袖內的手臂一角，都可看見本該毫無血色的皮膚上，竟浮冒出銀白鱗片。

白蛇五指霍然使勁，當下讓木人偶身首異處。

扔開那具失去反應的木頭殘骸，白蛇察覺黑影逼近。他敏捷地回身，映入眼內的赫然是另一名高大蛇女，那揮動的四隻手臂從四面八方砸下武器。

危險的陰影籠罩在白蛇頭上。

白蛇眼中有什麼疾速一閃，他張開手掌，掌下瞬間冒出大量潔白繃帶。它們像有著各自的意志，分頭衝向蛇女的武器；有的靈活纏捲，有的化爲大蛇，張牙舞爪地對蛇女露出尖利的巨大獠牙。

抓準蛇女被攔住的空隙，白蛇拉開距離，他注意到影子。

蛇女的影子，武器的影子……

「想必你也發現了。」幾乎同一時間，珠夏和白蛇一樣退至原地，他低冷的嗓音聽起來很沉穩，又透著一絲冷酷，「我需要有人先絆住她們，否則只會無意義地耗費時間，誰也見不到艾草。」

「……眞麻煩。」白蛇厭煩地吐出寂冷的句子，可他的手臂上已攀附上一條小蛇。

當左右兩方蛇女驟然逼靠過來，白蛇的眼瞬冷，手臂上的蛇眨眼竟崩散形體，成爲數條繃帶分竄向兩方

這些繃帶彷彿白色的鎖鍊，飛也似地射向蛇女，暫時剝奪了她們的行動力，連四隻手臂也被牢牢地限制住。

與此同時，珠夏的指尖燃起金焰。但火焰這次是沿著他的手腕、手臂一路向上蔓延，就連他那頭紅中帶金的長髮也像是在燃燒。

不對，不是像，他的髮絲末端眞的化爲火焰。

當那頭長髮成爲輝煌的火焰，珠夏眼一閉，轉瞬又睜開。在腦海建構出島上地圖，以及

黑色薔薇花的方位後，他霍然揚手，從身上衍生出的金色烈焰頓時沖天而起，再如落雨般紛紛砸下。

火焰一沾附島上的淡白霧氣，立即就將白霧燒灼殆盡，不留一點痕跡。

隨著白霧快速消退，被繃帶縛住的蛇女也在大力掙扎。

眼見白霧即將被燒得丁點不剩，蛇女們搶先掙脫繃帶。她們的長髮像活物般將繃帶撕扯成碎片，再瞄準白蛇與珠夏的身影飛刺而來——

來自左右兩端的攻擊並沒有落到珠夏和白蛇身上。

就在最後的白霧被「憤怒」的火焰燒盡的同時，兩方人馬彷彿聽到玻璃劈啪碎裂的聲音，空氣出現刹那波動。

小島上的景象沒有絲毫改變，湖中塔依舊矗立於島中央，黑色薔薇花靜靜立於塔前。地面上可見木人偶的分肢殘骸，以及紙人形被燒燬後留下的灰燼。

但是，卻沒有蛇女的存在。

珠夏、白蛇的左右兩側，取而代之的是同樣高大，可截然不同的身影。

長相如出一轍的兩名英挺青年露出了震驚的表情。他們一手握著長柄鋼戟，一手抓著漆黑鎖鍊，微縮的瞳孔中，確實映出了珠夏和白蛇的影子。

「這……這是怎麼……」羅刹罕見地說話都不俐索了，「喂，兄弟，我們剛打的沒品味蛇女呢？」

「兄弟，你問我、我是要去問誰？」阿防嘴上回話，雙眼則死死瞪著站立在他們中間的兩人，「我記得我們終於擺脫那些討人厭的頭髮，留那麼長都沒保養，眞是太讓人不舒服了……！」

羅刹和阿防猛地閉上嘴，視線停在白蛇手上的綳帶。

他們以爲自己是跟兩名棘手的蛇女打得僵持不下，然而實際上……

這對孿生兄弟的臉色瞬間變了又變，他們扼腕又懊惱地大叫一聲，長柄鋼戟重重拄地。

「喊！早知道就該動作更快一點的！被幻術迷惑耳目，不小心誤宰了這個白毛的跟那個紅毛的，這理由聽起來多有誠意！小姐一定會體諒我們的小小失誤！」

「都是你啦，兄弟。」

「不，明明就是兄弟你沒有配合好。」

羅刹與阿防也不管眼下是何種場合，頓時互相指責起對方。

即使自己成爲話題中的主角，珠夏和白蛇依然無動於衷。他們有志一同地做了同樣的動作，猝然轉身，就朝著黑色薔薇花奔去。

「別想碰我們小姐一根寒毛！」

「混蛋！當我們會讓你們偷跑嗎？」

羅刹、阿防眼泛凶狠戾氣，漆黑鎖鍊毫不遲疑地飛甩而出，勢必要攔阻下前方兩人。

黑鍊的確雙雙拽拉住珠夏、白蛇的手腕，可兩人的另一手也觸碰上黑色薔薇花。

說時遲、那時快，黑薔薇閉攏的花瓣震顫，緊接著竟一瓣瓣地向外翻掀開來，將花朵中心展露在眾人眼前。

瞬間，四人目光都停留在上頭，忘記彼此的牽制。他們苦苦尋找的黑髮小女孩，此刻就在他們能觸及之處。

「艾草……」

「小姐……」

呢喃聲不自覺地逸出。

下一刹那，羅刹和阿防交換了一記唯有他們兄弟才了解的眼神。前者突地化爲黑氣，後者大力扯住一併交給自己的鎖鍊。

雙方的合作無間下，阿防絆住了白蛇和珠夏，使羅刹成爲最快抱起艾草的第一人。

俊朗的青年笑開了嘴，可那抹笑容轉瞬凍住。

同爲地府之人，羅刹立即感覺到對方身上的氣息不對，那不是他所熟悉的……

「不對，這不是小姐！」羅刹扭曲了臉，立刻要拋開那具嬌小的軀體。

然而被紅黑衣飾包裹的黑髮小女孩冷不防張開了眼，皮膚眨眼染成一片古怪的金銅色，然後像遇上高溫的金屬，在羅刹雙手中失了輪廓，潰散、滑落。

金銅色的液態金屬以驚人速度蔓延過羅刹、阿防、白蛇和珠夏的雙腳，並且向上攀附。

在四人被逐漸剝奪行動力時，盛綻的黑薔薇凋零，花瓣像受到無形力量捲起、散逸……

在這之中，依稀能聽見一道聲音落下。

「可惜了，你們也不是……既是如此，就留在這，以免礙事……不知道五塔那，是不是又會讓我失望？」

聲音很快隱沒，彷彿只是一場錯覺。

可是珠夏四人卻聽得明白，那分明就是雷文哈特的聲音。

「該死的……那個混蛋！」阿防的臉因猙獰的表情而扭曲。

但困住行動的液態金屬彷彿在無聲地嘲笑他們。

倏然間，一道尖銳短促的聲響打破了島上的死寂。

四人視線登時轉過，珠夏眼中微閃過訝色，因爲發出聲音的，竟是先前被打落的通訊手環。

代表著有人聯繫的訊號閃了閃，隨後一面光屏自動跳出。

珠夏眼中訝色更甚，出現在光屏上的人影竟是……

五 地獄歸者

白犀之塔、緋孔雀之塔、墨鮫之塔、碧蜥之塔、藍獾之塔。

五座宿舍塔交界的廣場，一場激戰看似已經接近尾聲……

地面上，到處可見到殘破的鍊金人偶或拼布小熊。前者不是肢體斷裂就是身首異處，但胸腔無一不是被挖開一個大洞，維持它們動力的核心皆被挖出，進而破壞；後者則是身軀千瘡百孔，大量棉花從內部被擠壓了出來，這似乎是造成它們無法動彈的主因。

廣場上只剩少數的鍊金人偶，小熊軍團幾乎全軍覆沒，可是戰鬥還未真正結束。

將石杖重重砸撞地面，在洛榭地之精靈力量的操縱下，本就狼藉的地面再度迸裂。石塊混著泥土，像是刀片地翻刺起，朝多方突刺出去。

那齊聚又盛綻的姿態，乍看下簡直像是一朵巨大的石之花。

面對這波凶猛的大範圍攻擊，數名鍊金人偶閃避不及，當下落了個被貫穿全身的下場。

不過就算如此，只要核心沒受到破壞，鍊金人偶依然能行動，如不死士兵再度發動攻擊。

「我相信我告訴過你了，核心才是重點。那看起來華麗的攻擊，只是在浪費無謂的力氣，洛榭。」淡然吐出這番話語的，是在另一端與數名鍊金人偶纏鬥的橘髮少年。一身黑袍隨動作不時捲起，飛快刮閃過鍊金人偶身邊。

「而我的建議是省去你的廢話，閉上你的嘴巴，你這多話的校醫，當心你的舌頭被女人砍去。」白金髮色的男人暴躁地回話，手中石杖又一猛力揮舞，狠狠打斷靠近他的一名鍊金人偶頭顱，再將石杖末端俐落插入對方胸口，不留情地鼓搗，讓那名鍊金人偶再無聲息。

「管好你自己的安全吧，薩拉，少多事了！」

洛榭在戰場上不喜歡廢話，他會朝薩拉砸出那串與其說是斥責、更像是警告的話，自然是有原因的。

雖然同樣都被鍊金人偶包圍，但薩拉那邊卻多了最棘手的——

「嘻嘻，洛榭老師說的沒錯呢，這時還分心真的好嗎，薩拉醫生？」優美悅耳的嗓音如歌響起，但伴隨而來的卻是凌厲似暴風的連串劍擊。

藍髮少女就像森林妖精表演舞蹈，只是握在手中的不是柔軟美麗的鮮花或布幔，而是欲置人於死地的鋒銳利器。

長劍在亞瑟希兒手中揮舞自如，她毫不留情地步步進逼，每一下突刺都直取薩拉的致命之處。

如今的亞瑟希兒，外貌依舊像清麗脫俗的森林妖精，但她的眼瞳不再是琥珀色，而是無機質的鮮紅結晶體；皮膚更被金屬的黃銅色覆蓋，看起來與那些肖似她的鍊金人偶沒兩樣。

唯一的差異，或許在於她有鮮明的情緒起伏，會像孩童天真地笑，也會展露冷酷無情的一面。

薩拉利用光點塑爲堅硬的金色光刺，光刺在他手中靈活得像有了生命，一次次擋下亞瑟希兒的攻擊；可依然會不經意暴露出微小的空隙，使得亞瑟希兒的長劍有機可趁，刁鑽地劃破黑袍一角，有時甚至在他身上留下血痕。

與洛榭相比，薩拉並不算武鬥派。他是一名校醫，專門治療各方傷者——雖然治療方式偏於暴力。

亞瑟希兒當然不會放過這點，她唇角彎起甜美的笑，隨後嘴唇一嘛，吹出一聲短促的高音。立即有其他鍊金人偶加入戰局，要讓薩拉疲於應付多方攻擊。

在洛榭無暇分身支援，自己又受傷的情況下，薩拉那張臉龐依舊沒什麼特別表情。薩拉的右手持握光刺，迎擊亞瑟希兒不停歇的攻擊，左手則猛力往衣前一扯，拽下什麼。

在左側鍊金人偶舉劍劈下的前一剎那，某個巨大物體已搶先一步大力揮出。

誰也來不及看清，只見那名鍊金人偶連同身旁同伴一併被重擊出去，重重摔在地面。

面對如此情況，饒是笑吟吟的亞瑟希兒也不禁面露一瞬訝異。搶在一抹金影快速掃來之前，她飛快向後躍退，拉開距離，以確保自己不在對方攻擊範圍內。

待亞瑟希兒定睛一看，她微睜大了眼。

薩拉右手上的光刺猶在，可他的左手竟抓著一把巨大鑰匙。

那鑰匙呈金黃色，做工繁複細緻，足有成年人手臂那麼長。其硬度和長度，怎麼看都是適合攻擊人的便利工具。

「空間……之鑰？」亞瑟希兒愣怔一會，旋即咯咯笑起，「居然將這當成武器？校醫先生，或者該稱『守門人』先生，我該說這是我的榮幸嗎？爲了表達我的敬意，我會——好好殺死你，將你那冷漠又美麗的藍眼珠當作收藏。」

亞瑟希兒的背後猛地張開金屬薄翼，在嗡嗡的震顫聲中，那抹纖細身影加快了速度，像枚高速砲彈射出。

亞瑟希兒攻擊幾乎快得看不清，眨眼欺近，再一眨眼又閃退。但她不會因爲薩拉來不及防備就手下留情，她的劍尖將薩拉的黑袍割得近乎殘破，黑袍底下的皮膚也見了血，有的傷口甚至深及見骨。

爲了不讓洛榭趕來支援，亞瑟希兒操控剩下的鍊金人偶都去對付他，使他分身乏術。

薩拉被逼得連番移位，他捨棄了光刺，改用金鑰與亞瑟希兒對打。

有幾次，亞瑟希兒被那強橫的力道擊退，但更多時候是她佔了上風。

然而薩拉的表情仍毫無改變，當他試圖再以金鑰阻擋亞瑟希兒刺出的長劍，腳卻被地上的鍊金人偶殘骸絆了一下，登時身形不穩，整個人向後仰倒。

亞瑟希兒當然不會放過這大好機會，她簡直想嘲笑薩拉這不是時候的笨拙了。

鮮紅色的結晶雙眸浮閃過冷酷的光芒，亞瑟希兒沒有絲毫猶豫，立刻握劍往下，使勁全力一刺。

若不是薩拉反應夠快，千鈞一髮之際用鑰匙擋下，恐怕身體就要開出一個窟窿。

險之又險地接下亞瑟希兒的攻擊，薩拉藍眸清冷。

他說：「捕捉，確定。」

與此同時，亞瑟希兒錯愕地發現到，她與薩拉的周身突然冒出金光。一個點、兩個點、三個點、四個點、五個點……共有五個點在發光。

而在薩拉身下，赫然展開一個奇異的法陣。金色線條快速蔓延，眨眼便以那五個光點爲界，完成法陣建構。

大量金色絲線瞬間從法陣內湧出，將薩拉上方的亞瑟希兒纏得密密實實。

就在薩拉把金鑰抵上亞瑟希兒胸前，逆時針轉動的時候，那張金屬色的清麗臉龐倏然漾出詭異的笑容。

「你說，我真的就是『我』嗎？」

那是藍髮少女說出的最後一句話。

從金鑰長柄處冒出的尖刺毫不留情地貫穿那具纖細身軀，鮮紅色的眼眸頓時暗下。

薩拉聽清楚那最後一句話，他猛地扭頭，向洛榭方向看去。

白金髮色的男人已將鍊金人偶都處理得差不多，只剩之前被他以石錐貫穿身體的那幾人。

由於石錐的尖端沒有刺中胸口、破壞核心，所以就算那幾名鍊金人偶遭受重創，還是有活動的機能。

面對此情形，洛樹直接撤走了巨大的石錐，他的石杖分解成多枚石片，迅雷不及掩耳地飛射向多方，每一枚都精準地沒入那些人偶的胸腔。

瞬間，就見那些金屬殼子一具具倒下。

洛樹冷冷地掃視地面，正要踏出，一隻手倏地箝制住他的腳踝。

洛樹一愣，反射性低下頭，收縮的瞳孔中竟倒映出一名該失去機能的鍊金人偶抓住他的腳，對他露出微笑。

那微笑甜美動人，一點也不像是人偶會擁有的。

「洛樹老師，我有說過我的核心在那嗎？人偶的人偶，果然輕易就能矇騙過我們的校醫先生呢。」

原來薩拉打敗的不是眞正的亞瑟希兒，只是僞裝成她的鍊金人偶。

眞正的亞瑟希兒，一直在洛樹身邊！

面對這讓人措手不及的發展，洛樹一時似乎難以反應。

洛樹．哈爾頓看起來愣住了。

「還有一件事，黑荊棘老師給了我很好的靈感呢。」話聲驟落，亞瑟希兒的金屬色身體無預警地伸竄出無數的金屬色植物。

這些細長的枝條發狂似地生長著，每一根都扎過洛樹的暗色長袍，穿透他的血肉。

鮮血瞬間染濕了洛樹的外袍，再沿著金屬枝條無聲地淌落。

亞瑟希兒的皮膚從金屬色變回雪白，天真又爛漫地笑出聲，紅唇吐出的話語如此欣喜。

「我要實現我的承諾了，我要挖出洛榭．哈爾頓的靈魂碎片，奉獻給我的主人！」

「那也要妳還有命做得到才可以。」

隨之響起的是另一道低沉陰冷的聲音。

亞瑟希兒的笑容凝住。那是洛榭．哈爾頓的聲音，可爲什麼不如預期中虛弱？

亞瑟希兒甚至沒時間細思，她全身各處猛地傳來劇痛，尤其以鎖骨中心處爲最。

那裡，同時也是金屬枝條冒出的地方。

彷彿承受不住那份痛楚，所有金屬植物「唰」的一聲回到亞瑟希兒皮膚下。然而在那具纖細身子的表面，依舊有什麼穿刺出來了。

密密麻麻的尖銳石塊從地底鑽出，將亞瑟希兒的身軀刺得慘不忍睹。特別是她的鎖骨，有個石塊格外尖銳，形如長錐，不但穿透亞瑟希兒身體，尖端還戳刺著一朵鮮紅色的薔薇花形結晶體。

那正是亞瑟希兒的核心。

「妳以爲妳在誰的地盤？」洛榭就算衣上染著大量鮮血，還是站得筆挺，碧綠眼瞳冷酷地俯望躺在地上曾清麗如森林妖精、如今千瘡百孔的藍髮少女。

「呵……咳……」亞瑟希兒虛弱地扯出笑容，核心遭到剝離的她，感覺力量流失得越來越多，但還是極力擠出話。

「結果，最後被算計的……原來是我嗎？這還眞是……令人遺憾哪。洛樹，你明明也是薩麥爾的靈魂碎片，可你卻不是我主……沒有繼承意志而甦醒的你，應該乖乖地被我主重新吸收才對……」

「笑話。」洛樹冷哼一聲，他語氣冷硬，宛如在陳述不會改變的眞理，「我是洛樹．哈爾頓，我不會允許任何人破壞我現今的生活。妳的話太多，該閉上嘴了。」

沒有一絲心軟，洛樹一腳將掉落在地的紅薔薇結晶踩個粉碎。

亞瑟希兒眼中光芒熄滅。

這名存在悠久歲月的鍊金人偶，終於迎來了屬於她的「死亡」。

下一秒，洛樹一個踉蹌，猛然屈膝跪地。他臉色蒼白，一手下意識地按於右胸，不一會兒，指縫間滲出大量鮮血。

「坐下，死命撐著也不能證明你多有男子氣概。」一道陰影罩下，穿著黑袍的橘髮校醫居高臨下地看著洛樹。不待對方開口，他已一腳重重踩上對方膝蓋。

「媽的！」洛樹憤怒地大聲咒罵。他的膝蓋上也有傷口，薩拉那不留情的一腳，頓時讓他無力支撐，整個人跌坐於地。

「先把你的外袍脫了，我要判斷傷勢。」薩拉無動於衷地說，「你不會想見識我對付愚蠢又不聽醫囑的傷患的手段的。」

洛樹惡狠狠地瞪了薩拉一眼，接著粗暴地扯下外袍。可以看見衣上有大量破損，那些都是被金屬植物刺穿的。不過奇異的是，鮮血只從部分傷處流出，有不少地方雖然衣服破了洞，可底下皮膚卻毫髮無傷。

薩拉見怪不怪，他明白洛榭是利用石片覆蓋身軀，擋下亞瑟希兒的大範圍攻擊。

事實上，這是洛榭與薩拉的計畫。他們早已先假設亞瑟希兒會隱藏自己，利用相像的鍊金人偶假冒成她；除此之外，她的核心定不像其他人偶位於胸腔，以免輕易就遭到破壞。

爲了誘使亞瑟希兒主動暴露弱點，洛榭和薩拉才會將計就計，以自身爲餌，看誰能成爲亞瑟希兒的目標。

計畫確實進行得很順利，但是……

薩拉看著洛榭右胸處開的洞，那是洛榭全身上下最嚴重的傷口了，恐怕是他的石片來不及包覆。

「如果換在左邊，那麼你就眞的要被亞瑟希兒挖出心臟了。」薩拉淡淡地說，「我要開始進行治療了，別說話。」

語畢，薩拉在洛榭身前蹲下，雙手置於對方右胸傷口上，藍眼閉上，掌心漸漸浮現淡金色光芒。

很快，光芒範圍擴大。薩拉嘴唇微動，像在快速地喃唸著某種語言。

隨著光芒顏色轉換爲深金，薩拉白皙的額頭浮冒出豆大的汗珠。

薩拉的喃唸聲越來越快，臉色也越來越蒼白。

洛樹卻沒有餘力分心聆聽薩拉唸的是什麼，他全身傷口都像有針在戳刺。

當薩拉將雙掌下的光芒壓縮成一顆光球，猛地打進洛樹右胸處，撕裂開的血肉竟在剎那間自動癒合了。

同一時間，洛樹臉龐霍地扭曲，他大力捏緊拳，抿住嘴唇，以免咒罵和叫喊不受控制地跑出來。

光球埋入身體的感覺，簡直就像有人拿了一根燃燒的火把，狠狠捅入傷口。

若不是知道薩拉的治療方式以粗暴聞名，洛樹真的會懷疑自己在無意中和對方結下過什麼深仇大恨。

大口地劇烈呼吸著，洛樹忍耐等著疼痛過去。

而薩拉看起來也不太好。他臉色蒼白，呼吸比平時急促，顯然醫治洛樹的傷耗損了他不少氣力。

就在這時，兩人手腕上的通訊手環不約而同亮起紅點，教師專用的頻道無預警傳出聲音。

「這裡是緋孔雀之塔，壓制完畢，所有學生全都失去意識。」

「這裡是墨鮫之塔，一樣壓制完畢。」

「這裡是碧蜥之塔，壓制完畢，少數學生掛彩，但情況不嚴重。」

「這裡是藍獾之塔，任務順利達成。」

這是各年級班導師的聲音，接著黑荊棘低啞的嗓音也傳了出來。

「白犀之塔，壓制完畢。受到污染的學生已全體昏迷，並全體掛彩，建議晚些時候派醫療人員過來。」

白犀之塔的情況，讓其餘班導師忍不住都沉默了。

「呃……」好半晌，換成學園長的聲音出現，「總之，各位班導師辛苦了。五塔暫時不解除封閉，還請各位先將學生們送回房裡，並且依序點名，確認完情形再向我報告。」

「遵命！」

「收到！」

「我爲什麼要做那麼麻煩的事？」

眾人的回應從通訊手環響起。

「五塔外也清理完畢，亞瑟希兒死亡。」最後，洛榭扔出了這句話，毫不猶豫地將通訊手環的音量轉小，換得耳根清靜。

薩拉則是深呼吸一下，微晃著身子站起。可緊接著，他就彷彿察覺到什麼，素來缺乏表情的臉一凜，霍然朝某個方向轉過頭，全身繃緊。

見狀，洛榭以爲是新敵人來襲，馬上手一拍地，鋒銳石片迅速飛起，環繞兩人身邊。

薩拉卻無視那些石片，對自己方才扔下鑰匙的方向一張手，巨大的金色鑰匙即刻飛起，回到他手中。

當雙手十指一握住鑰匙，薩拉眼神一閃利光，做出旋轉的動作。

喀噠！

就算是洛樹，也聽見了開鎖的聲音。

頓時，奇異的事發生了。

薩拉正前方平空出現一扇門，門板敞開，門內是扭曲的黑暗漩渦，還有銀色光芒如流星閃滅。

洛樹不禁挺直了身體，周圍石片一片片掉落。

空間通道開啓了。

薩拉不會讓無關之人闖入已封閉的賽米絲學園，既然如此……是誰要過來？

薩拉盯著自己打開的空間通道，手指微敲就像是在默數數字。

一、二、三——

薩拉立刻往旁退開一大步，同時空間通道內迅捷地衝出三抹人影。

最先落地的是足蹬黑靴的粉紅長髮少女，碧綠眸子如寶石般燦亮，華麗的容姿可說世間罕有。從背後展開的漆黑羽翼，顯出她的種族是惡魔的事實。

而接連在後出現的，是一名黑髮紫眸的少年與黑髮紫眸的女孩。他們的髮絲如暗夜森林，眼眸宛若淡紫水晶。兩人五官相似，背後張開的雙翅不似鳥羽，而是光滑的蝠翼。

這些，正是暗夜眷族的特徵。

從空間通道內出現的不是別人，正是先前返回地獄的莉莉絲、伊梵和菈菈！

任由華麗的大門在後方關閉，進而消失無蹤，莉莉絲等人都是一臉愕然又震驚的表情。他們無法理解，自己爲什麼是來到五座宿舍塔的交界廣場？

不僅如此，廣場四處還倒著多名失去意識的學生，更多的則是棉花外露的小熊布偶，以及身軀殘缺或是身首異處的鍊金人偶。

這是怎麼回事？爲什麼這個地方……簡直像發生過慘烈的戰鬥？

三名年輕男女的目光忍不住再怔怔地落在薩拉與洛榭身上，不明白校醫和一年D班的班導師怎麼也待在這裡？

緊接著，菈菈注意到鍊金人偶的外貌。她先是狐疑地眨眨眼，隨即不敢置信地倒抽口冷氣。因爲那張臉孔、那個模樣，分明就是……

「亞、亞瑟希兒老師!?」菈菈尖聲地喊，腦中一片混亂。

他們是從治療室離開的，照理說回來的門不也要開在治療室嗎？而且、而且……這些像極亞瑟希兒老師的鍊金人偶……她有修過亞瑟希兒老師的課，印象中，這名一年B班的班導師既親切又友善，將學生都當成朋友一樣對待。爲什麼……

「那不是亞瑟希兒，眞的亞瑟希兒在這。」洛榭不耐煩地說，一把扯開方才被他隨意一扔，剛好覆蓋住亞瑟希兒的外袍。

當那具被密麻石塊穿刺得慘不忍睹的纖細身軀被暴露，菈菈瞠大眼，驚恐得沒了聲音。

莉莉絲和伊梵不禁瞳孔一縮，再怎麼鎮靜也終究變了臉色。

「這見鬼的……到底是發生什麼事！」莉莉絲攥緊拳頭，暴喝一聲。

「發生了很多事。」薩拉眉頭微蹙，猶豫要不要浪費時間解釋。

不過猛然傳來的響亮聲音打斷了薩拉未出口的話。

叭！叭！

急促的喇叭聲響在五塔外，下一瞬間，一輛外表破敗、前方還燃著鬼火的公車不知是從何處衝出來的，在眾人身旁緊急煞車。「嘰」的一聲，像是有人用指甲抓撓玻璃一樣刺耳。

那是賽米絲學園傳聞中的校車。

車門猛然開啟，坐在駕駛座的是一隻有著鮮艷拼布的布偶熊。

叭！布偶熊又重重按了下喇叭。

「咩的咧！快上車，那個東方小不點確定是在中庭廣場了咩！」布偶熊用如同小孩的高尖聲音喊，「老子的第二小隊傳來消息，白之森的花只是幌子！監視器十三號也傳來消息，湖中塔那邊的也是假貨！快快快，動作快！你們是沒吃飯，腿軟了嗎咩！」

「東方小不點……小米粒怎麼了？她不是應該好好被保護在治療室嗎？薩拉！」莉莉絲嬌艷的臉龐染上狂怒，黑焰在她的指尖瞬燃。

「雷文哈特和亞瑟希兒聯手帶走了艾草，他們利用溫蒂妮。雷文哈特就是薩麥爾的靈魂碎片，他繼承了薩麥爾的意志。」薩拉面無表情，簡潔地說。

光是這幾句就讓莉莉絲等人如遭雷擊。尤其是伊梵和菈菈，這對堂兄妹慘白著臉，怎樣也難以想像自己的班導師，居然會是操弄一切的幕後黑手！

「別浪費時間了，快滾上校車！」洛榭猛地以手掌擊地，地面上剎時間生成一隻巨大的石灰手掌，冷不防地往前推掃，將三名猶震驚得呆愣的學生趕上了校車。

若非及時抓住校車上的拉環或椅背，莉莉絲他們可能就要站不穩，狼狽地摔倒。

「校醫，你也快上來咩！」布偶熊大聲催促仍在車外的薩拉，「老子已經把資質者的辨別系統關掉了，一般人也可以坐上來了咩！」

薩拉注意到洛榭依舊坐在地上，沒有要起身的意思，他微揚了眉毛。

「我沒要跟去。」像是察覺到薩拉的視線，洛榭不耐煩地回話，「你以爲我眞的對你的治療方式無動於衷嗎？我留在這裡，反正五塔也得有人看著。快帶著那些小鬼滾過去，交換生身上的詛咒還要你盡快解除。如果有聽懂我的話，那邊那隻熊，動起你的手，開車！」

「什麼叫『那隻熊』？老子可是堂堂副學園長！咩咩咩！」要是拼布做成的臉可以顯現表情變化，想必布偶熊的臉一定呈現出赤紅。

布偶熊氣急敗壞地拍上方向盤，車門立即關閉。

「等一下！珠夏大人呢？珠夏大人現在在哪裡？」菈菈焦急地喊，「我和伊梵已經查出來了，當初交給我們黑暗元素結晶的人說，雖然沒看見請他代爲轉交的那個人的臉，可頭髮顏色的確是像火焰……可是，珠夏大人根本就不可能……」

「那當然不可能是珠夏。」薩拉平靜地說，「副學園長，讓他們看雷文哈特的相片，你應該有學園長那禿頭傳來的相片吧？」

此時遠在大會議室統籌一切的灰髮中年人，無故打了個大噴嚏。

「咩！那還用說嗎？」布偶熊一手操控方向盤，一手靈活地在座位旁拍拍打打，下一秒，車內竟降下一面大螢幕。

當螢幕上浮現出一抹身影時，無論是莉莉絲、伊梵，還是菈菈，三個人都呆住了。

螢幕上，那人擁有一頭赤紅長髮，末端呈現耀眼的金黃色，乍看下有若火焰燃燒。不只如此，他的五官與珠夏竟有絲相似。

「他……他就是雷文哈特老師？」菈菈喉嚨發乾，她知道自己這樣問很奇怪，可雷文哈特雖說是他們的班導師，卻從來沒人見過他藏於頭套下的眞面目。

相較於堂妹的反應，伊梵則是眼神猛地一戾。他捏緊拳頭，當下明白那件「生日禮物」的由來。

「怪不得你們倆會相信，那黑暗元素的結晶是珠夏送的……」莉莉絲喃喃地說，「根本就沒人會想到，竟然還有人跟珠夏一樣也是……」

「其他詳情，路上我再解釋。」薩拉說，「拿到圖譜就交給我，我們馬上要到中庭廣場。」

「等等。」伊梵突然打斷薩拉的話，「我和菈菈要到珠夏大人那，我們是珠夏大人的隨從。」

薩拉瞇眼望著神情堅毅的伊梵和隨即也大力點頭的菈菈，接著一頷首。

「珠夏在湖中塔。雖然方向相同，但爲了節省時間，我直接開通道讓你們兩人過去。」

說著，薩拉張開掌心，露出已恢復精巧形狀的空間之鑰。

菈菈鬆了口氣，連忙點開通訊手環，打算先聯繫珠夏。

只不過，還未等薩拉採取行動，駕駛座上的布偶熊已先拉高嗓子。

「再開下去，你就眞的沒力了，校醫咩！你還得要救那個東方小不點吧？不管是湖中塔還是中庭廣場，都由老子直接送過去吧咩！老子的技術可是號稱賽米絲第一的！通通坐好啦，摔到地板上老子可不負責的咩！」

布偶熊快速地換檔，同時大腳將油門一口氣踩到最底。

全速——衝刺！

六 黑牆迷宮

當梁炫、長照、拉格斐前往白之森，羅刹、阿防、珠夏、白蛇前往湖中塔，金枷、銀鎖，以及貝洛切爾三人，則選擇了中庭廣場爲目的地。

雖說從距離上來看，中庭廣場離大會議室是最近的，然而當貝洛切爾他們一接近中庭廣場，前方卻無預警發生了多次爆炸。

砰！磅！磅！

爆炸地點離他們還有段距離，但那些地方都平空浮起綿延的黑之牆，遮蔽了原本能一望無際的遼闊視野。

假使能從上空俯望，此刻的中庭廣場看起來會像是一座錯綜複雜的大迷宮。

貝洛切爾他們不是沒有考慮過這個方法，畢竟比起花時間四處碰壁，還不如用最快的速度找到他們的目標物——那朵可能關著艾草的黑色薔薇花！

然而這些黑之牆彷彿具有生命力，一旦他們騰躍起身影，牆竟也跟著變高。不管嘗試多少次，皆是相同結果。

即使試圖強行破壞，黑牆卻如柔軟的布料般凹陷，隨即又回復原狀。

不，比起布料，用影子來形容可能更適合。

毫無選擇的狀況下，貝洛切爾、金枷、銀鎖只能被迫依敵方規則行事。

貝洛切爾跑在最前端，他有些訝異金枷和銀鎖在迷宮內會和自己一同行動。他以爲看似人偶的兩人，會依循自己的意志，找尋能通往黑薔薇的方向。

縱然與兩人相處時間不長，可貝洛切爾知道，高大的黑衣男人與纖細的白服少女對他人全然無動於衷，他們只聽從艾草的命令。

既然如此，爲何又會……貝洛切爾轉念一想，忽然明白了。那兩人只聽從艾草命令，或許艾草曾交代過，要他們幫忙保護她的朋友。

是的，那名小女孩確實會這麼做。她是如此強大，又如此體貼。

「嘲笑他人，蔑視他人，當眞是如此有趣的一件事嗎？」

曾經的話語浮現於貝洛切爾的腦海，那嗓音清亮稚氣，蘊含著堅定的意志。

貝洛切爾無法抑制地繼續想下去。

穿著紅黑服飾的黑髮小女孩威風凜凜，一雙墨黑大眼總是直視他人，不曾移開視線。

艾草……他的小姐……貝洛切爾不只想起了螢火光原的初識、臣服，更想起眞實之湖發生的一切。

——皎白的月光下，纖細的黑髮少女浸泡在湖水中，清麗的臉蛋猶帶一絲青稚，深邃的眼眸如同粼粼水潭，光是看著望著，就令人不由自主地沉溺……

發現心思竟不自覺地轉爲遐想，貝洛切爾暗中苦笑，強迫自己專心，可心裡一角卻有道聲音在暗自慶幸。幸好，當時能見到他的艾草……他的小姐的眞身的，僅有少數幾人。

野薔薇的心全繫在黑荊棘身上，毋須擔心；伊梵也構不成威脅。至於拉格斐，終於意識到情感而產生自覺的情敵向來惹人厭，可還稱不上「棘手」。

倘若換作白蛇看見了，那麼他們雙方之間……恐怕有場硬仗要打。

只不過，珠夏的存在也是出人意料。

貝洛切爾皺緊眉，依然記得在白之森內，那名紅髮青年太過關心艾草的態度。

如果知道自己離開竟會讓「原罪．憤怒」的繼承人趁虛而入……貝洛切爾想，也許自己就不會那麼早離開賽米絲學園了。

諸多複雜心緒在胸口翻騰，貝洛切爾深吸一口氣，強壓下所有心緒，眼下情況由不得他再分心。

因爲就在前方，從兩側的黑之牆裡，竟掙脫出兩團黑影。

黑影一沾地，立刻搖身成爲兩隻面目猙獰的黑色野獸。它們外形怪異，身上有三顆頭顱，卻沒有眼珠。

貝洛切爾勾起優雅的笑，金瞳卻格外森冷。

派出三首怪物應戰地獄三頭犬，無疑是種挑釁。

面對從血盆大口中滴出唾液的兩隻黑獸，貝洛切爾手中凝出火焰。可還未等火焰化成黑劍，還未等兩隻黑獸齜牙咧嘴地吼叫著衝來，貝洛切爾身後兩側已迅雷不及掩耳地竄出一黑一白的影子。

眨眼間，兩抹影子聚為實體的黑鍊和白鍊。黑鍊纏住左邊黑獸，瞬間將之撕扯為數塊；白鍊纏繞右邊黑獸，只不過它霍地遍生尖刺，將敵人刺得千瘡百孔，緊接著也猛一拉扯。

貝洛切爾覺得有絲可惜，他收起沒派上用場的黑劍，回頭往後望一眼，並不意外金枷的臂上纏著黑鍊，銀鎖的手中繞著銀白鎖鍊。

唯一令貝洛切爾意外的，或許是那缺乏表情、宛如人偶的兩人，多瞥了他一眼，隨後又收回視線，如同當他不存在。

要是這時候艾草的其他將軍在場，那麼他們會明白自己同事那一眼的真正含意——金枷與銀鎖是在評估，若用「戰場上不小心失去攻擊準頭，誤殺貝洛切爾」這個理由，不知道能不能被艾草接受。

不過最後，這兩個人還是放棄了。

比起自己的意志，永遠都是艾草的願望和命令優先。

必須，替大人保護她的朋友——當然，若是找到大人，就毋須再管那名男子。

貝洛切爾自然不會知曉金枷與銀鎖的想法，也不打算揣測，那與他無關。

這名黑髮金瞳、言行舉止如貴族優雅的男人，猛地發覺四周傳出奇異的聲響，他立即警戒地繃直身子，放眼環視。

很快地，迷宮裡的三人都看見了。

他們前後兩側的黑之牆都在突出奇怪的形狀，像是水泡一樣，啵啵啵地冒出聲音。

貝洛切爾眼神一凜，當機立斷地喊道：「走！」

金枷、銀鎖互望一眼，依隨貝洛切爾的腳步。黑影怪物對他們而言不足爲懼，可與一大群即將生成的怪物戰鬥，只是浪費時間。

他們唯一的任務，就是找到他們的大人！

三抹身影飛快往前直奔，將許多牆上突出的黑影甩在身後，但更前端終究有黑影和壁面分離、落了地……

剎那間，一隻隻相貌恐怖猙獰的怪物咆哮衝來。

貝洛切爾毫不留情地催動火焰，紅色的地獄火向前方席捲過去，恐怖的高溫立時將眾多敵人燒得只餘灰燼。

而那些躲過地獄火的怪物，很快也被斷了生機。

金枷的黑鍊如長鞭揮甩，手中長槍同時俐落掃擊；銀鎖的白鍊帶著刺，數量比起金枷還多，凡是所到之處，黑影怪物無一不成了碎屑飛散。

在三人合擊下，前方擋路的怪物轉眼就被清空。

不管後方黑影還在紛紛落地，貝洛切爾邁步前奔。他不擔心自己選的路徑是否有問題，他已經發覺到了，既然雷文哈特主動對他們這些資質者提出邀約，那麼就不可能蓄意將他們困於此處。

現下這一切，更可能是惡意的玩弄。

但是，雷文哈特做這些是爲了什麼？他是薩麥爾的靈魂碎片，繼承他的意志。他步步謀劃，先使艾草身中詛咒之誓，再將艾草帶走作爲人質，爲的是誘使資質者們主動前往。只要其中一名資質者是眞正的「鑰匙」，就能解開眞實之湖裡的封印，取回原罪殘骸的部分力量。

既是如此，那雷文哈特的大費周章又顯得奇怪。他只要將舞台安排在白之森內，不就能更快地……

心思千迴百轉間，貝洛切爾的攻擊也沒有停下。

鮮紅的地獄火不斷朝前方敵人呼嘯而去，對於近身的敵人則是以黑劍應付，招招狠辣而不留情。

只不過，當更前方密密麻麻地被黑影怪物堵住去路時，貝洛切爾的眉頭不禁狠狠擰起。再繼續纏鬥下去，只會浪費越來越多時間和力氣。

那些黑之牆簡直沒完沒了地分裂出怪物……

等等，分裂？貝洛切爾心中閃過一個想法：如果黑影怪物是從黑牆分裂出來的，那麼是不是表示隨著怪物增加，黑牆的強度、厚度也會越來越薄弱？

趁金枷、銀鎖以武器殲滅前頭敵人，貝洛切爾飛快將黑劍刺向身旁黑牆。

先前柔軟如布料、能吸收一切攻擊的黑色牆面，如今竟被劍尖刺出一個洞。

金枷和銀鎖自然沒有錯過這個畫面。

「由我破牆。」銀鎖面無表情地開口，毫無靈動光采的貓兒眼望向了左側牆壁。要抵達迷宮正中心，就直接往內側不停前進。

清冷的少女嗓音方落，與銀鎖互為搭檔的金枷立刻朝她拋出漆黑鎖鍊，他則是改以長槍，全力擊擋一波又一波的黑影怪物。

與此同時，銀鎖雙臂交叉，無數銀白鎖鍊一口氣竄射出來，與金枷的黑鍊攀繞。難以計數的鎖鍊一晃眼纏成了巨大球體，表面遍生鋒利尖刺。

待這顆由鎖鍊交織成的巨球往前滾動，摧毀了左側的黑之牆，貝洛切爾瞳中閃過利光。他的身形猝然被烈焰環繞，再現身時，已是一隻相貌恐怖的地獄三頭犬。

——獠牙、利爪、結實的下顎、粗壯的四肢，以及有如鞭子的長尾，每每吐息，呼出之氣就會燃為火焰。

「坐上來，走！」

屬於貝洛切爾的嗓音沉沉砸下，進入金枷、銀鎖的腦海裡。

金枷、銀鎖毫不猶豫，馬上掠至地獄三頭犬身上。

搶在另一端的黑影敵人瘋狂擁上之前，有可怕威名的三頭犬邁動四肢，緊追在銀鎖的鎖鍊球之後。

在銀鎖控制下，鎖鍊球飛也似地往黑牆撞去，撞倒了一面又一面，強行替這座迷宮開闢一條新的道路。

同時間，那些沒被破壞的黑之牆仍源源不絕地分裂出漆黑野獸，每一隻都爭先恐後地衝向它們的目標。

然而在地獄三頭犬壓倒性的龐大體積和力量前，那些靠近的黑獸不是被踐踏過去，就是被有如鞭子的強勁長尾掃擊出去，或是在那三顆頭顱噴吐出的熾烈火焰中化為灰燼。

冷不防間，視野內的黑之牆倏然全部消失。

銀鎖瞳孔一縮，急忙一揚手，巨大的鎖鍊球登時崩解為黑氣，消隱無蹤。

地獄三頭犬也停住了步伐。

失去層層黑牆包圍，如今可以再清楚不過地看清中庭廣場的全貌。

佔地廣大的空地上，有著一朵漆黑的薔薇花。那散發不祥的妖艷花瓣一枚枚向內閉攏著，不讓人輕易窺探裡中景象。

而貝洛切爾、金枷、銀鎖都不可能忘記，他們在大會議室光屏上所看到的，正是這朵黑色薔薇花！

大人……

小姐……

金枷、銀鎖和重新回復人形的貝洛切爾想也不想地上前，即使是宛如人偶無生氣的前兩者，也難以壓抑住眼中的激越之情。

但全副注意力都放在前方的三人未留意到，黑之牆雖然消失，剩餘的黑影怪物卻沒有隨之化為烏有。它們速度奇快地結爲一體，形體發生改變，從原先的不規則形狀逐漸塑出人形，異於黑色的色彩迅速覆蓋其上。

當貝洛切爾三人靠近閉攏的黑色薔薇花時，堅硬的廣場地面驀地被什麼破開了。

兩名金屬色的鍊金人偶手持長劍，一左一右地立於金枷和銀鎖身後，連同薔薇花包圍住他們。

旋即，在貝洛切爾的後方響起另一道低沉的男性嗓音。

「將軍。」

紅金長髮的男子同樣持握一柄長劍，只是那劍身攀繞著緋紅的火焰。

雷文哈特瞇起淺灰的雙眸，揚起一抹溫和的笑，眼中卻閃動殘酷的光芒。

「我這樣講，對嗎？」

一心只放在尋找艾草上的金枷、銀鎖、貝洛切爾都沒想到，在最後關頭會出其不意地被夾擊。

左右是兩名肖似亞瑟希兒樣貌的鍊金人偶，後方則是雷文哈特——事件主謀者，「原罪．憤怒」的靈魂碎片。

三柄長劍近距離地靠近貝洛切爾他們的後頸，金屬特有的寒氣拂上皮膚，只要對方稍一使勁，劍尖就能在他們的脖子上刺出一個窟窿。

縱使在這般危險的情況下，金枷和銀鎖仍是毫無情緒變動，彷彿身陷險境的不是他們。

貝洛切爾不動聲色，語氣沉穩地開口，「你好，雷文哈特老師。我很想問你一些問題，不過我想，現在——還不是時候！」

話聲未落，貝洛切爾猝然一轉身，無視火焰的高溫和劍身的鋒利，竟是徒手抓住長劍，肩上冷不防竄冒出一顆碩大猙獰的獸首，張嘴便要咬上雷文哈特的脖子。

貝洛切爾賭的就是雷文哈特另有所圖，不可能如此輕易就殺了他們。否則早在黑之牆的迷宮裡，他就可以先動手那麼做了。

事實證明，貝洛切爾賭對了。因爲他成功抓住雷文哈特的長劍，後者臉上似乎閃過一抹訝色。

可面對那顆凶猛咬來的獸首，雷文哈特只是隨意地一扯唇角，修長的身子當下化成赤紅烈焰，抹去了外在的形體輪廓。

再出現時，他已距離貝洛切爾數步。

「地獄三頭犬。」雷文哈特意味深長地微笑，「也許我們可以來看看，究竟誰的地獄火略勝一籌？」

「薩麥爾的靈魂碎片，我覺得碎片就該被踩踏得更破碎才是。」貝洛切爾的優雅褪去，眉眼只餘陰狠。

不給雷文哈特攻擊的機會，貝洛切爾先行揮劍，熾烈的緋紅火焰形成波浪，迎面撲上。

另一邊，金枷和銀鎖則是對上兩名鍊金人偶。

貝洛切爾徒手握住雷文哈特長劍之際，他們兩人剎那間也散逸為黑氣。

兩名鍊金人偶察覺異樣後，馬上將長劍刺向前，只是劍尖刺得的只有空氣。

金枷、銀鎖閃避過致命一劍，轉瞬又凝回人形，長槍與銀白鎖鍊迅疾展開凌厲攻勢。

金枷、銀鎖各對付一名鍊金人偶。

身為金枷對手的鍊金人偶飛速刺出長劍，鋒利的銀白劍尖交織成一片綿密劍網，試圖使敵人避無可避。縱使它的次次攻擊都被長槍精準擋下，仍是毫不停歇。

霍然間，這名鍊金人偶的武器發生變化，長劍分解為數節，每一節中間都有鋼線連接。

分解的長劍頓時像長鞭一樣，在鍊金人偶手中一甩，立即以刁鑽角度闖過長槍的攔阻，直逼金枷臉面。

如果不是金枷及時拽住那截尖端，興許就要被刺出一個洞了。

而就算鍊金人偶的突襲差點成功，金枷臉上依舊不見表情。

兩相對比之下，幾乎讓人分不清誰才是人偶。

見劍鞭末端竟遭人拽住，鍊金人偶迅速拉扯。

可沒想到，高大的黑衣男人全然不在意手上鮮血淋漓，彷彿感覺不到痛苦，或是不認為這樣的疼痛對他而言能構得上「疼痛」，他不帶遲疑地猛然加大力道，將劍鞭連著鍊金人偶一同拉過。

一切事情僅發生在眨眼間。

在那名鍊金人偶反應過來前，銳物已貫穿金銅色身軀，黑色長槍從它後背刺了出來。

但鍊金人偶只要沒被破壞核心，就還能行動。

在身體被貫穿的情況下，鍊金人偶的紅眼珠有異光閃了閃。

說時遲、那時快，少女樣貌的鍊金人偶背後突地掙出雙翅，金屬翅膀纖薄又銳利，並在剎那間向前彎曲，如同擁抱姿勢。

然而這份「擁抱」，卻會讓人身上被開出可怕的大洞。

只不過就連鍊金人偶也沒想到，它的雙翅往前刺出的同時，數道黑影更快地從它眼前竄閃而過。

不待人偶反應過來，暗黑鎖鍊已迅若靈蛇地纏上，捆住它的身體，緊接著——

在金枷無動於衷的注視下，黑鍊飛舞，數大塊金屬色殘骸往四周飛散，從中則是掉出一塊暗紅色的結晶體，約莫女孩子拳頭大小。

金枷漠然地瞥視一眼，一腳將之踩個粉碎。

飛出的人偶頭顱雙眼裡的光芒登時熄滅，等到滾落地面時，一動也不動了。

與另一名鍊金人偶陷入纏鬥的銀鎖，自然沒有錯失這幅畫面。

她靈活敏捷地揮動多條鎖鍊，銀白鎖鍊有如灌注了生命力，氣勢凜凜，攻擊力道更是毫不留情。

鍊金人偶幾乎被逼得找不出空隙反擊，可也不見放棄之意。

人造的鍊金人偶會徹底執行被賦予的任務。

眼見長劍突破不了那層嚴密的鎖鍊網，反倒是自己的金屬身軀時不時會遭到銀白鎖鍊損毀，鍊金人偶猝不及防地對著前方張嘴一吐，喉頭似乎有紅光一閃。

眨眼間，緋紅烈焰像砲彈轟擊而出，直衝正前方的銀鎖。

極近距離下，就算有鎖鍊防護，銀鎖也還是選擇了抽身退離。

那抹纖細身影宛如飛燕輕巧轉身，瞬即貓兒眼透出冷酷，又是數條銀白鎖鍊飛快射出。

只不過，鍊金人偶似乎已預料到銀鎖會即刻反擊，吐出火焰後背後隨即張開金屬雙翅，緊追著銀鎖退離的方向高速衝撞。

銀鎖的反擊落空，可面對這情況，她眼也不眨，潔白臉蛋如同瓷面具般冰冷。

搶在鍊金人偶衝撞的前一秒，銀鎖迅雷不及掩耳地往前接連踢擊，不但踢上人偶的身軀，還藉此作為施力點，順勢竄高了身子。

鍊金人偶下意識仰起頭，鮮紅結晶的眼珠中倒映出銀鎖在高空一扭身子，眾多銀白鎖鍊在她身旁交叉飛舞，再像驟雨般猝然射下。

然而出人意料地，那些銀白鎖鍊竟失了準頭，沒有刺穿下方的鍊金人偶，反倒全射向另一方向。

要是鍊金人偶具備情緒，說不定那張金銅色臉龐就會浮出嘲笑，然後在下一瞬，微笑徹底凍住。

銀白鎖鍊確實沒有攻擊向鍊金人偶，就在人偶仰頭被吸引目光之際，另一道黑影已迅捷來到。

黑色的長槍一舉沒進人偶胸口，連同核心一併打碎。

鮮紅色的眼珠失去光芒。

動手的人是金枷。原來銀鎖的鎖鍊攻擊只是虛晃一招，她將真正致命的一擊交由金枷執行。至於她的銀白鎖鍊自然不是徒勞展現，而是、而是——

鎖定了雷文哈特的方向！

七 解咒法陣

鎖鍊像是靈蛇又似白龍，張牙舞爪地射落在雷文哈特與貝洛切爾之間。

若不是這兩人退避得快，不只雷文哈特會被針對，就連貝洛切爾也無法倖免地遭到波及——從銀鎖冷淡無波的面龐來看，很難看出她是無意，抑或存心也將貝洛切爾視作攻擊對象。

眾多銀白鎖鍊刺入地面，製造出深深凹坑。

等銀鎖悄無聲息地從高處落地，隨即與金枷聯手，一白一黑的身影飛速衝向紅金髮色的男人。

「眞是可惜了我特製的兩名人偶……」雷文哈特狀似嘆息，但眼中的冷酷卻顯露出他其實毫不在意。

面對增加爲三方的圍擊，雷文哈特的神色仍一派閒適優雅，彷彿胸有成竹。

雷文哈特手腕輕振，眼中映入了三人的身影。他微瞇起灰瞳，長劍捲著火焰往前一掃，赤紅火焰當即分成三股衝出，中途化爲猙獰火龍，張開大嘴，竟從火焰中再噴吐出火焰。

貝洛切爾瞬間身形一變。

四肢站穩，一隻體型如成人高的地獄三頭犬馬上張開三張凶猛大口，同樣赤紅的烈火迎撞上前方的三股火焰。

地獄火對地獄火，登時形成僵持不下的局面。

金枷、銀鎖不錯放機會，足尖立蹬，黑白鎖鍊纏向雷文哈特。

雷文哈特未持劍的左手一翻，指尖湧冒火焰。不過眨眼間，火焰已蔓延到手臂、肩膀，甚至髮梢。

乍看下，那頭紅中帶金的長髮宛如在燃燒。

不對，雷文哈特的髮絲末端眞的化成火焰。異於先前的緋紅，附於左側的火焰呈現耀眼的金黃色。

雷文哈特灰眸一冷，金焰迅猛地奔向貝洛切爾他們。

「別和那火焰硬碰硬！」貝洛切爾的喝聲在空氣中迴盪。

同時，地獄三頭犬的體型急遽縮小。

恢復成人形的貝洛切爾避開第一波地獄火，對於緊接而來的金色烈焰，當機立斷地再閃避。他無法說清是什麼感覺，但他直覺那火焰絕對異於惡魔所有的地獄火，相當危險。

金枷、銀鎖自然聽見了貝洛切爾的警告，可卻充耳不聞——他們僅聽從一人的命令，而貝洛切爾不是那人——他們左右夾擊，手中鎖鍊飛也似地甩出，只要穿過金焰，就能鎖定金焰後的目標，雷文哈特！

傷害大人的人，帶走大人的人，不會原諒、不可能原諒！

總是像人偶般毫無情緒的高大男人與纖細少女，兩雙眼瞳中迸出了切切實實的騰騰殺氣。

就在金枷、銀鎖聯手出擊時，貝洛切爾的身形霍然再化爲地獄三頭犬。

黑色的凶暴怪物這次將三顆巨大火球全轟向雷文哈特，趁著對方反射性微退的瞬間，從上空猛衝越過，緊接著換作人形落地。

貝洛切爾心知自己的火焰對雷文哈特起不了太大效用，也不打算回頭確認情況，他的目的只是要奪得一瞬的時間。

只要一瞬，就已足夠。

維持著單膝著地的姿勢，貝洛切爾握緊通體透黑的長劍，突地往前斬劃。

黑色薔薇花和花莖驟然分離，向下傾倒。

奇異之事發生了。

當薔薇花一離花莖，原先緊閉的花瓣即刻片片綻放，一名身穿紅黑服飾的黑髮小女孩正躺於中央。

貝洛切爾的食指倏然浮閃過一圈金色花紋，那是他與艾草締結靈魂契約的證明，這代表眼前的嬌小人影不是虛假。

沒有猶豫，貝洛切爾另一手立生黑氣。黑氣像長條布料，轉瞬一把捲住那具嬌小身軀。

待一摟抱住艾草，貝洛切爾立即回頭，望見的卻是金黃焰火包圍住金枷、銀鎖，就連那些鎖鍊也被焚燒的光景。

其中最教人驚駭的，莫過於漆黑鎖鍊與銀白鎖鍊都正在被金焰燒燬形體。

貝洛切爾瞳孔收縮。他見識過艾草部下的力量，知道那些鎖鍊就算是地獄火也難以破壞，然而現在……

雷文哈特的火焰……究竟是什麼？

「『憤怒』之火，即使是靈魂也能燒盡，雖然我還沒嘗試過。」雷文哈特微側過臉，像是不意外艾草已被貝洛切爾救下，他親切地問，「也許我可以現在試試？」

「雷文哈特，你敢！」貝洛切爾暴喝。那是艾草的部下，艾草的家人，他不可能眼睜睜見他們被傷害。

但是雷文哈特只是露出困惑的笑容，語氣如以往面對學生提問般溫和。

他說：「我為什麼不敢？」

話聲驟落，殘酷的憤怒之火高漲，眼看就要吞噬白與黑兩抹身影。

千鈞一髮之際，一輛外表破敗的校車不知從何處瘋狂地衝躍出來。它高速駛向那圈金色火焰，彷彿不知道那是威力可怕的憤怒之火。

從大敞車門內射出多條淡金光絲，轉瞬將金枷和銀鎖拽拉進去。

校車衝過火焰後，驀地又來了個大甩尾，在雷文哈特及貝洛切爾的另一側硬生生煞住，發出一聲尖銳刺耳的煞車聲響。

突如其來的發展，使中庭裡的兩名男性不禁愣住。

似是覺得帶來的震驚還不夠，那輛校車破敗的外殼猛然間被拆解開來。

砰！砰！砰！車子眨眼間解體了——也不知是抵擋不了憤怒之火的威力，或是早就破爛得不堪負荷——可以一覽無遺地看見裡面的人們。分別是被拉進車裡的金枷、銀鎖，與一隻顏色花俏鮮艷的布偶熊。

等等，只有他們!?但是方才的那些光絲，分明就是……

就像想通了什麼，雷文哈特瞳孔一縮，猛地大力扭頭。

可是，已經晚了。

一扇華麗的金色門扉在雷文哈特身後開啓，門內不只湧動黑暗和銀光，還一前一後躍出兩抹身影！

「此爲言之光，此爲縛之光，此爲至高神所賦予之陣！」

橘髮藍眼的黑袍少年高亢的聲音彷佛一柄制裁之刃，劃過藍天。

數個由金線構成的圓形法陣，頓時浮在雷文哈特周身。

這些法陣一個個迅速交疊，組合成大型法陣，飛竄至雷文哈特腳下。剎那間，圓形法陣的邊緣伸立出多根細長光柱。

金色光柱交叉相錯，橫過雷文哈特的身軀，將他牢牢困住，使他動彈不得。

「你該爲你做的蠢事付出代價，雷文哈特！」蘊藏無限憤怒的華麗嗓音如同淬上了火，粉紅長髮的貌美少女一拍背後黑翼飛起，寶石綠的瞳眸鎖定下方人影，隨即雙手高舉，用力向下揮砸。

那對漆黑的碩大羽翼跟著一搧，黑色地獄火和無數尖利羽毛無一不鎖定雷文哈特。不過，它們並沒有攻擊雷文哈特，而是依附在金色法陣周圍，形成第二層防護。

由光、暗相反屬性構成的法陣堅固得難以撼動，不過極短時間，就徹底剝奪了雷文哈特的自由。

雷文哈特很快想通這一連串行動的眞正意義。

他不怒反笑，「原來如此，眞是聰明……趁校車引開注意力的時候，再快速打開空間通道嗎？我該說……不愧是『守門人』嗎？」

沒有分心理會被困住的紅金長髮男子，薩拉與莉莉絲一落地就立刻奔向貝洛切爾身邊。

「抱著她別動！」薩拉一喝，從懷中掏出一個卷軸，往高空一扔，「以『金屬』、『月光草』爲基礎，我祈求、我命令，聽我語言所指揮，抹滅詛咒之花的存在。那是不該存之物，那是不該留之物。」

卷軸展開，空白的紙面瞬間湧現無數繁複字符，每個字都在快速遊走，彷彿被賦予了生命力。

如同呼應卷軸的變化，貝洛切爾注意到他與艾草身下竟也平空浮出那些字符。它們同樣遊走、移動，像是在進行某種奧祕的排列組合。

當一個看似法陣的圖騰在地面完成，卷軸內的字符全數飛出，環繞在貝洛切爾與艾草身旁。

「小米粒！」莉莉絲心急如焚地在法陣外大喊，不敢貿然上前，就怕破壞了解咒法陣的運行，「這樣有效嗎？薩拉，我帶回的圖譜……真的有辦法救小米粒嗎！」

面對地獄君主之女焦灼的追問，薩拉一句回答也沒有，他全副心力都放在解咒上。法陣即將建構完成，然而他的臉色也蒼白如紙，豆大的汗珠密集地聚在額角，再沿著臉龐滑墜。

早在五塔外那一戰，薩拉就已耗去大半氣力，更別說每開一次空間通道，都會減損他的力量；如今再加上架構能夠破壞詛咒之誓的法陣，他自己也沒把握事成後，是否還有站著的餘力。

「沒用的……」被困在禁制內的雷文哈特輕柔地吐出句子。

「咩！雷文哈特，你別以爲什麼事都會照你的計畫走！有老子這麼英明神武的熊在，你想都別想得逞咩！告訴你，亞瑟希兒已經失敗了啊咩！」布偶熊來到雷文哈特面前，大力地揮動手臂。

雷文哈特沒有回話，即使聽見亞瑟希兒失敗的消息。他灰眸微掩，臉上還是那副淡然表情，誰也無法猜透他在想什麼，又或者在算計什麼。

解咒的法陣離完成只差最後一步。

當飄浮在空中的字符迅疾地衝進艾草心口之際，薩拉厲喊一聲，「所有人都不准妄動！」

中庭廣場上的所有人都看見，隨著字符沒入，黑髮小女孩就像是在承受著莫大衝擊，嬌小身軀一次次地顫抖著、痙攣著。

莉莉絲捏緊了拳頭，指甲刺入掌心，才終於克制住自己不要衝過去。

貝洛切爾只能緊緊抱住那具瘦弱的身子，渴求自己能分擔對方的痛苦。

金枷、銀鎖看似面無表情，可目光完全沒有離開艾草。

當最後一個字符消失，艾草的胸口前忽然飄出縷縷黑煙，在上方組成一朵薔薇的模樣。

薩拉眼神一凜，手指結成一個古怪的手印，「收！」

在那聲高亢的嗓音之下，黑煙組成的薔薇花當即被卷軸包圍。等卷軸再度攤開，黑煙薔薇已不復存在，取而代之的是原先空白的卷軸上烙印著一朵黑薔薇圖案……

黑髮小女孩緩緩睜開了眼。

「貝洛……切爾……」艾草的眼神與聲音都是茫然的，像是無法理解現下發生什麼事。

貝洛切爾心裡湧上一陣狂喜和激動，他不由自主地再次抱緊那具嬌小身子。

「小米粒！」莉莉絲哪可能按捺得住，尤其見艾草毫不抵抗地被人抱住，更是怒火中燒。

「小姐。」金枷、銀鎖的語氣聽起來平靜，可眼裡難掩劇烈的情緒翻湧。他們不約而同地快步奔向艾草，掌心暗凝黑氣。只等靠近，就要拉走那名礙眼、礙事的男人！

薩拉放任自己坐了下來，事實上，他也快沒力氣了。他抹去額角汗水，臉上看起來平淡，終於鬆了一口氣。然而當他看見雷文哈特的表情，他內心一悚。

那名男人在笑，雷文哈特竟眞的露出微笑，簡直就像滿意一切事情都照他的預期。

一切事情都照他的預期……難不成他還留有一手!?

如果是，那會安排在哪……！寒意幾乎瞬間爬上薩拉背脊，顧不得身體疲乏無力，他跌撞地站起來，但是一回頭，映入眼中的只是貝洛切爾抱住艾草的場景，似乎沒有任何異樣。

可是，薩拉還是發現了。

貝洛切爾的臉上正流露出一絲震驚和茫然。

「貝洛切爾？」莉莉絲也察覺到那名黑髮男人的異樣，下意識停下腳步，「你是搞什麼？你對我的小米粒有什麼意……」

莉莉絲本要吐出最後一個「見」字，可她聽見貝洛切爾輕聲呢喃一句「爲什麼……小姐……」，接著她更是看見他與艾草拉開了距離。

貝洛切爾的掌心貼按在腰側，黑色布料上看不清楚，但他的指縫間卻是汩汩地滲出鮮紅的液體。

艾草的表情與雙眼依舊一片茫然，不，那更接近一片空白。

有如瓷人偶的黑髮小女孩手握一柄鋒利的刀，刀身沾著令人怵目驚心的鮮血。

貝洛切爾的血。

一時間，誰都反應不過來。沒人能理解眼下是發生什麼事，爲什麼會發生這樣的事？

而最快有動作的人竟是艾草。她緊握刀柄，眼也不眨，猛地將刀子刺向自己的心口！

「小米粒！」莉莉絲駭然，撕心裂肺地尖叫出聲。

「小姐！」金枷、銀鎖同時出手，早已凝聚出實體的黑白鎖鍊快若流星，一左一右地勒纏住艾草的手，及時阻止了憾事。

貝洛切爾強忍著痛楚，一把奪過艾草手上的利器，遠遠地拋扔至一旁。

「咩咩咩的咧！這到底是怎麼回事！」布偶熊驚慌失措地喊。

「雷文哈特……」薩拉一見艾草空白的表情就明白了，他咬牙強撐著身子，快步靠近艾草，五指迅速撫過那張白皙小臉。一陣金光隨即閃逝，艾草的眼一閉，身子一軟，「你居然給她下了暗示！」

「暗示……」莉莉絲很快想通了，不論是刺傷貝洛切爾，或是刺傷後自盡的舉動……那張嬌艷無雙的臉蛋上當即閃過勃然大怒。

「雷文哈特你這該死的！」莉莉絲狂怒地一拍黑翼，轉眼間逼近法陣中的紅金長髮男子，碧眸中盛載著彷彿要燒盡一切的怒焰，手心黑焰燃冒。

就算是面對眼下的危機，雷文哈特仍是一派沉穩，他甚至溫和地開口：

「莉莉絲，我將力量分爲三份，選了三個地方作爲置放艾草的地點。但是，眞正的艾草卻是位於中庭廣場的這一位。爲什麼我不是選擇白之森？眾所皆知，我轉世甦醒，必會奪回自己的力量、軀體。既然如此，我爲何要選中庭廣場？」

「什麼……」莉莉絲沒想到對方會提出問題，一時愕然。

雷文哈特微笑，「因爲眞正的封印之處不是在眞實之湖，而是眞實之湖的源頭。」

那是莉莉絲聽清楚的最後一句話。

下一刹那，整座中庭廣場劇烈晃動。

同時間，此處的莉莉絲，以及五塔外的洛榭、白之森的拉格斐，都感受到一股奇異強大的拉力，彷彿有什麼在強烈地發出呼喚。

只有雷文哈特知道，那雙灰眸內飛快閃掠一瞬驚喜。

啊啊，不只一枚的碎片……他的低語淹沒在崩塌聲中。

八 學園意志

那是突如其來的劇烈搖晃。

中庭廣場的地面迸出一條條裂縫，起先還不算大，但轉眼就像是蛛網般迅速擴展、加深，接著四分五裂，然後崩垮。

當腳下法陣隨同地面裂開而向下塌陷，雷文哈特的指尖立即燃起金色火焰，憤怒之火迅速擴大，一舉破壞被加了雙重禁制的法陣。

「咩啊啊！老子要掉下去了啊！」布偶熊驚慌失措地慘叫，雙手不停地揮呀揮，試圖抱住薩拉的大腿。

薩拉坐在與四周地面分離開的一塊石板上，面龐蒼白毫無血色，但那並不是目睹這番大異變造成的。如今的他，連站起的力氣也快沒有。

廣場的崩塌還在持續，像是永遠不會停止。

一塊塊巨大又厚重的石板紛紛往下掉墜，不時能聽見那宛如砸入水中的奇異悶響傳出。

薩拉坐著的那塊石板也在往下方掉落，他神情淡然，不見情緒起伏。

就在這危急一刻，數條黑影飛竄過來，將一人一布偶拉離。

等薩拉感覺身下多了支撐物的時候，頓時發現自己正待在一面由銀白鎖鍊交織的網上。

鎖鍊兩端皆牢牢地釘在四周未受波及的建築物上。

除了薩拉與布偶熊，網上還有莉莉絲、艾草、負傷的貝洛切爾，金枷和銀鎖則佇立於鎖鍊網兩側。

中庭廣場已經完全消失了，徒留一個等大的坑洞。

坑洞裡並非是深不見底的黑暗深淵，而是一座偌大湖泊。

如果不是今日地表碎裂，又有誰會知道，賽米絲學園的中庭廣場下方竟藏著一座湖？

並且湖水色澤異於平常，不是蔚藍，也不是碧綠，而是半透明的白。

乍看之下，簡直就有如另一座……

「眞實之湖的源頭……」莉莉絲盯著湖水，喃喃地說，「雷文哈特說，眞正的封印不是在眞實之湖，而是源頭……」

「不可能咩！這是不可能的咩！」布偶熊激動地跳起，「誰不知道薩麥爾的頭顱就封印在白之森，眞實之湖裡咩！」

「眞實之湖的源頭……那隻老狐狸！」薩拉驀然放沉嗓音，眼神凌厲，顯然想透什麼。

雖然說他與學園長、黑荊棘是這裡最初的三人，但是學園長終究比他們倆還更早存在於此，畢竟他就是賽米絲的意志。

換句話說，早在最初，學園長便連他們兩人也……

就在這時，失去意識的艾草發出一聲微弱的嗆咳，那聲音引走了眾人的注意力。

「小米粒！」

「小姐！」

艾草聽見了再熟悉不過的呼喚，她顫顫地張開眼。當她的眼神能聚焦，第一時間看到的就是貝洛切爾手上的大片血污。

剎那間，覆蓋在記憶上的迷霧就像被強風吹開，艾草什麼都想起來了。

「貝洛切爾……貝洛切爾！」艾草蒼白著一張小臉，無措地用自己的袍袖幫忙壓按在貝洛切爾的傷口上，素來沉穩理智的黑眸內，現在只餘一片慌亂，薄薄的水氣更是籠罩其上，稚氣的聲音甚至透出一絲顫抖。

艾草記得自己做了什麼，她難以原諒自己……

這一次，無論是莉莉絲或金枷、銀鎖，都沒有阻止艾草的主動靠近。

「吾……此爲吾之錯……」艾草的手指在袍袖下微微顫抖，還記得刀尖刺入對方體內傳來的可怕感覺。

「不是，這不是小姐妳的錯。」貝洛切爾強忍腰間那陣如烈焰燒灼的痛楚，還是一副優雅溫和的姿態，爲的就是不要再讓艾草心懷歉疚。

但另一道低滑的男中音無預警響起。

「是妳的錯，艾草，是妳替我將眞正的鑰匙引來。」

那是雷文哈特的聲音。

不待眾人反應，一抹修長人影出現於貝洛切爾身後。

紅金長髮男子迅雷不及掩耳地扯住貝洛切爾的後領，當他另一隻手一揮，數道緋紅烈焰席捲而來，他同時將貝洛切爾猛力往鎖鍊網外一拋，底下是深不見底的白色湖泊。

「貝洛切爾——」艾草急忙揮甩紅黑袍袖。

然而雷文哈特彷彿早預料到這情況，指尖燃起焰火，髮梢化為金紅火焰，金色的憤怒之火隨即衝向艾草。

「小姐！」金枷、銀鎖已嘗過那股金色火焰的厲害，當即再說一聲，「失禮了。」

金枷飛快一出長槍，削斷了沾上金焰的袍袖；銀鎖迅速射出白銀鎖鍊，拉開艾草，讓她落入莉莉絲的懷抱中。

「金枷、銀鎖，毋須管吾，快去救……！」艾草睜大眼，她的嘴巴被人強硬摀住，也中斷了她未竟的話語。

莉莉絲早就從薩拉口中知道金枷、銀鎖為何會被稱為「盲從者」——他們會無條件聽從艾草的一切命令，就算命令會危及艾草也一樣。

別開玩笑了！即使會被小米粒怨恨，她也寧願小米粒安然無事，而不是不管不顧地將保護自己的力量都送給別人！

莉莉絲鐵了心不放手，同時她也看到即將掉入湖中的貝洛切爾，對她做了無聲的口形。

——唯有在保護艾草這件事上，這無法好好相處的兩人才會達成共識。

莉莉絲豈會看不明白貝洛切爾的意思，她瞬間眼神一冷，背後黑翼倏張，無數漆黑羽毛飛刺向雷文哈特。但還未到中途，那些黑羽又化爲燃燒的黑色火焰。

雷文哈特怎可能不會注意到地獄火的來襲，只是他萬萬沒預料到，這些地獄火的真正目的不是要攻擊他，而是要逼他移動身形，就爲了——

當雷文哈特察覺自己被數道如布料的黑影捲住時，已經來不及了。他的身形在下一剎那失去平衡，接著往下墜落。

貝洛切爾唇角露出微笑，隨後任憑冰冷的湖水一口氣將他吞噬。

所有人都看得清楚，湖泊吞入了貝洛切爾的瞬間，淡白色色澤霍然化爲澄澈。雷文哈特接著墜進湖中，很快看不見他的身影。

「結束了嗎……不對啊咩！」布偶熊猛地抽了一口氣，「這才是開始！貝洛切爾是真正的『鑰匙』，封印要解除了……咿咩咩咩！」

布偶熊突然又發出像是被掐住脖子的尖叫。

「憤怒之火……雷文哈特的憤怒之火要燒向教學區了啊咩！」

眾人頓時又是一震。

正如布偶熊所說，雷文哈特留下的金色火焰不但沒有消失，甚至在他被湖泊吞噬後，反倒變大數倍，在高空形成驚人的燦金漩渦，向教學區的方向欲肆虐而去。

一旦憤怒之火眞的擴大波及範圍，那對賽米絲學園來說，無疑是莫大災難。

「莉莉絲、艾草，別想著阻止那些火焰，只要拖延它的速度就好。」薩拉嘶聲說道，就連說話對他而言也變得吃力，「動作快，現在！」

「但是小米粒……」莉莉絲稍微放鬆了手，仍舊擔心艾草太過不顧自己。

「吾，知曉當如何做。」艾草平靜地說，一切情緒彷彿被收斂起來。她輕輕推開莉莉絲的手，站了起來，置於腰側的一手握緊，緊緊攥住環有一圈金色花紋的食指。

她感受得到貝洛切爾的生命跡象並未消失，所以……

「金枷、銀鎖，聽吾之令。」艾草霍然抬手，潔白臉蛋沉靜，黑眸凜凜，「從此之刻，全力協助吾！」

「金枷遵命。」

「銀鎖聽令。」

高大男人與纖細少女毫不猶豫地低頭服從。

在艾草一揮袖，足尖一蹬、竄往空中後，他們兩人也立刻緊跟在旁。

艾草浮立空中，周身逐漸出現一簇簇青碧焰火。火焰一晃眼驟生，半片天空幾乎都被那些幽冥鬼火佔領。

「本小姐也不會輸的！」莉莉絲彎起一抹好勝的笑弧，不假思索地飛向另一端。在空中站定，她馬上雙臂一伸，剎那間，大量漆黑火焰跟著燃現。

青焰和黑火一匯聚到極大的數量，一鼓作氣地衝向上方的金色漩渦。

薩拉收回凝望高空的視線，平淡地直視面前的布偶熊。他開口：「現在，該輪到你了，副學園長。或者說，學園長的分身。這段時間再不夠你的本尊做完準備工作，我會扭下你的頭的。」

「這顆頭當初也是你負責縫製的，你就不會心疼？」布偶熊說話了，然而聲音卻不再如小孩子尖細，而是屬於成年男性，屬於應該待在大會議室指揮的灰髮中年人的聲音。

「不，我猜你也不會。你當初的願望可是縫成骷髏，但那實在太沒美感了。」布偶熊似是有感而發地嘆氣，「當發現艾草是被藏在這裡，我的確有猜到雷文哈特的目的，那就是他的祕密。」

「他知道眞正的封印之湖在這底下。除了獲得『鑰匙』還不夠，他還必須有人幫他打破另加封印的地面。爲了解除艾草身上的詛咒之誓，解咒法陣帶來的力量波動就是最好的武器。可是，我不能阻止你們。你應該也發現到了，薩拉。」

「艾草身上的詛咒之誓已進入末期，雷文哈特催化了它。如果不及時解咒……」薩拉閉了下眼再張開，「艾草會死在這裡。」

薩拉鮮少佩服別人，但即使是他，也不得不說雷文哈特的計畫如此狡猾。

從最開始的黑暗元素結晶製造騷動，讓人將注意力全投至在上；再自騷動中出其不意地利用鈴蘭之手，將詛咒之誓埋進艾草體內。身爲首位東方交換生，又是地府重要神祇，賽米絲學園必定傾全力搶救，以免引發東西兩界的爭端。

雷文哈特也清楚，要保護艾草的最佳地點，就是擁有防護結界、就算是其他學園教師也難以進入的治療室。於是將溫蒂妮求助亞瑟希兒這件事作為引線，他與亞瑟希兒反操控溫蒂妮，使之成為他們的傀儡，成功帶離艾草。

最後，再以艾草為餌，引得眞正能解開原罪封印的資質者前來。

雷文哈特算準薩拉一定會趕來，為了解救命懸一線的艾草。

縱使事先知道眞正的封印之湖就在中庭廣場下方，解開詛咒之誓的法陣波動將會造成上方地面破碎，使湖徹底地顯露出來……薩拉想，他還是不會改變原本的行動。

這就是為什麼學園長會說他不能阻止他們。一旦阻止，艾草將當場喪命；而她喪命，勢必引來東西兩界爆發戰爭。

東方地府的領導者閻羅就會派人傳話：艾草若出事，地府絕不會善罷甘休！

但對雷文哈特而言，不論詛咒之誓是否被化解，都對他有利無害。

若化解，眞實之湖源頭上的封印將破，身為眞正資質者，也就是「鑰匙」的貝洛切爾亦會受創，其鮮血將解開地獄君主當年施加在薩麥爾頭顱上的封印。

若未解，雖然無法在第一時間從湖中奪回本體的力量，但東西兩界爆發戰爭會製造更多傷亡，他有的是機會完成自己的計畫。

薩拉眉頭忽然蹙起，他不認為雷文哈特會做徒勞之事。所以……湖中塔那次的妖獸狂化事件，眞的沒帶有更深一層含意嗎？

「湖中塔……學園長，你是不是還隱瞞了什麼？」薩拉瞇起清冷的藍眸，目光像是能穿透布偶熊的身體。

「假使我說沒有，你信不信？好吧，我相信你是不信的。」布偶熊試著用手撓撓頭，口中吐出的依舊是學園長的聲音，「中庭廣場的地面是大封印，湖中塔等於是幫忙牽制的小封印了。事實上，最初我也沒發覺雷文哈特的眞正目的是這個，直到現在這一切發生……」

布偶熊低頭看看鎖鍊網之下，藏於中庭廣場下方的地底湖恢復了澄淨的色澤，可看起來依然深不見底，見不到落水的貝洛切爾或雷文哈特。

但本身就是賽米絲學園意志的學園長比誰都清楚，那只是暫時的景象，薩麥爾頭顱的封印很快就會解開了。

布偶熊又抬頭，望著被三色火焰佔據的天空。在青冥鬼火與地獄火的夾擊下，金色的憤怒之火一時難以向外蔓延，更別說波及到教學區。

可只要再仔細一觀，不難發現那屬於莉莉絲的地獄火，正隱約出現敗退的跡象。

這是自然的。雖說莉莉絲是地獄君主之女，可雷文哈特是薩麥爾的靈魂碎片轉世，當初的地獄大公之一，就算僅有部分力量，又豈會輸給莉莉絲？

緊接著，不管是布偶熊或薩拉，都望見本來毫無波瀾的湖面上，倏然間開始飄升金紅色光點。

頓時，鎖鍊網上的兩抹身影都明白，時間到了，原罪的封印在碎裂了。

名義上是副學園長，實是學園長注入一縷意識作爲分身的布偶熊深吸一口氣，「消息傳來，一切準備都已完成，接下來就是聽從命運了。薩拉，之後的事情就全權交由你和黑荊棘負責。」

語畢，那具由花俏拼布縫成的身軀，刹那間竟是浮出白色光芒，旋即分解成無數的長方形光片。

那場景，就和大會議室中曾發生過的一樣。

「我和黑荊棘也會想念你的，賽米斯學園長。」薩拉直挺起背脊，輕聲地說，那或許是他有史以來最帶有感情的聲音了，「雖然你是個禿子。」

無視衝向天際的光片似乎爆出一聲大吼，聽起來像是「我也會想念你們」或是「誰禿了啊！我的髮量明明就不稀少」，薩拉咬牙站起身子，對著空中的艾草和莉莉絲放聲大喝。

「收回火焰，退回此處，然後再聽我命令行動！」

「啊？什麼？」莉莉絲咂了下舌，雖然心知再持續下去，金色的憤怒之火必定會將她的地獄火吞沒，可是好勝心讓她不肯輕易認輸。

而另一端，艾草雖不明白薩拉用意，但連日相處讓她相信對方定有計畫。沒有絲毫遲疑，紅黑袍袖俐落一捲，大量青冥鬼火冷不防消逝，同時混在青焰裡的縷縷黑氣也一併隱沒。

「金枷、銀鎖，退！」艾草下令。

高大的黑衣男人與纖細的白服少女應聲服從。

眼見艾草那方選擇依照薩拉的話撤退，莉莉絲又彈下舌，自然也不再戀戰。五指一握，漆黑的地獄火化爲烏有，背後黑翼再一拍振，那抹艷麗身影轉眼也落至鎖鍊網上。

失去雙方力量壓制的金黃火焰，馬上便要肆虐向他處。

然而就在同一時間，數也數不清的白色光片已自下方衝了上來，將火焰團團包圍住。

光片如同擁有意志，每一片都在快速地移動、組合，眨眼間成了一堵堵光之牆，從前後左右上下，將雷文哈特留下的憤怒之火完全封閉。

看似脆弱的光牆竟出乎意料地堅不可摧，威力強盛的憤怒之火一絲一毫都無法流瀉出來。

「眞的假的……」莉莉絲仰高頭，有些瞠目結舌於光牆能輕易將火焰圍困其中，「那究竟是什麼？」

「學園長的一部分，其他沒時間解釋了。」薩拉的聲音聽似虛弱，但語氣依然強硬快速，「原罪的封印正在碎裂，不想讓取回本體力量的雷文哈特滅了我們，就聽我命令行動。艾草和我留在這，莉莉絲立刻與珠夏一同前往五塔。那裡即將架起五小陣，每一小陣都需要力量足夠的法柱支撐，否則『封罪大陣』無法成功。」

「封罪……」莉莉絲是個聰明人，尤其當她瞧見整座賽米絲學園的高空霍地有光芒一閃，藍、銀、紫三種不同顏色的光芒，形成三種不同大小的多個圓形法陣。

所有法陣內圈由難以理解的字符和圖紋構成，彼此間再以層層線條相連，頓時成爲一個龐大得能籠罩全學園的巨型法陣。

莉莉絲明白要將薩麥爾的頭顱再度封印，全要看這個法陣是否成功。

思及此，地獄君主之女不假思索地握緊艾草的雙手，碧眸直勾勾地凝視那對烏黑眼瞳。

「保護好妳自己，小米粒，就算掉根頭髮，本小姐也不會允許的。」莉莉絲強硬地說。

「頭髮，吾不能保證，但吾會盡力保護好吾自己。」艾草嚴肅地說，「莉莉絲，妳也是。」

莉莉絲注視著那張凜然小臉，想起初認識時，對方便不曾因自己怕黑而嘲笑；相反地，她還認爲承認弱點並不可恥，甚至是種勇氣。

或許從那時候，自己就不知不覺地對她……

莉莉絲驀然露出一抹自信艷麗的笑容，她猝不及防地彎腰在艾草額上留下一吻。

無視金枷、銀鎖猛地繃緊身子的反應，莉莉絲一扭身，身形就像箭矢般飛射入空中，前往五塔。

雖然沒想到莉莉絲會親吻自己的額頭，不過艾草的表情還是很鎮靜。

「妳看起來不是很吃驚？」薩拉問。

「此爲友好的表示，吾之將軍們亦會對吾如此做，吾不懂吾爲何要吃驚。」這樣回答的艾草看起來流露著一絲困惑，她沒注意到身後的金枷、銀鎖又放鬆了身子。

「他們之中眞該有人想到，妳的那群將軍才是眞正的銅牆鐵壁。」薩拉像是嘲諷似地輕扯唇角，緊接著伸手按上通訊手環。

光屏跳出，但上頭出現的不是誰的影像，而是成串文字。

「五小陣、兩中陣、一大陣，如此就構成封印原罪的全陣。白犀之塔、緋孔雀之塔、墨鮫之塔、碧蜥之塔、藍獾之塔，由黑荊棘、洛榭、野薔薇、莉莉絲、珠夏作爲支撐法柱；白之森、湖中塔則是交由拉格斐、白蛇，小熊二號軍團及伊梵、菈菈已成功幫忙救援。而最後的一大陣……」

薩拉與艾草等人仰起頭，紫色的巨大法陣正覆於中庭廣場上方，法陣內赫然有九個小圓圈盤踞。

同時，那九個小圓的光輝投映在半空，華麗的紫色光芒映入在場四人眼中。

「該死的，學園長可沒說有這個。」光之精靈喃喃地咒罵。

九　八將聚集

水。

冰冷的、刺骨的、幽藍的，水。

有誰正在沉入水裡，緩緩地一直到底……

有誰的記憶正在流瀉進來……

雷文哈特霍然張開了雙眼，從身上傳來的不適疼痛令他忍不住皺起了眉。水並不能妨礙他呼吸與行動，他很快就恢復直立的身姿。

緊接著，雷文哈特注意到纏縛身體的黑影還在，其中一條甚至化成尖銳的形體，宛如箭矢般刺穿他的腹部。滲出的鮮血很快就被湖水沖淡，進而難以找尋。

雖說黑影仍在，但操縱它的主人不見其蹤，也許已沉入至湖底深處。

雷文哈特並不在意這件事，即使貝洛切爾當時還有餘力反擊，拖他一併落湖確實令他吃了一驚，不過他知道，這只不過是無意義的最後掙扎罷了。

他既然對艾草下暗示，使她出其不備地攻擊貝洛切爾，就沒想過要手下留情。

那柄尖刀雖小，可是刀身附有詛咒，將會吞噬傷者的生命力。從現下的情況來看，想必那名化作人類外形的地獄三頭犬，已經成爲這座湖的一部分……

雷文哈特不意外怎麼會沒看見對方恢復原形的龐大身軀。身為薩麥爾靈魂碎片之一，他比誰都明白，當湖裡的封印被解開，會讓一切物體顯露眞實模樣的奇異力量也將隨之消失。現在無論是這座湖，或是位於白之森的眞實之湖，都只是普通的湖泊罷了。

手指壓按在黑影上，雷文哈特的灰眸中冷光一閃，指尖瞬即燃起金黃的火焰。

轉眼間，纏縛在身軀上的黑影被燃燒殆盡。

接著，雷文哈特拔出那條刺穿自己血肉的黑影，疼痛感瞬間加劇，但他吞下了悶哼。

雷文哈特注意到從更為幽暗的湖水深處，正不斷地飄升起金紅色光點，乍看之下竟有如水中搖曳的美麗火焰。

光點往上竄升，卻有一些靠近雷文哈特，進而灌注入他的傷口當中。

疼痛在減緩，雷文哈特難掩眼中笑意，他當然知道這些是什麼。

千年前，薩麥爾兵敗，身軀遭到分解，封印於各處。頭顱則沉於眞實之湖的源頭，也就是藏匿在中庭廣場下的這座湖中。

多數人皆以為既是殘骸，那麼勢必是森森白骨。卻鮮少有人知道，原罪的軀體本身就是力量的集合體。

在悠久歲月下，骸骨早就分化成純粹的力量。如今封印既破，受到壓抑的力量光點登時急不可耐地衝湧出來。

它們將在湖外重新聚合，一旦完成了這最後的步驟，就代表著它們正式重獲自由。

而他，則會將之納為己有。

灰眸中浮現勢在必得的光芒，雷文哈特毫不猶豫地一蹬雙腳，隨著那些光點迅速靠近湖面。他心裡清楚，學園長不可能在這段時間內毫無動作。

身為賽米絲學園的意志化身，那名男人定會設法重新施加封印。

所以必然要在這之前，搶先……！

雷文哈特的思緒倏然被迫中斷。

頭一次，這名總是表現得遊刃有餘的紅金長髮男子臉上，破天荒地流露不敢置信的神色。

雷文哈特感受到一股比先前更甚的劇痛從胸口傳來，身邊是光點飛升。他慢慢地低下頭，瞳孔隨即劇烈收縮。

倒映進那雙灰瞳裡的，是雷文哈特從不曾預料過的光景。

有什麼自後貫穿了他的胸口。

那是一隻手，或者說，那根本不像是一隻手。

因為那隻「手」通體透黑，由漆黑的結晶體凝塑而成。

雷文哈特怎麼會不知道那是什麼……黑暗元素的結晶！

但這不可能……這怎麼可能……唯有七大公爵的身軀，才是由黑暗元素的結晶構成的。

路西法和其他五公爵斷然不會出現在這，就連他自己……他還不是真正的本體，亦無法……

「終點即是起點……原來，魘影當初的預言是眞。」

隨著這道嗓音驟然響起，穿透雷文哈特胸口的漆黑手臂飛快抽離。

雷文哈特的胸口並未留下傷口，但他幾乎是驚恐地感覺到，有什麼被強制剝除了。

那是……那是他的靈魂碎片！

不僅如此，那些從湖底湧冒出來的金紅光點，這次竟不再灌入他傳來劇痛的胸口，而是無視他存在般逕自飄升，彷彿不再視他爲主。

雷文哈特猛地轉過頭，然後那張俊雅的臉孔因爲震驚而扭曲了。

那是本該沉入湖底的貝洛切爾。

黑髮金眸的男子乍看下與先前並無不同，依舊是一身貴族般的優雅風範，依舊噙著淺淺笑意。除了他看起來一點也不像是受創後的虛弱，除了他的右手前端化爲闃黑的結晶體……黑暗元素的結晶！

除了……雷文哈特不會錯認的，那是與自己相同的靈魂波動。

「你居然……也是薩麥爾的靈魂碎片！」雷文哈特嘶啞著聲音，宛如不願相信這個事實地吶喊著，「但這不可能，中庭廣場上的封印碎裂時，我分明沒有感受到你的存在……這座學園的碎片除了我之外，應該就只有洛榭、莉莉絲和拉格斐！」

「你忘了嗎，雷文哈特老師？」貝洛切爾此刻的尊稱和溫和笑意，對雷文哈特來說是如此諷刺，「闇之螢石既然能完全封閉黑暗元素的結晶，就表示它的隔絕力相當地高。」

雷文哈特自然不會忘記這種事，但他想不明白，為何對方會無端提起闇之螢石……

下一秒，雷文哈特的表情凍結住了，前所未有的寒意竄上後背。

闇之螢石——凡是地獄三頭犬，皆由路西法利用闇之螢石和破碎靈魂製造而成。

如此一來，一切就能說得通了……包括自己當時因何沒有感受到同樣的波動，包括貝洛切爾的手臂為何能化作黑暗元素的結晶體。

破碎的靈魂……這是多麼荒謬又諷刺的事。路西法根本就未曾察覺到，他居然拿薩麥爾尚未與他人融合的純粹靈魂碎片，和闇之螢石一同製造出了地獄三頭犬！

「薩麥爾失敗，薩麥爾被分解，薩麥爾的靈魂碎片有大有小。那麼，雷文哈特老師，你覺得誰的碎片為大？」貝洛切爾眼中的溫和剎那間被陰狠取代，當那冷酷的最後一個音節落下，他張開五指，隨即毫不留情一握，把泛著金紅光澤的結晶體猛然捏得粉碎，碎屑轉而沒入他的皮膚底下。

雷文哈特煞白了臉，初次受到恐懼的驅使而行動。

他的碎片被吸收了，他必須要找到新的替代品……否則失去靈魂碎片的他，過不了多久就會變成一具行屍走肉般的空殼，他不能容忍自己淪落至那種境地！

出人意表地，貝洛切爾竟沒有緊追在雷文哈特身後。當雷文哈特的身影消失在視野內後，暗中一直緊繃的身軀驟然鬆放，之前極力壓抑的痛苦神色終於再也無法掩飾。

貝洛切爾五指撫上腰側。湖水和黑色外衣掩蓋了一切，才能暫時欺瞞過雷文哈特的耳目。

若非雷文哈特因他的身分而心緒大亂，完全失去平時的冷靜，否則早該發現到他其實不若表面上看起來的毫髮無傷。

事實上，艾草造成的傷口還未完全復元。

那刀刺得太深，且雷文哈特的手段又太狠；施加在刀上的詛咒，擺明欲置人於死地。

假使不是憑著意志力，貝洛切爾也無法支撐到現在，勢必會讓雷文哈特抓到破綻。

一旦雷文哈特發現……貝洛切爾並沒有把握能捱過對方的攻擊。不，如果是憤怒之火，恐怕他如今也難以站在這了吧。

貝洛切爾慢慢扯出一抹苦笑，低頭望著那些不停上升的光點，有部分正往他的傷口靠近，進而隱沒至體內。

這些純粹是力量的光點，確實可以幫忙治癒，但是，他不知道在自己有足夠力氣動彈之前，湖面上的雙層封印是否會先架構完成？

他既是「鑰匙」，又是薩麥爾的靈魂碎片，專門針對原罪的封印對他來說起不了作用。可是，施加在中庭廣場地面的另一層封印，單憑他一己之力，卻是不可能打碎。

也許、也許……他會眞的從此被封印在這座地底湖中。

貝洛切爾閉上眼，只覺全身像是綳斷的弦，再也無法控制，只能任憑身體向下沉落。

當幽深如一張大嘴的深處湖水將貝洛切爾吞沒前，唯一迴盪在他腦海的只有一個名字。

艾草。

雷文哈特從來不曾如此狼狽，他探出湖面，深深吸一口氣，用盡僅剩的力氣飛竄上來，落至廣場邊緣的地面。

雷文哈特跪在地上，無法抑制手指的顫抖。縱使他的身體沒有因貝洛切爾的那一擊留下傷口，可是他的靈魂碎片已被奪走。

再過不了多久，他就會成為空殼般的存在，他需要新的碎片填補……

最快能找到的替代品在哪裡？白之森，拉格斐．帝！

雷文哈特的灰瞳內猝然閃過狠戾，他微微搖晃著直立起身子，一仰頭，映入眼中的景象令他瞳孔收縮。

不知何時，中庭廣場的高空已被一面碩大的紫色法陣覆蓋，陣內有九個小圓，每個發光的小圓同時亦倒映於下方，形成半空與高空彷彿有兩層光印的錯覺。

雷文哈特不可能不知道那是什麼，繼承的記憶告訴他，那是「封罪大陣」——專門封印「原罪．憤怒」的陣法。

「學園長，原來你還留了這一手嗎？」雷文哈特仰著頭，唇間擠出冷笑。他看見空中除了紫光法陣之外，那些從湖底竄出的金紅色光點，亦在湖上逐漸地凝聚出某種形狀。

只要「封罪大陣」的所有法陣無法及時完成，那麼聚合完畢的光點就將重獲自由。

如今的他雖然無法在第一時間將它們佔為己有，但是等到他獲得新的靈魂碎片，就可以再回頭尋找。

雷文哈特比誰都還要篤定「封罪大陣」是不可能完成的。如今那九個小圓上，也只有一抹紅黑包裹的嬌小身影與一黑一白的人影佇立其中。

「多麼愚蠢，單憑你們的力量，是做不到什麼的，艾草。」雷文哈特冷冰冰地說。不再關注終究完成不了的法陣，他迅速就想離開這個地方，以免被鎖鍊網上的薩拉發現異樣。

然而雷文哈特的前腳剛邁出一步，一簇淡金色光芒無預警地在他前方炸裂。

什……！雷文哈特一愣，還未等他扭頭，接二連三的炸裂又發生，逼得他難以再前進分毫。

那份屬於光的力量，僅一人擁有。

「薩拉！」雷文哈特回頭暴喊，左手捲起袍袖一揮動，緋紅色的火焰轉眼就要成形。可置身於鎖鍊網上的橘髮少年動作比他還要快。

縱使薩拉臉色蒼白，藍眸依然冷硬得驚人。他毫不猶豫地伸出左手，金燦的大量光絲倏然自指尖鑽出，飛也似地纏捲上他的手臂。

搶在雷文哈特的火焰形成之前，薩拉的掌心湧冒出熾烈得令人難以直視的光華。

剎那間，六根金色光柱從雷文哈特身旁地面橫出，迅速相連成一座堅固的牢籠。緊接著，牢籠內又有兩根光柱突竄，毫不留情地穿刺過雷文哈特的膝蓋。

伴隨著椎心痛楚湧上，雷文哈特的雙膝只能被迫往下跌跪。

但是成功困住雷文哈特的薩拉卻也沒有討到半點好處，他左臂上的光絲瞬間爆裂，可怕的血霧跟著噴灑。

薩拉必須極力咬牙，才能不讓吃痛聲迸出喉嚨。

可就算如此，此刻他的左臂也幾乎已經廢掉。

被關在光牢中的雷文哈特直視薩拉，擠出一抹扭曲的笑意。沒想到在近乎氣力用盡的情況下，薩拉還不惜犧牲手臂，也要困住他。

「但是你這樣做，又能如何？薩拉，你們完成不了『封罪大陣』的。」雷文哈特仰起頭，灰眸底處一片陰冷。就算他被迫跪於地面，眼神依然似在俯視卑微螻蟻，「假使不是同系力量，這裡的大陣就永遠別想成功。學園長有告訴過你嗎，薩拉？」

「他要是現在還在這，我就會把他的頭扭下來了。」薩拉淡淡地說，「事情不會如你計畫的，雷文哈特，凡事總會生變。」

雖然薩拉表面不受雷文哈特話語的影響，但從他猛力捏住的右手五指來看，就能察覺出他只是強壓內心的不安。

此刻，又有數道黑氣自兩方快若疾雷地來到。

當它們一落及艾草身邊，轉眼化成數道高矮不一的身影。

赫然是梁炫、長照、羅刹，和阿防！

原先被困於白之森與湖中塔的四名將軍，終於趕至此地。

就算如此，薩拉的神情卻是更加凝重；相反地，雷文哈特則揚起冷酷殘忍的笑意。因爲他們兩人都清楚，人數增加也沒用。支撐整個陣法的法柱，必須要有九個人。

「小姐！」

「小姐！」

見艾草安然無事，梁炫、長照、阿防、羅刹不禁面露狂喜。

「讓爾等擔心了。」艾草沉靜地說，墨黑眼瞳流轉著某種毅然的光芒。

梁炫注意到那光的存在，心下一震，不安的預感衝上，還來不及說出任何話，艾草那稚氣淡然的聲音已經再次逸出。

「梁炫、長照、羅刹、阿防、金枷、銀鎖，吾要解除吾自身的封印。」

這話一出，將軍們的表情全變了，包括金枷，銀鎖眼中也竄過一瞬震驚。

「小姐！」

「小姐，萬萬不可！此非我等東方領地，妳的身軀會負荷不了！」長照蒼白了臉，心急如焚地大吼。

「請妳打消這想法，小姐。」梁炫馬上屈膝跪地，低頭請求，「我等懇求妳……」

「小姐！」羅刹和阿防也心焦地喊道。

「爾等，可信吾？」黑髮黑眸的小女孩輕聲問了這句，威凜光采在眼中綻放，紅黑袍袖倏然一揮振，「此爲吾之命令！」

「——是！」神情驟斂，梁炫、長照、羅刹、阿防、金枷、銀鎖當即低頭服從。

下一秒，艾草眼中出現點點銀光，指尖處也一併燃現銀色光芒。

無論是被困於光牢中的雷文哈特，或是待在鎖鍊網上的薩拉，都看見銀星般的光芒刹那間遊走於艾草全身。

乍看下，簡直像諸多銀鍊縱橫交錯，牢牢地纏縛住那具嬌小身軀。

薩拉與雷文哈特不明白，艾草此刻的舉動，究竟代表何種意義？她要做什麼？她還能做什麼？

就在空中那具嬌小身軀全被銀光包圍後，光芒登時像鏡片般碎裂，大大小小的銀色碎片飛散開來，進而消逝在日光照耀下。

薩拉和雷文哈特愕然地睜大眼。

原先浮立在半空的嬌小人影消失了，此刻站在那的，是一名身形纖細的長髮少女。

少女身子被一身紅黑服飾包裹，長長的袍袖幾乎觸及腳邊，一頭漆黑似黑夜的髮絲披散在肩後，長度越過了腰間。

少女清麗的臉龐猶帶一絲青稚，令人見了忍不住心生憐愛。一雙黑瞳翦翦如深邃湖潭，卻又散發著強烈的意志。

那是艾草，卻又不是薩拉和雷文哈特所知道的艾草。

「解除封印……那就是，東方地府城隍眞正的模樣嗎？」薩拉無意識地吐出聲音。

「但這依然改變不了法柱人數不夠的事實。」雷文哈特冷笑。

彷彿未察覺到下方話聲，從孩童之姿變爲少女樣貌的艾草倏然再揮袖，兩簇銀色光芒從她指間射出，竟是筆直地射向金枷和銀鎖。

「以吾之言爲楔，以吾之力成體。」艾草清亮的嗓音充滿力量，「今以吾『城隍』之名宣告，一體雙魂者，回歸爾等各待之處！」

隨著那像是能夠穿透一切的高喊劃過天際，金枷、銀鎖兩人的身軀轉瞬間變得模糊。緊接著，居然又有半透明的人影從中分裂出來。

那兩抹半透明的人影完全與金枷、銀鎖分離後，他們兩人的輪廓頓時又回復清晰。

不同的是，原先空無一人之處，現下竟是佇立著兩道輪廓同樣清晰具體的身影。

兩人一高一矮，一著白服、一穿黑衣，一人白皙秀麗、一人黧黑野性。

「就算有著千言萬語想向小姐述說，但能再見小姐一面，就已滿心歡喜。」謝必安柔聲地說。

「呀哈哈哈哈，沒想到會再和銀的分離開。小姐，任何事都請吩咐，我們會傾全力完成的！」范無救咧開笑容，露出虎牙。

「不可能……這不可能……」雷文哈特臉上的從容被毫不留情地打碎，絕望像隻看不見的大手逐漸捏握住他的心臟。

薩拉一直攥握住的手指終於鬆放開來。不在意自己的掌心被扎得血跡斑斑，那張不論何時都鮮少外露情緒的面龐，難得放任欣喜流瀉。

一、二、三、四、五、六、七、八，城隍麾下的八大將軍在這一刻，齊聚一堂！

加上艾草，共爲九人。

九位法柱人數總算到齊。

「日、夜遊巡將軍聽令！」艾草立即揚聲再喝道。

「我等聽令！」氣質文弱、眉眼俊秀的白衣少年，和英氣煥發的冷艷女子單膝跪地。

「范、謝將軍聽令！」

「必遵其令！」皮膚黧黑、野性率直的黑衣女孩，與膚色白皙、古典清麗的白衣女子，將各自的摺扇、羽扇置於胸前。

「牛、馬將軍聽令！」

「得令！」兩名外貌如出一轍的俊朗青年一手握拳，抵靠心口，彎下他們剛硬的背脊。

「金、銀將軍聽令！」

「此爲我等之幸。」高大的黑衣男人與纖細的白服少女不加思索地低頭屈膝，無波的眼瞳是一片絕對忠誠。

「八大將軍，各站其崗，各守其位！」艾草猛然高舉起手，一聲令下。

「遵命！」八道人影轉瞬間化爲黑氣，疾速衝向四周的另外八個紫光圓陣。

所有圓陣全站上人的剎那，籠罩在中庭廣場高空的紫色大陣也爆發出耀眼的光芒。

同一時間，薩拉也從通訊手環上收到來自各方的通知。

五小陣、兩中陣，法柱到齊，運作開始！

「這一切，終於可以結束了。」薩拉瞇眼望著天幕，輕聲地說。

當他的話聲落下，「封罪大陣」內的所有陣圈染成一片銀紫光華，像大網般從上降下，將空中的金紅光點一口氣全逼回湖內。

那些代表著原罪·憤怒力量的光點一沒入湖中，本來澄澈的湖水立刻生起劇烈的變化。

乳白色從中央擴散出來，飛快地將整座湖泊都染了色，就連平靜的湖面也沸騰般地冒著大大小小的泡泡。

湖水在湧動、在翻滾，等全數的金紅光點不再存於湖面，湖下另一波騷動再起。

數也數不清的灰色石沙從湖泊內竄起，重新拼湊。新的中庭廣場地面正逐漸出現，並且逐漸覆蓋住那已經染成白色的地底湖。

而就在原罪封印完成，另一層封印還在運作時，高空的其中一道人影忽然像是不穩地晃了晃，隨後竟無預警地掉墜下來。

薩拉瞳孔一縮，那人紅黑衣襬飄揚，宛如凋零紅蝶。那是……

「小姐！」

「大人！」

數道肝膽俱裂的嘶喊聲爆發，八抹人影迅如疾雷地同時俯衝而下，就如八條黑白鬼魅。

「一二三，大大大！」謝必安毫不猶豫地扔擲出白羽毛扇。

白扇比所有人的速度都快，眨眼就來到艾草身下，迅速變大。巨大柔軟的扇子接住那抹纖弱的身子，帶著她來到鎖鍊網上。

薩拉不顧手臂劇痛，急忙靠過去檢查情況。

這一看，他心底驀然一沉，胃部如同塞入大量冰塊。

「該死的！」薩拉甚至克制不了地咒罵出這一句。

「小姐！」梁炫等人幾乎是同時到達。他們一落足鎖鍊網，就馬上包圍在艾草身邊。然而映入他們眼中的景象，卻令他們方寸大亂，恐懼宛如看不見的繩子，毫不留情地勒住脖子，令他們幾乎難以呼吸。

「不……」不知道是誰宛如呻吟地擠出聲音。

「不不不！」然後是長照、羅剎、阿防失聲驚恐大吼。

就算不若同伴們表露出激烈的反應，梁炫他們也是煞白了臉，不自覺屏住呼吸，身體緊繃如瀕臨極限的弦。

恢復成少女姿態的艾草現下雙眼緊閉、呼吸紊亂，臉色比平時還要蒼白，額際浮冒細密的冷汗。

但眞正教所有人恐懼的不是這個，而是艾草從指尖開始，輪廓竟是變得模糊，進而轉爲透明。

那樣子，簡直就像是……她正在消失一樣！

此刻的艾草，一隻前臂已失去形體；更可怕的是，這份變異還在持續擴大。

「校醫，小姐怎麼了……我家大人究竟是怎麼了！」梁炫再怎麼力持鎮靜，也無法控制嗓音不顫抖。

「小姐不能出事，她無論如何都不會出事的！」范無救紅了眼眶。

「全部安靜，讓我說話！」薩拉使勁厲喝一聲。他伸出還能使用的右手，置於艾草的額頭上，「她的身體負荷不了她的力量了。」

「什麼？」謝必安喃喃地說。

「這是艾草眞正的模樣，對吧？」見梁炫點頭，薩拉深吸一口氣，接著快速地說，「她的封印解除，就表示她眞正的力量也不再被壓抑。可是她之前中了詛咒之誓，體力和氣力早就耗損大半。我這樣說吧，如果人的身體是容器，力量就是盛裝在裡面的液體。一旦盛裝的量遠遠超過負荷程度，就會直接滿溢出來。」

「滿溢出來的話……會怎樣？」梁炫沙啞地擠出聲音。

「……她會消失在這。」薩拉閉了下眼，再睜開時，藍眸內迸射出冷硬的光，「我不會讓這事發生，艾草必須回去你們東方地府。那是她的領域，只有在那邊，才可以確保她的身體不會崩潰。讓開一些，我要打開空間之門！」

不管自己的力量也幾乎被掏空，薩拉從懷中取出小巧的金色鑰匙，將它扔向空中，然後那隻還維持完好的右手一抬，五指伸張，微弱的光點從掌心冒出。

「我爲『守門人』，現在開啓閉鎖之門！」

光點聚集成一顆小型光球，彷彿在呼應光球的存在，停浮空中的鑰匙倏地變得巨大。

「開！」

巨大的金色鑰匙像是遭到無形外力轉動，它在空中旋轉，隨後傳出「喀噠」一聲。

當這像是開鎖的聲音一響起，前一秒還空無一物的藍天下，立刻出現一個歪斜的黑洞，洞內是湧動的黑暗和閃滅的銀光。

然而黑洞邊緣卻是時隱時現，乍看下彷彿隨時會不穩地消失。

薩拉臉色一變，「不行，這門不穩定，不能用，必須要找其他的……」

薩拉只覺喉頭一陣苦澀衝上，剩下的話語竟是說不出口。他比誰都清楚，賽米絲學園裡除了他以外，再也找不到同樣擁有空間能力的人。

但是，這未免太可笑了。那孩子明明幫了他們學園，如今卻要消失在這裡……他不允許這種事發生。讓重要的學生受到傷害，那所謂教師只不過是混帳！

黑袍校醫的臉孔扭曲一瞬，可就在下一秒，他猛然捕捉到剎那銀光閃逝。

薩拉不禁睜大眼。

在艾草另外一隻還未消失的手臂、她的手指上，正戴著一枚精緻的銀色戒指。

若是其他人，想必會以爲那只是普通飾品。但薩拉一眼就看明白，那是空間之戒！

「空間之戒……艾草使用了幾次？回答我！」薩拉嚴厲喊道。

「沒有超過五次。」梁炫急促地回答，從薩拉的反應中看見了一絲希望。

薩拉笑了，那張向來淡然的臉孔，露出貨眞價實的笑容。

沒有浪費時間，薩拉迅速拔下艾草手上的空間之戒，大力扔往空中歪斜的黑洞。

「我以『守門人』之名，命令開啓！」在薩拉高亢的喊聲之下，原本小巧的戒指竟是一口氣變大，瞬間撐開了那個歪斜的黑洞。

「動作快！快點！」薩拉重重地一揮手。

不須這名校醫多加催促，梁炫馬上示意金枷抱起昏迷的艾草，她向薩拉彎身一揖，「感謝你的一切幫助，校醫，我等會謹記在心。」

語畢，梁炫的身形散成黑氣，長照、羅刹、阿防、謝必安、范無救、銀鎖亦是。

在七道黑氣包圍下，金枷抱著艾草，迅速竄衝向空間之門內。

來自東方的九人消失於薩拉的視野內，他也感覺到自己身下的支撐物跟著消散。

鎖鍊網化爲虛無了。

「早知道該先讓他們把我放下去的。」薩拉平淡地說，像是不在意自己正從高處墜落。

薩拉不是不在意，只是他已用盡氣力，現在連抬起一根手指都覺得費力。

學園上方的「封罪大陣」還在散發著銀紫光芒，繁複的陣紋在藍天之下顯得如此美麗。

中庭廣場的地面即將修復完畢。

可薩拉要是這麼摔落，依舊會受到不小的傷害。

以置身事外的冷靜思索著自己接下來需要躺在病床上休養多久，薩拉發現自己跌落在一團柔軟之上時，不禁感到大大的訝異。

爲什麼……中庭廣場的地板是軟的？

薩拉轉動一下眼珠，看見了鮮艷的迷你身影。

「小熊二號軍團，爲您服務！」剛好在薩拉耳邊的一隻小熊布偶，精神十足地大聲說道。

薩拉牽起淡淡笑弧，當他瞥見最後一塊地板拼組完成前一刹那，一道黑影快若疾雷地衝了出來，並搶在空間之門閉闔的最後一秒竄了進去，那抹笑變得越發明顯。

「請幫我把從天空掉下的戒指撿回來給我。」薩拉微弱淡然地說，感覺自己被小心翼翼地放下。

籠罩在學園上空的銀紫大陣正在逐漸轉淡，這表示封印終於結束，各個陣圈上的法柱也在離開他們各自的位置。

小熊軍團也包圍住光牢中的雷文哈特，然而後者就像沒了一切反應，神情空白。

薩拉知道過不了多久，就會有更多人往這方向衝來，那群都患了相思病的蠢蛋誓必會吵得他不得安寧。

學園裡還有更多事情等著處理……雷文哈特要押送到地獄，學園長與副學園長都消失了，還要聘請新的老師……

「啊啊，累死了。」薩拉面無表情地說，然後閉上眼睛。

十 在那之後的賽米絲學園

致艾草：

艾草，妳現在好嗎？身體狀況如何了呢？

聽到妳必須先回去東方，我和小溫都擔心得要死，偏偏薩拉那混蛋卻不肯透露更多，只說用不著擔心……啊，我偷罵薩拉的事一定要保密，不然我之後就慘了！

小溫說，妳一定也會想知道我們這之後的事，我現在就告訴妳喔。

首先，賽米絲學園沒受到太嚴重的災情，大家也沒受什麼太大的傷……呃，薩拉是比較嚴重一些。

「原罪．憤怒」的殘骸又重新封印了，沒想到它居然藏在中庭廣場下的地底湖裡。我們知道的時候眞的是大吃一驚。因爲啊，所有人都以爲應該是在眞實之湖嘛。

至於造成這一切的雷文哈特老師……珠夏與他的族人一同把他帶回地獄了，詳細情況其實我也不太清楚，只聽菈菈說，會交由路西法陛下發落。

然後是薩拉，他應該是全部人中傷勢最嚴重的一個。當時我們和黑荊棘老師、洛榭老師一起趕到中庭廣場時，差點被嚇死了。我沒有誇張喔，就算是黑荊棘老師和洛榭老師，他們的臉色也立刻變得好蒼白。因爲薩拉完全昏了過去，左手臂看起來相當可怕，整隻都是血……不不不，還是別說這個好。

總之，經過這段時間的休養，幸好薩拉的傷勢已有好轉。只是或許因這段期間內他沒辦法虐待學生……咳，我是說治療學生來抒發壓力，所以造成他脾氣變得有史以來最差勁，就連洛榭老師也不想靠近他。

艾草、艾草，妳可以想像嗎？那個號稱脾氣最差的洛榭老師耶！居然連他都覺得有人比他還糟糕……呃，拜託這些也千萬別說出去，務必幫我保密啊！

只是薩拉正值休養期，學園就需要新的醫療人員。不只這些，也還需要新的導師。妳知道的，畢竟一Ｂ和一Ｃ的班導師都……爲了這些事，黑荊棘老師與洛榭老師可說是忙得焦頭爛額。

有件事說出來，妳一定不會相信的。那就是黑荊棘老師成了學園長，洛榭老師則是擔任副學園長！這組合不管從哪方面看都很驚人對吧？我覺得就算用驚悚來形容也不爲過……是說野薔薇最近的脾氣也跟著變差了，她覺得黑荊棘老師的時間都被搶走……啊，看到這裡，艾草應該也會很在意，我怎麼都沒提到莉莉絲、白蛇、珠夏、拉格斐的情況？

嘿嘿，最重要的部分當然要放最後講嘛。

那時候，莉莉絲他們四個人也趕到中庭廣場，一知道妳已經回到東方，他們的反應都很嚇人啊。尤其在知道貝洛切爾學長竟是跟著一起過去後……嗚啊啊！我現在想起他們的表情就覺得毛骨悚然，太恐怖了！

莉莉絲和拉格斐還在預料內，可是白蛇和珠夏……誰想像得到他們還有那一面？

雖然珠夏現在先回地獄了，可是他要伊梵和菈菈代替他跟莉莉絲他們每天去找薩拉。因爲想到東方，最快的方法就是找薩拉打開空間之門。

但是啊，薩拉還在休養中，脾氣又壞，最後似乎是被吵得忍無可忍，直接放話，敢再煩他就折了他們三分之二的骨頭，這輩子也永遠別想他會幫忙開門。

不過，薩拉這個人當然也不是那麼狠。他有加但書，只要等他恢復得差不多就行。

哪哪，艾草，聽說再不久薩拉就要回到保健室了，很多學長姊聽見這消息，都忍不住痛哭流涕。嗯，我相信他們絕不是因爲開心才哭的。

然後，聽說珠夏也很快會從地獄趕回來。

溫蒂妮要我一定記得告訴妳，被壓抑很久的四個人是很恐怖的，這句話我有點不懂。還有貝洛切爾學長請小心人身安全，這個我就懂了！

希望莉莉絲他們很快就能過去找妳，如果能再帶著一個健健康康的妳回來就更好了！

我們都非常地想念妳，上課筆記也都有先幫妳做好，不用擔心會跟不上進度，溫蒂妮的筆記非常厲害喔！

附註：這封信是我偷偷請薩拉先幫我送過去的，是親戚的特權唷。一定要幫我保密，別讓莉莉絲他們幾個人知道。

祝　早日康復，早日歸來賽米絲。

沙羅・曼達　筆

時間飛快流逝，雷文哈特對學園造成的傷害也逐漸弭平。

有些事改變了，例如東方轉學生的離開、新上任的學園長、新建的保健室。

也有些事不曾改變，例如保健室在學園裡惡名昭彰的程度依舊第一。

不過這個學生聽了都想退避三舍的地方，偶爾還是有人趨之若鶩。

但這眞的非常、非常罕見，而且趨之若鶩的前提是——和保健室校醫還得有那麼一點關係。

否則沒病沒痛，當場就會被驅離了。

「拜託啦！求求你了，薩拉！」沙羅雙手合十，那張像男孩子般英氣的臉上寫著滿滿祈求，「我人不舒服，眞的須要來保健室躺一下！」

被苦苦哀求的對象是名橘髮藍眼的男人，冷漠的側臉如同一尊雕塑，連個眼神都不給，只是冷冰冰地說：

「沒受傷也沒生病的人，滾回去上課，床位都被你們這些廢物佔滿了。」

「啊，好歹等我佔到床位再喊我廢物啊！」沙羅委屈極了，「我又還沒躺上去……薩拉拜託你啦，不然看在我姊的面子上……」

薩拉放下筆，椅子轉過來，浸滿寒霜的藍眼睛看向沙羅。

沙羅被凍得打個哆嗦，感覺室內溫度都跟著薩拉的那一眼降低不少。

但既然薩拉有動作了，就表示她還有機會。

沙羅雙眼一亮，正想著再接再勵，就聽到薩拉淡淡地開口：

「十秒鐘，生個病給我看，不然就是同樣答案。」

沙羅垮下一張臉，一頭鮮艷的紅髮似乎跟著黯淡幾分。

她怎麼可能有辦法在十秒內生一場病，她平常強壯得跟米陶諾斯差不多。

「不能換成受傷嗎？」沙羅試著討價還價。

十秒鐘變出傷口，這種事她絕對可以做到！

「妳可以試試。」薩拉彎起嘴角，弧度裡不帶絲毫溫度，「敢在我面前自殘的人，我可以免費送一張單程門票，看是要直通天堂或地獄。」

沙羅瞬間打消製造傷口的念頭，她有些遺憾好友溫蒂妮不在身邊。

小溫那麼聰明，一定有辦法幫她想出更好的辦法矇混過關。

沙羅絞盡腦汁，一張臉急得都要漲紅了，頭頂更是隱隱冒出用腦過度的白煙。

她就是想偷個懶、摸個魚，雖然回宿舍也能睡，可保健室新換的床鋪實在太好睡了……

鬆軟中還帶著彈性，簡直像雲朵的實體化，她自從躺過一次就念念不忘。

偏偏薩拉不肯透露床鋪是跟哪家訂的，害得她都要對一張床害起相思病了。

……等等，她想到了！

沙羅心中大喜，迫不及待地開口說出她的病名，沒想到薩拉也同時出聲。

「我我我有病，我得了相思病！」

「算了，我看妳腦子的確蠢得有病。」

兩道話聲一併響起，又一併在保健室落下，然後短暫的死寂出現在兩人之間。

「……」薩拉面無表情地看著和自己有親戚關係的紅髮少女。

好的，確實有病，還病得不輕。

沙羅嘴巴則越張越大，最後發出一陣悲鳴，「你居然說我腦子有病？我腦子才沒有……」

頓了頓，她忽地意識到這是個比相思病還要可靠的理由，校醫自己都認證了，立即話鋒一轉。

「對對對，我是真的腦子有病！呃，相思病也算上吧。」

面對薩拉比極地冰雪還要嚴酷的眼神，沙羅硬著頭皮把話說完。

「薩拉你也知道……」

「我沒興趣知道。」

「就是自從艾草回去後……」沙羅假裝沒聽見薩拉的嫌棄，「唉，感覺上課都少了點動力，可愛的女孩子多賞心悅目呀，更不用說艾草還超級超級可愛！眞希望她能早點回來我們這……她會回來的吧？薩拉、薩拉，你一定有小道消息，快告訴我，艾草究竟還會不會……」

薩拉抬起手，炫亮的光點在他手上浮現，轉眼勾勒出一個繁複的圖案。

然後沙羅就發現自己說不出話了。

她震驚地瞪圓眼睛，努力地比手畫腳，想要薩拉給個交代。

「妳還有廢話太多的毛病。」薩拉平靜地說，「妳接下來要是說超過三句話，我就把妳掛門外，當成展示品。」

沙羅一點也不想當那種丟臉的展示品，忙不迭再比畫手腳一番，表明自己絕不會再嘮叨。

薩拉的手指在虛空畫了幾筆。

沙羅嘗試地「啊」了一聲，驚喜發現聲音回來了。

「只能躺一節課，時間到自動……」

「知道知道，滾出去嘛。」沙羅興高采烈地說。這個她很有經驗，很擅長的。牢記不能多說話的規定，沙羅嘴巴閉得緊緊的，熟門熟路地來到後方病床處。

其中一張病床的周圍拉起隔簾，沙羅也沒多想，以爲那只是薩拉順手拉上的。

自從薩拉擔任校醫後，保健室的病床幾乎都成了裝飾。學生都擔心一躺進來，不小心惹到薩拉，就永遠躺在這不用起來了。

沙羅找了張病床躺上去，把自己的隔簾拉起。

保健室只有學生前來時才會多點生氣，雖說大多是慘叫、號叫、哭叫所組成，大部分時候則寂靜得像座墳墓。

讓沙羅來說，就是環境品質好，靜悄悄的，很好睡。

當然，也不排除是沙羅從口袋裡摸出來，塞進耳朵裡的耳塞隔音更好一些。

沙羅正作著與溫蒂妮、艾草一起和樂融融在貓咖度過女生時光的美夢，只是夢才進行到一半，就被陡然驟降的溫度凍醒了。

她打了個寒顫，下意識拉高棉被，只露出一雙眼睛。

那雙眼睛茫然疑惑地四處張望，沒看出個所以然。但等沙羅的視線觸及地面時，她猛地瞪大雙眼，殘留的睡意被嚇得丁點不剩。

怪不得會覺得冷……

保健室地板都結冰了啊！

一層剔透的寒冰沿著地面擴散，冷氣絲絲縷縷地朝著各處放送。

沙羅冷到差點要打噴嚏，可隨即就聽見一道青稚的童聲猝然鑽進耳內。她用最快的速度捏住自己鼻子，強行把噴嚏憋了回去。

在隔簾外響起的聲音稚氣歸稚氣，然而摻雜在話裡的怒意和暴躁，只要是一Ａ的學生都絕對不會認錯。

這時間過來保健室的人，是拉格斐．帝。

天使長米迦勒的徒弟。

在莉莉絲嘴裡還有個別稱——那個暴脾氣小矮子。

拉格斐來這幹嘛？難道他受傷了？

應該不可能吧……愍回嘖嘖的沙羅換摸摸下巴，拉格斐雖個子矮，但實力可不容小覷。

起碼沙羅就確信自己打不贏人家。

如果不是受傷……生病嗎？拉格斐該不會生病了？

「我說過多少次了，沒病沒痛的人別來保健室浪費資源。」薩拉冷徹的嗓音響起。

沙羅豎直耳朵，感覺自己正身處八卦現場。

「我即使生病也不會想來這找虐待狂庸醫。」拉格斐毫不掩飾自己的嫌惡，「我又不是腦子壞了。」

沙羅摸摸自己的頭，感覺有無形的箭咻咻咻地飛來，全往她腦袋上插。

「對了，相思病來我這也同樣沒用。」薩拉輕描淡寫地說。

「誰誰誰——」拉格斐瞬間像點燃的炸藥，連尾音都分岔了，「誰有相思——」

猛然意識到自己被帶偏話題，他小臉一沉，藍眸深處似乎凍成寒冬。

「空間之門哪時候要打開？是哪個傢伙說等他傷勢好得差不多了，就能打開學院跟東方的傳送門？」

沙羅的眼睛瞪得更大。

空間之門，拉格斐這是想直接去找艾草！

莉莉絲他們呢？沒跟拉格斐一起？

還是說，拉格斐是瞞著他們偷偷找過來的？

按捺不住的好奇心催使她悄悄掀開簾子一角，探出一隻眼睛。

她選的床位好，正好能瞥到薩拉的位置，地上還有個矮矮的影子，肯定是拉格斐。

「我沒老人痴呆。」薩拉冷淡地睨了一眼，「說過的事自然不會忘記。」

「那你還……」

「你看我像是完全好了嗎？你以為我幹嘛一天到晚只能待在保健室裡？」

拉格斐這一刻的心情和躲在隔簾後的沙羅同步了。

——你哪裡不像啊！

要不是怕出聲會打草驚蛇，沙羅都想大聲吐槽。

一天到晚都必須待保健室裡，不是因為你是個校醫嗎！

「都矮成這樣了，要是連耐性都沒有，當心沒人要。」薩拉低頭檢查起藥品的進貨單，

「米迦勒知道自己徒弟嫁不出去嗎？」

「薩拉！」拉格斐被輕易挑起怒火。

「喊醫生。」

拉格斐才不想喊這沒醫德還沒口德的人「醫生」，他氣得連頭頂總是會自動盤成圓形的

那綹髮絲都豎直了，身周更是寒氣湧冒。

只是不待大片寒冰從他腳下冒出，薩拉先他一步動手。

沙羅的腦袋探得更出去，不忘緊緊捂嘴，以免不小心聲音洩露出去。

薩拉只做了兩個動作。

一，拎起拉格斐的領子。

二，把拉格斐拋出保健室外。

憑沙羅的好眼力，能瞧見拉格斐轉眼就化爲空中一個黑點，不曉得最後會落到哪裡去。

送走拉格斐不久，又有人過來了，這讓本來準備下床的沙羅只得再把腳縮回來。

來的不是任何一位學生，赫然是頂著貓咪頭套，幾乎不露出眞容的黑荊棘。

黑荊棘前陣子卸下一A的班導師職務了。

成爲新任學園長的她太過忙碌，根本分不出多餘的心力，乾脆對外召了新老師，讓對方接手自己原本負責的班級。

即使成爲學園長，黑荊棘的貓咪頭套仍然沒有要拿下的意思。

黑荊棘忽然往病床方向瞥了一眼，沙羅馬上飛也似縮回被窩內，不敢再偷看兩位師長。

「有學生在裡面？」黑荊棘慢悠悠地問。

沙羅恨不得把自己縮得更小。

「嗯，有個腦子壞的，看躺一躺能不能讓負値勉強提升爲零。咖啡還是茶？」薩拉搶在黑荊棘開口前又補充道：「這裡沒酒，除非妳想喝濃度75%的酒精。」

黑荊棘即使再如何愛酒，對這種不能入口的酒精還是敬謝不敏。

「那就咖啡吧。」黑荊棘的視線從沙羅藏身的隔簾移到隔壁病床，「另一個床位是躺誰？也是腦子壞的？」

「嗯？還有人嗎？」薩拉泡咖啡的動作頓了一下，疑惑地轉過頭來，「我以爲人早就走了，那小鬼不像是能忍受拉格斐的噪音污染。」

沙羅大吃一驚，霍地想起薩拉先前說的話。

「沒受傷也沒生病的人，滾回去上課，床位都被你們這些廢物佔滿了。」

你們、這些……用的是複數稱呼。

等等等等，所以眞的有第二個人在喔！她還以爲就只是單純趁機罵她而已。

沙羅滿心震撼，大力扭過頭，恨不得眼神能刺穿簾子，看清隔壁床鄰居是誰。

鞋跟敲擊地面的俐落聲響由遠而近，很快就挪到病床前。

透過布簾，沙羅能看到一顆碩大貓頭的影子，這一幕要是放在夜深人靜之時，就像個恐怖故事了。

不過恐怖故事……好像也沒黑荊棘老師來得恐怖。

黑荊棘扯開圍住病床的隔簾，床上的枕頭薄被擺放整齊，沒有屬於另一人的身影。

顯然就如薩拉所說，原本待在這的學生早就自行離開。

濃郁的咖啡香氣過不久就在保健室裡瀰漫，勾得連沙羅都忍不住吸吸鼻子，有點嘴饞。

「沒人對吧。」薩拉將有貓咪圖案的咖啡杯遞給黑荊棘。

他對外形象暴躁冷酷，卻喜歡用一些有小動物裝飾的日常用品。

「所以之前躺的是……」黑荊棘輕啜一口香濃的咖啡，「是腳斷了？脖子斷了？還是哪邊殘了導致無法行走？」

否則哪一個有理智、有意識的學生，願意跑來保健室待著？

「相思病，我也救不成的那種。」薩拉雲淡風輕地說道：「至於腦子壞了的那個，我相信她正熟睡，不會打擾我們之間的談話。」

沙羅立刻躺得更平，深怕只要有丁點類似甦醒的動作，都會被薩拉或黑荊棘打得躺回去。到時腦子可能就眞的要壞了。

女性的輕笑聲迴盪在隔簾外，黑荊棘知道病床上躺的是沙羅，也不在意接下來與薩拉的談話是否會被聽得一清二楚。

而當黑荊棘再開口時，沙羅驚訝地發現自己完全聽不懂她在說什麼。

古怪的音節如荊棘延展、纏繞，彷彿能聽見花苞窸窸窣窣地綻放，又好似蛇類嘶嘶地吐著舌信。

薩拉也回予同樣奇特的語言。

奇異的暈眩感籠罩住沙羅，她嘗試捕捉那怪異的語言。可越是仔細聆聽，周邊景色好似覆上了霧氣，一切都在搖晃、渙散……

被隔簾圍著的狹長空間彷彿在天旋地轉。

沙羅用力閉緊眼，把薄被拉得高高，蓋住整個腦袋，不敢再細聽下去。

花還在綻開，蛇仍在低語，所有東西都在旋轉。

等到保健室內重新恢復寂靜，沙羅重重喘了口氣，才總算回過神來。

簾子外已經沒有黑荊棘的聲音，只有時不時傳出的沙沙聲，聽上去像薩拉在書寫什麼。

沙羅感覺後背都被冷汗浸濕，她摸了把前額，掌心同樣摸到一片汗涔涔。

「沙羅。」

突然聽到薩拉喊自己，沙羅嚇得險些自床上彈起。

「啊?是、是!我絕對沒有偷聽你和黑荊棘老師講話!」

「妳聽了也聽不懂，那是魔女的古語，體質敏感的人容易受影響而不適。」

沙羅倒吸一口氣，既然是魔女的古語……

已知，黑荊棘老師是魔女，所以會講古語。

那麼同樣會講的薩拉……

「薩拉原來你是女的嗎!?」沙羅震驚地拉高分貝。

薩拉面無表情，告訴自己隔簾後的少女好歹也算親戚，滅口了很難向其他人交代。

「等等要離開時，把桌上放的紫色藥錠吃掉，再幫我關燈關門。下次除非斷手斷腳，否則別想再來這裡佔床位。」

「欸？欸？怎麼這樣啦！」沙羅急忙拉開隔簾，只來得及看到薩拉冷漠離去的背影。

想到薩拉扔下的警告，沙羅哀怨地垮著臉，好一陣子她都無法來保健室蹭免費床位了。

依光之精靈的小心眼，這個好一陣子……很可能兩、三個月跑不掉。

「怎麼這樣嘛……」沙羅喪氣地掀開薄被，兩隻腳放下病床，剛要踩到鞋子上，隔壁床位倏地傳來細微聲響。

保健室裡很安靜，使那道細聲被放大許多，也讓沙羅的身子僵了一下。

那聽起來……就像有誰在斷氣。

可是……這裡現在只有她一個人吧，那道斷氣聲又是哪來的？

沙羅嚥嚥口水，腦海中控制不住地跑過無數想像，每一個都讓她嚇得心臟狂跳。她屏著氣，暫時不敢有太大的動作，雙眼瞬也不瞬地盯著旁邊床位。

如果、如果那個聲音再出現，她就一把拉開簾子，再把火球全部往對方身上砸過去！

想到應對手段，沙羅提至嗓子眼的心稍微往下放，然後就因爲下一秒看到的又往上竄。

要不是無意識緊閉著嘴，她都懷疑自己的心臟是不是要從喉嚨裡跳出來了。

沙羅瞪大眼，瞳孔因驚悸而乍然收縮，倒映在瞳孔深處的是一道忽然映在隔簾上的影子。

由於燈光角度，鄰床要是有任何動靜，都會清晰地映在布簾上。

一道小小的黑影逐漸膨脹，同時出現手腳的形狀，轉眼形成一道漆黑人影坐在床鋪上。

下一剎那，蒼白僵冷的手指從隔簾間隙後探出。

「呀啊啊啊！」尖叫聲衝出沙羅的嘴巴，她驚恐地往病床後退去，一時忘了床後沒有任何東西遮擋，身體登時懸空，狼狽地往床下栽落。

這一摔，摔得沙羅眼冒金星，嘴裡不住嘶氣。她用奇怪的姿勢趴在地上，視野所及正好是病床底下。

一眼望去，望見了隔簾被拉開，一雙腳落至地板上。

沙羅一愣。是真的腳，腳下還有影子，所以是人？

「薩拉和黑荊棘說的是，新送來的空間之鏡被他收起來了，不會讓學生發現。」沒有起伏，卻自帶冷意的少年嗓音驟然落下，「那些學生絕不會想到，空間之鏡就在保健室的天花板隔間裡。在他們通過下個月的學園長盃考驗前，別想利用空間之鏡傳送到艾草那邊去。」

「什麼？薩拉這也太壞了吧！明明都答應莉莉絲他們會盡快送他們去探望艾草……」

沙羅一下子忘記恐懼，使盡吃奶的力氣爬起，掛在床沿，目光在撞見話者身影時，她大吃一驚，逸出高八度的驚呼，「白、白蛇!?」

爲什麼白蛇會在這裡？他是什麼時候進來保健室的？

他剛一直都待在隔壁床嗎？那她爲什麼沒發現……不對，就連薩拉和黑荊棘老師也……

太多疑惑如煮沸的開水泡泡不斷湧出，轉眼佔據沙羅的大腦，令她頭暈腦脹，最後脫口而出的問話變成——

「學園長盃是什麼東西？我第一次聽說。」

白蛇清冷的紅眸轉過來。

與白蛇對上視線，沙羅隨即縮起身子，只露出一雙眼睛在病床外。不能怪她那麼沒膽，學園裡敢和白蛇直視稍久的人只怕沒幾個。

「黑荊棘今天臨時掰出的測驗。」白蛇淡淡地說，「一聽就是不想讓我們快點過去。」

想想所謂的「我們」包括伊甸之蛇後裔、地獄君主之女、大天使長的徒弟，還有「原罪·憤怒」的繼承人。不管放到哪個地方，都會引起騷動和麻煩……沙羅忽然間也不是不能理解黑荊棘和薩拉的做法。

「等等！」沙羅忽地又驚呼一聲，「你聽得懂薩拉和黑荊棘老師的對話？」

那不是屬於魔女的古語嗎？

她剛聽了都感到一陣難受，後背還被冷汗浸濕，現在手腳仍有幾分虛浮。比起狼狽的自己，白蛇分明沒有受到絲毫影響。

「我能聽懂。」白蛇只給出四個字，擺明沒有想要解釋的意思。

還是沙羅自己想到答案。

白蛇不只是伊甸之蛇後裔，更是巴別塔正式的主人，也難怪他能理解魔女之語。

可是，他爲什麼會願意跟自己說這些……

雖然總是一副像野小子般大剌剌的形象，但沙羅也有屬於自己的靈敏直覺。

她可是記得在艾草過來賽米絲學園當交換生之前，白蛇一直獨來獨往，和同班同學幾乎沒說過幾句話。就連和莉莉絲，也是有小組作業時才組隊，說他一人排擠所有人都不爲過。偏偏這樣的人，今天居然主動開口，還將薩拉與黑荊棘的談話內容透露給她知道。

沙羅越想越不對勁，小麥色的臉皺成一團，糾結地說，「你是不是……要我去做什麼？」

白蛇的嘴角驀地勾起一道細微弧度，「去找莉莉絲和拉格斐，把我翻譯給妳的內容流出去，就說妳是偶然偷聽到薩拉他們的談話。」

「就這樣？」沙羅傻愣愣地問。

白蛇沒再理會她，逕自走出保健室，留下沙羅一個人愁眉苦臉，想不明白白蛇爲什麼要她做這件事。

她想得頭都要暈了，還是猜不出白蛇眞正的意圖。她拖著仍有絲軟綿綿的身子站起，在薩拉的桌上看到他放的紫色藥錠。

藥吃下去，不舒服的感覺立刻散得七七八八，沙羅這才感覺整個人重新活過來。

想到白蛇的交代，沙羅苦著臉，不禁後悔自己今天幹嘛想不開，非要來保健室蹭床位，不來不就沒事了。

只是世上沒有後悔藥，時間也沒辦法逆轉，沙羅只能步伐沉重地踏出保健室，還沒忘記替薩拉關燈關門。

門剛反鎖起，沙羅一轉身，一抹淡綠色人影乘風而來，輕飄飄地落在她的面前。

「妳果然在這裡，沙羅。」溫蒂妮笑咪咪地說。

乍見溫蒂妮出現，沙羅有如是溺水之人遇到浮木，馬上激動地抱住對方。

「小溫！小溫我跟妳說，我好慘啊！」

跟最要好的朋友哭訴一番，沙羅抬起臉，滿眼期待地瞅著溫蒂妮。

想不通的事情，找小溫就對了，小溫一定有辦法解決！

聽完事情的來龍去脈，溫蒂妮沉吟一會兒，還眞的幫沙羅想通了。

整件事說難也不難，說簡單……還算是簡單，只要火別延燒到她們身上就行。

「小溫，妳是不是想到什麼了？」沙羅多了解溫蒂妮，一瞧見她的表情變化，就知道自己有救了，忙不迭緊抓著對方的手搖晃，「救我救我救救我！」

「嗯……妳就照白蛇說的，把事情透露給莉莉絲和拉格斐知道，不過得有技巧一點。」溫蒂妮柔聲地說明，「待會吃晚餐時，要是他們有出現在餐廳，我們就找他們附近的位子坐下。」

「然後我把薩拉他們的聊天內容再說一次給妳聽，故意讓他們聽見？」沙羅也理解過來，眼底發光，可隨即又被滿滿的納悶取代，「但是爲什麼呀？爲什麼白蛇不自己跟他們說，他不是也超想去找艾草的嗎？」

「因爲啊……」溫蒂妮悠悠地說，她看穿了白蛇的眞正目的，「他想當『鷸蚌相爭，漁翁得利』的那個漁翁。」

「什麼蚌?什麼翁的?」沙羅眨巴著眼睛，眼裡是清澈愚蠢的光輝。

溋蒂妮簡單地爲她解釋成語的意思，「這是艾草告訴我的東方成語，指的是兩方相爭，最後是第三者撿到勝利成果。」

沙羅只是腦筋有時轉不過來，不是眞的笨，經溋蒂妮提點，她瞬間恍然大悟。

消息放出去，急著想探視艾草的莉莉絲和拉格斐鐵定會衝到保健室找東西。發現自己的工作領域被闖入了，薩拉也會立即趕過來，雙方很可能引發一場騷動。

而白蛇，就是要當那個拾取勝利果實的人。

「好卑鄙啊!不愧是蛇!」沙羅驚嚷。

「若白蛇成功拿到空間之鏡，莉莉絲他們恐怕也會反應過來，他們是被人當槍使了。」溋蒂妮指出更關鍵的部分，「然後他們就會想到妳。」

「啊啊啊啊，我只是被迫牽連的可憐人……」沙羅慌得想咬指甲，她一點也不想面對那些人的多重怒火，「小溋怎麼辦，救救我救救我!」

「我有一個方法。」溋蒂妮笑得恬靜，「把場面搞得更混亂，讓莉莉絲、拉格斐，還有白蛇不得不轉移針對目標就行。」

「具體來說我們該……」沙羅虛心請教。

「發匿名訊息給一C的伊梵他們。」溋蒂妮斬釘截鐵地說，「把珠夏也拖下水!」

只要那群人自己網內亂鬥，就不會有餘力去注意其他人了。

十一 奪鏡計畫

晚餐時間，白犀之塔的餐廳聚集了許多飢餓的學生，一下把寬敞的空間塞得七八分滿。靠落地窗的座位一向最受歡迎，不到一會兒就被人佔滿。

——除了中間的那張桌子。

明明是八人長桌，如今也只有一個位子放了個人物品，表示這裡有人先佔位。其餘位子仍是空蕩蕩，在人滿爲患的用餐時間應當很受歡迎。

然而即使不斷有學生東張西望地尋找空位，卻始終無人靠近那處空桌。

這可以說是白犀之塔學生們的默契，就算沒貼上標籤，他們也默認那是專屬於某些人的位子。

不過其他宿舍的人就不知情了。

有從別座宿舍塔過來蹭飯吃的學生發現那張仍空著的長桌，立即眼神一亮，拉住想去另一邊找位子的朋友。

「嘿！那邊有空位！運氣也太好了吧，居然沒被人搶走。」

「什麼？在哪裡？」朋友扭過頭，順著他指的方向一路望去，也瞧見在餐廳裡空得很突兀的那張桌子，欣喜瞬間轉爲失望，「啊，那邊不行，那裡有人坐了。」

「只有一個位子被佔去而已，其他都還空著，趁沒人我們趕緊去佔位。」那人拉著朋友就要走過去，怕被人捷足先登。

「你不是白犀的你不知道。」朋友反手把人拉住，「那邊是人家的專屬席，不然你當大家都沒看到那張空桌嗎？」

「我還當你們眼睛都暫時性瞎了。」

「瞎個屁，就是沒瞎才不過去，免得壓力太大吃不下飯。」

「誰啊，居然能讓人壓力……」那名男學生嘟囔到一半，忽地嚥回後半句。

一名個頭嬌小、金髮燦爛的小男孩從他們面前經過，端著餐盤走向那張據說是專屬席的長桌，坐下的位子正好是先前被擺放私人物品的地方。

「你說的人家該不會是……」男學生壓低音量，見到朋友點頭後，短促地吸口氣，二話不說地拉著人迅速離開不久前還肖想佔據的夢中情桌。

先不論那位外表看起來稚氣的天使實際脾氣暴烈，嘴巴還格外不留情，要是一言不合，高階的寒冰魔法直接砸下。

最重要的是……

會跟他湊一桌的那幾個，是棘手程度更要命的問題學生！

又不是瘋了才想跟他們坐一桌。

「你早說是拉格斐．帝他們常坐的位子就好……靠，怪不得你說壓力大到吃不下飯。」

「哎呀，其實之前還沒那麼嚴重，不至於讓人胃痛、胃痙攣、胃抽筋。」

「聽起來都差不多吧。」

「不不不，你不懂。有像針扎的痛，有像絞在一起的痛，還有像被人狠揍幾拳在上面……」

「不用那麼具體形容，聽得我胃也要痛了。所以之前沒那麼嚴重是……」

「一年級有個可愛的交換生你知道嗎？現在交換生回去了，那桌的低氣壓就……」

聲音越飄越遠，很快就被喧鬧的人聲蓋過。

但那些自以為小聲的竊竊私語其實都被拉格斐聽進去了，尤其聽到「交換生」三字時，拿著叉子的手指猛然握緊。

腦海中無法壓抑地浮現那一幕。

——清麗的黑髮少女好似要在面前崩解成無數光點，徹底消失在他們的世界裡。

拉格斐強行中斷回憶，每次一想起，他的胸口就不由自主地緊縮，連呼吸好像也變得困難。

拉格斐調整情緒的辦法就是緊握叉子，重重地往盤內的班尼迪克蛋戳下去，讓蛋黃霎時全部流淌出來。

彷彿戳下的是某個人可恨的腦袋。

薩拉！

那個不守承諾的混蛋校醫！

明明當時答應了，只要養好傷，力量回復後就會幫忙打開空間之門，讓他們可以親自去探望艾草。

縱使已知艾草情況好轉很多，也透過視訊確認過氣色了，可是沒有真正見到人，拉格斐始終無法放下心。

薩拉分明已恢復得差不多，都有力氣將沒有病痛就跑去保健室試圖蹭床休息的學生丟出去，卻還有臉擺出仍須持續休養的態度。

拉格斐越想越火大，盤子裡的班尼迪克蛋已經被他戳得體無完膚。

莉莉絲端著餐盤走過來時，看見的就是拉格斐面前變得黏糊糊一團的黃色晚餐。

「噁，天使原來喜歡吃這種東西？」她發出嫌棄的聲音，「真難以理解你們的品味，我們惡魔可是高尚太多了。」

拉格斐抬眸，扯出嘲諷的弧度，「盤子裡都是杯子蛋糕的人有資格說什麼高尚嗎？艾草大概不曉得地獄君主之女原來有偏食到不行的一面。」

「囉嗦，小米粒現在又看不到……」莉莉絲本來想反擊，可提到「小米粒」三個字，那份想抬槓的心情頓時消散得無影無蹤。她嘖了一聲，把餐盤重重放在桌面，擺出一副不想搭理人的冷漠樣子。

要莉莉絲來說，天使惡魔本來就相看兩厭，尤其拉格斐更討厭。要不是有艾草，她才不會跟這人湊隊組任務，甚至一起吃飯。

如今艾草不在這裡，她理應去找個更能享受個人時光的位子，而不是過來面對一張天使的臭臉。

想是這麼想，可每到用餐時間，莉莉絲還是習慣性地來到以前他們一夥人固定的座位。好像這樣做，就能假裝小米粒還在身邊。

過不久，又一道纖細人影徐徐走來，一手端著晚餐，一手舉著外表可笑的南瓜手偶。

「哇哇哇！好低迷的氣氛，這裡是在舉辦喪禮嗎？野薔薇，我們是不是該換身全黑的衣服？」手偶張嘴說個不停，「需不需南瓜配合一下，掉個眼淚？噢，本大爺是南瓜，可能會哭出南瓜汁。」

「然後我就會用髒兮兮的抹布塞進細細你的眼眶和嘴巴裡唷。」野薔薇面帶溫暖的笑容，說出冰冷無比的威脅。

南瓜手偶噎了一下，不敢再隨便發言，免得野薔薇說到做到，去跟餐廳的人借抹布塞進它的眼裡和嘴裡。

它簡直是世界上最悲慘的南瓜了！

對於野薔薇的到來，拉格斐和莉莉絲都給了相同回應——抬頭看一眼，再默不作聲地低頭吃晚餐。

「雖然細細是誇大了一點，但你們這桌的氣氛的確挺糟糕的，艾草見了一定會爲你們擔心。」野薔薇柔聲地說。

「她現在又看不到。」莉莉絲將杯子蛋糕撕成一小塊，接著又覺得撕開的體積還是太大了，繼續把它們撕得更小，就像小小的米粒。

一個小米粒、兩個小米粒、三個小米粒……

一個艾草、兩個艾草、三個艾草……

瞥見莉莉絲的側臉帶著恍惚，南瓜忍不住湊近野薔薇耳邊，用氣聲震驚地嚷道：「這裡有個惡魔瘋了！天啊，瘋掉的惡魔是不是要送到保健室？讓那個暴力的光之精靈……」

光之精靈，薩拉！

關鍵字觸動到莉莉絲，讓她猛地回神，也記起薩拉的言而無信。

「那個混蛋又不守信的校醫！」莉莉絲咬牙切齒，換她把叉子重重戳進另一個形狀完好的杯子蛋糕，讓裡頭的草莓果醬溢出，把它想成是薩拉鮮血四濺的腦袋。

這個模擬想像讓莉莉絲升起的怒意稍微下降一點點點。

就在這時，旁邊學生的聊天裡忽地出現了「薩拉」的名字。

拉格斐和莉莉絲幾乎是同時扭過頭，迅猛的動作就像獵豹盯上獵物一樣。

「哎？這不是風風火火……」南瓜手偶才剛叫嚷，就被野薔薇眼明手快地捂住嘴巴。

莉莉絲和拉格斐也發現鄰桌的是他們的同班同學，與艾草交情也不錯的沙羅和溫蒂妮。其中沙羅和薩拉更有著親戚關係，還時常跑去保健室蹭床位。

或許是看在親戚的份上，對於總是蹭床位的沙羅，薩拉頂多十次裡扔她個五、六次，比起其他學生已經相當手下留情了。

聽見兩名同學提及薩拉，莉莉絲和拉格斐都豎直了耳朵，同時不忘轉回頭，擺出專注吃晚餐的姿態，以免被人察覺自己在偷聽。

正是故意要讓他們偷聽的溫蒂妮繼續發揮演技。

「妳說妳偷看到薩拉藏了奇怪的東西在天花板，真的嗎？」

「嗯……嗯啊！」比起溫蒂妮的若無其事，沙羅的語氣比較僵硬，她乾巴巴地唸出溫蒂妮爲她寫好的台詞，「我是躺在床上偷看到的，簾子剛好沒全拉起，被我瞄見薩拉在藏東西。」

「薩拉爲什麼要把東西藏在天花板上？」

「不知道啊，感覺他一副很愼重的樣子，還特地加了好幾層結界。那東西閃亮亮的，看起來是橢圓形。我覺得看著有點像是……」

「像是什麼？」

「我跟妳說，妳別說出去。」沙羅刻意壓低聲音。

她覺得自己說話超級小聲，還怕隔壁桌聽不見。但溫蒂妮保證過了，憑莉莉絲他們的感知，絕不會錯過，而且這麼做才更有可信度。

畢竟大剌剌說出口的內容，聽起來就不怎麼像是祕密了。

「我覺得薩拉藏的那個……有點像是鏡子。」

「鏡子？什麼鏡子會需要他……」

「哎哎哎，也可能是我看錯了，反正誰曉得單身太久的光之精靈會有什麼詭異癖好。」似是深怕被討論的當事人出現在餐廳裡，沙羅連忙風捲殘雲般地掃光晚餐，拉著早就吃完的溫蒂妮落荒而逃。

拉格斐與莉莉絲對視一眼，在彼此眼中看到相同猜想。

保健室、天花板、鏡子。

會讓薩拉大費周章藏起的東西……

「空間之鏡……嗎？」莉莉絲低喃，緊接著露出一抹凶獰的笑容，「好啊，薩拉那個王八蛋，擺明是不想送我們去小米粒那邊。那就不靠他，我自己想辦法去！」

「是我們。」拉格斐不想和莉莉絲綑綁，但他自認比對方更有腦子。不論是僅靠莉莉絲或是他一人之力，恐怕都很難從保健室偷走空間之鏡。

莉莉絲反駁的話語來到舌尖又嚥了回去，她也意識到保健室不是那麼好闖入。依照沙羅透露的線索，藏東西的地方還被施加多層結界，她對這方面的研究沒有拉格斐那麼深。

莉莉絲彈下舌，做出妥協，「那就一起，今晚嗎？要找冷血的……算了，別找他。」想到白蛇老是藉自己的小蛇來親近艾草，莉莉絲就感到不爽，果斷地將白蛇的名字從合作名單中劃掉。

小米粒由她和拉格斐過去探視就可以！

下一秒，莉莉絲犀利的視線盯上旁邊的野薔薇，眸裡透出危險的意味。

拉格斐也領悟過來，藍眸銳利地看向野薔薇。

這人對黑荊棘那個魔女死心塌地，萬一她跑去跟對方通風報信……

「噫啊啊啊！」南瓜手偶發出不成調的悲鳴，全身抖個不停，主要是腦袋在劇烈晃動，「野薔薇、野薔薇，有殺氣過來了！妳要死千萬別拖本大爺下水，我還想當個自由自在的快樂南瓜！」

「把你腦袋扭掉，沒有頭你就會更快樂囉。」野薔薇拍拍南瓜的頭，一個動作就讓它僵直不敢動，她再坦然地回望自己同學，「我不會跟黑荊棘老師說的，不過我也不會幫忙。」

莉莉絲與拉格斐對她的回答感到滿意，只要野薔薇別故意扯後腿就行。

越早拿到空間之鏡，就能越早去見艾草。莉莉絲和拉格斐都有些迫不及待，他們加快用餐速度，吃完便一起匆匆離去，準備研擬今晚的行動計畫。

野薔薇獨自坐在長桌前，悠悠哉哉地開始享用她的晚餐。

她的確沒打算向黑荊棘告密，她更喜歡當個觀眾，看人自動踏入陷阱。

溫蒂妮那麼聰明，如果沙羅真的要講祕密，她絕不會讓對方在大庭廣眾下說出口。

她沒有阻止沙羅的原因……十之八九是要沙羅故意洩露給莉莉絲他們知道。

至於沙羅說自己是在病床上偷看到薩拉的動作……唔，感覺這話也要打大大的折扣了。

薩拉可是創校三人之一，依他的能力，眞的會大意到被沙羅偷窺成功嗎？

莉莉絲與拉格斐如今都因艾草不在而心亂，別人是戀愛腦，他們是艾草腦，否則也不會忽略沙羅與溫蒂妮的對話滿是漏洞。

「嗯，有時候會覺得我們一A的同學都挺可愛的。」野薔薇自言自語。傻得可愛。

夜幕在某些人的翹首盼望中終於降臨，深藍近黑的色彩籠罩了整座賽米絲學園。

隨著時間越晚，宿舍塔的燈光也一盞盞暗下，那些窗戶如同感到疲累而合起的眼睛，從光亮轉成闃暗。

萬籟俱寂中，莉莉絲和拉格斐展開行動。

依先前擬定的計畫，他們倆直接在白犀之塔外會合，再一同前往保健室。

拉格斐提早了十分鐘，沒想到剛抵達集合地點就瞧見莉莉絲已滿臉不耐地站在那，他眉毛緊緊擰起，無端有種輸了的感覺。

可惡，早知道應該更早出發，居然讓這女人搶先一步等我過來。

望見拉格斐難掩氣惱的眼神，莉莉絲感到心頭愉悅，「你可真慢啊，小矮子。」

「妳敢再說那三個字，我就讓妳的翅膀變成禿毛雞翅，到時候看艾草還喜不喜歡。」

「啊？你敢？」

「哼，我為什麼不敢？況且天使翅膀本來就比惡魔翅膀好看一千倍，艾草也該體認到這個事實了。」

「我會讓你哭著把剛那些話吞回去。」

兩人一言不合，身周翻湧的氣勢彷彿要化成龍與虎，直接展開一場龍虎鬥。

就在一觸即發之際，夜色裡忽地傳然尖銳的鳥鳴。

淒厲的程度，就像有哪隻鳥倒楣地被掐住脖子。

這一聲不單驚回莉莉絲他們的神智，也讓他們尋回冷靜，想起自己還有要事待辦。

得去保健室！

兩人用自認鋒銳的眼刀在空中互砍一輪，緊接著同時嗤了一聲，二話不說地張開各自的羽翼，迅捷地朝保健室的方向飛去。

兩人的身影消失在黑夜中不久，種植在白犀之塔前方的一棵大樹上驀地出現細微響動。

一抹蒼白的影子如鬼魅躍下，手裡還拎著一隻黑漆漆的鳥。

白蛇將那隻隨手抓來充當工具的無辜鳥一扔，抬眼望著莉莉絲他們消失的方向。

「真不該冀望他們有腦子。」他低低地咕噥一聲。

下一秒，那道削瘦身子散化成無數綳帶，輕飄飄地落至地面，再一眨眼，沒入地底，再也不見痕跡。

只剩下那隻倒楣的黑鳥還暈乎乎待在原地。

牠方才只是在空中飛，冷不防就被一截綳帶纏住身子，強制往下拉，然後又被無情地掐著脖子，要牠放聲大叫一聲。

越想越火大，偏偏凶手已逃逸無蹤，鳥只能憤憤不平地嘎嘎亂叫。

以鳥語來說，罵得很髒。

自從雷文哈特引發的動亂告一段落，賽米絲學園各處也進行了改建，用來強化防守。

其中一處，就包含薩拉專屬的保健室。

保健室直接獨立出來，雖然名爲「室」，佔地面積卻不小，可以容納更多傷者病患，也能讓薩拉有更多製藥煉藥的空間。

白天看起來像座小城堡，而到夜晚，被夜色浸染的暗沉建築遠看宛如一座陰森監獄。

走近了，還會發現周圍有青幽幽的光點環繞，那是薩拉最新引進，野放在外的一批試藥小蟲。

這下不只陰森森，還鬼氣十足了。

拉格斐看著這幢建築物，只覺一言難盡。

那個光之精靈到底什麼品味？

「勉勉強強還行吧，再弄點鮮血和火焰就更有格調了。」莉莉絲點評著。

「見鬼的地獄格調。」拉格斐翻了下白眼，身爲天使永遠無法理解惡魔的審美，「算了，別管它長怎樣，我們趕緊進去吧。」

他們事前確認過，薩拉今天沒有留宿在保健室，整棟建築物空無一人，但得小心觸動隱藏在暗處的機關或法陣。

花了點工夫，把自己弄得灰頭土臉，莉莉絲和拉格斐總算成功進入建築物內。

薩拉的看診區和辦公區在一樓，供人短暫休息的病床也在一樓，二樓則是讓人長期休養的病房區。

思及沙羅是去保健室蹭床位才偷看到薩拉的藏物舉止，莉莉絲二人把目標鎖定一樓。看診區和辦公區連在一起，只用簡易隔層分開。莉莉絲他們不曉得沙羅是躺哪張病床目睹祕密的，從病床那的角度看，兩邊區域都可納入視野。

兩人暫時放下對彼此的成見，假裝對方不再那麼不順眼，迅速分頭行事，一人負責一邊。

天使與惡魔的夜視能力極佳，不用特意點亮燈火就能清晰視物。

拉格斐飛至高處，掌心浮起幾簇金黃光點。他虛握著手，盡量防止光點光芒外洩，以免保健室外正好有人經過，會察覺裡面居然有光。

拉格斐喚出光點不是爲了照明，而是爲了找出天花板何處設有法陣。光點會與它產生共鳴，便能知道空間之鏡藏在哪裡。

從拉格斐這邊看不見莉莉絲目前的進度，但只要對方那邊沒傳來異樣的響動，就代表還沒找到藏物處。

抱持著勝負心，拉格斐說什麼也不想再輸對方。

他一定要比那惡魔更快找出空間之鏡！

老師請保佑我吧……拉格斐在心中向大天使長祈禱著。

也許祈禱真的生效，就在下一刻，金黃光點霍然變了色。

奇異的碧色滲入金光，不過眨眼間，拉格斐掌心的光就化作幽幽碧火。

黑暗中看來，好似鬼氣逼人的鬼火。

拉格斐乍見到光點變色，心頭大喜，馬上讓碧光往旁流散，勾勒出如花卉的圖案。

隨著最後一筆勾勒完成，空氣產生些許波動，原先呈現淺灰色的天花板瞬間發生異狀。

一枚將近手臂長的光之徽印平空浮現在天花板。

找到了，就藏在這裡！

拉格斐強按住心中喜悅，冷靜觀察光紋構造，終於被他看出一絲端倪。他忍不住咂了下舌，意識到這東西靠他一人還真無法解開。

必須同時注入等量的光之元素和暗之元素，才能讓這枚光紋產生鬆動。

「莉莉絲。」拉格斐百般不情願地喊了一聲，「我找到了。」

話聲剛落下沒多久，華美的身影就如疾速風暴出現在面前。

「找到了？在……」莉莉絲吞下追問，仰頭看著附著在天花板上的淡金光紋，眉頭是越皺越緊，她也看出一些門道了，「要光之元素跟暗之元素？薩拉居然弄出這種東西。」

「他大概篤定我們倆不會合作。他也沒算錯，但只算對一半。」拉格斐輕哼一聲。

要是放在平常，他跟莉莉絲相看兩厭，攜手合作更如天方夜譚，可若牽扯到艾草……勉強接受一下也不是不行。

莉莉絲也是同樣想法。某方面來說，她和拉格斐稱得上有另類默契。

她與拉格斐對望一眼，同步採取行動。

惡魔和天使圍在光紋兩側，雙方掌心都泛起光芒，前者幽暗陰冷，後者金耀璀璨。

暗之元素與光之元素同時朝光紋灌注，接著靜謐的室內傳出「喀」一聲，如鎖片彈開。

莉莉絲和拉格斐眼睛一亮，看著光紋如機械逐漸拆解，光芒映亮兩張同帶喜色的臉。

只是再片刻，喜色僵固，兩人震驚地瞪大眼。

光紋拆解完後，底下赫然又是一枚新光紋！

「媽的，薩拉那個老奸巨猾的傢伙，活得久果然心也黑！」莉莉絲氣得咒罵，背後羽翼也像感染主人情緒，暴躁地拍振幾下，「解完一層又一層，不會底下又藏……」

莉莉絲忽地把剩下的話語全吞了回去，她想起艾草曾告訴過她一個東方詞彙。

——烏鴉嘴。

專指說話不吉利的人。

呸呸呸，她才不想當那個烏鴉嘴！

拉格斐自是不知道這轉念之間，莉莉絲想到了什麼。他眉頭緊鎖，仔細研究起第二枚光紋。

半晌後，他鬆了口氣，這可比第一層容易多了。

只要一次性灌注充足的元素之力，不論哪種屬性的元素都行，就能讓第二層承受不住負荷而崩解。

莉莉絲同樣看出了訣竅，她瞇細眼，手指一彈，幾簇幽黑火焰悄無聲息地飄浮在拉格斐身後。

既然第二層光紋不用雙方一起出手，當然是立刻踢翻這艘合作的小船。

空間之鏡，只能由她先拿到手！

巧合的是，莉莉絲這麼想，拉格斐也是相同念頭。

金髮天使的掌心剛泛起一層霜霧，下一瞬霜氣逸散，他猛然轉頭看向大門的方向。

「誰！」莉莉絲厲聲問話的同時更是黑翼一拍，數根羽毛迅雷不及掩耳地直射向出現在門口的人影。

羽毛還沒近身，就被驟然升騰的金色烈焰燒得連灰燼也不剩。

火焰說明了來者身分。

竟是原罪的繼承人——珠夏！

他怎麼會來到這？莉莉絲和拉格斐愕然地看向這名不速之客。

他們的行動沒透露給其餘人知道，就連白蛇那邊也瞞住了。至於野薔薇，他們對她還是有幾分信任的。

珠夏眼下來到保健室是偶然?還是目的與他們同樣……

電光石火間,莉莉絲與拉格斐直覺答案是第二種。他們當機立斷,齊齊對附著第二枚光紋的天花板探出手,卻被轉瞬逼近的火焰打斷。

危險的炙熱讓兩人不得不退開,心知珠夏不會讓他們輕易得逞,他們只得從空中下來,雙腳踩至地板上。

「你來這裡做什麼?」莉莉絲抬起下巴,冷傲地看向這名不速之客,渾然不認為自己跟拉格斐這時間點也不該出現於此。

珠夏沒忘記反手關上門,他剛抬手,莉莉絲和拉格斐瞬間擺出戒備姿態。無視兩人的凌厲目光,他只是隨性地比了個手勢,讓所有窗簾全都閉攏,確保外界無法窺探裡頭景色。

「你們進來這裡時,就該先做這件事。」珠夏沉穩的語氣裡帶有一絲疑惑,「為什麼不先做好基本的遮掩工作?」

珠夏問得很認真,一點也不像刻意嘲諷。但聽在莉莉絲他們耳中,反而更像是在嘲笑他們。

偏偏他們還無法反駁,他們該死的就是忘記要先拉窗簾了!

兩人神情閃過一瞬尷尬,隨即又迅速重拾氣勢,惡狠狠地瞪回去。

「你還沒說你跑來這做什麼?夢遊也選錯地點了。」拉格斐緊盯著珠夏的一舉一動,

「趕緊滾回你的房間睡覺吧。」

「我沒有夢遊，我來這的目的，我想跟你們是一樣的。」珠夏直言不諱，「我來找空間之鏡。」

莉莉絲和拉格斐心裡閃過「果然如此」的想法，警戒也升得更高。此刻，他們選擇再度扶好合作的小船，一致對外。

外，指的當然是珠夏。

說什麼也不能讓一C的傢伙得手！

要是眞讓珠夏搶得，豈不代表他們一A居然輸給一C？絕對不行！

小米粒/艾草所在的一A，不能輸！

奇異的榮譽感自兩人心底燃起，他們就像凶惡的獵犬，嚴守著藏在天花板裡的祕寶。

面對兩人的敵意，珠夏也沒打算輕舉妄動。倘若在這裡引發戰鬥，保健室主人恐怕會在最短時間內飆來。

莉莉絲他們亦是相同心思，若非擔心引來薩拉，兩人早就對著珠夏一頓猛揍了。

三人對視，沉沉的眼眸中暗藏驚人的波濤。他們僵持不動，試圖以眼神瞪退對方。

他們各踞一方，形成一個等邊三角形。

時間一分一秒流逝，再不趕緊行動，天都要亮了，屆時薩拉還是會出現。

三人心裡不禁浮現一絲焦急。

「誰也不想耗在這裡直到跟薩拉打照面吧。我數到三，一起動，誰先搶到就是誰的。」莉莉絲率先開口，「我用我家老頭的名義起誓，不會偷跑，你們呢？」

拉格斐與珠夏點點頭，眼下這似乎是最公平的方法。

「我也以路西法大人的名義起誓。」珠夏說。

「我用米迦勒老師的名義發誓。」拉格斐說。

莉莉絲頷首，「那我數了——一、二、三！」

「三」剛滑出莉莉絲的唇齒間，三條人影一致朝著浮現光紋的天花板竄去。

珠夏的身高在此時格外有優勢，他手長腳長，最快拉近與光紋的距離。

莉莉絲重重咂下舌，說什麼也不准珠夏搶先。眼角瞥見身邊的拉格斐，她猝不及防地出手，一把拽住對方的領子，在對方勃然大怒回頭厲瞪之前，將人猛力砸上珠夏。

這一刻，被當成武器的拉格斐傻了；被人肉砲彈砸中、導致軌道歪一邊的珠夏也傻了。

莉莉絲哼笑一聲，漆黑羽翼大力拍振，身形如箭，一下就越過拉格斐與珠夏，眼看白皙的指尖就要成功觸及光紋。

說時遲、那時快，一抹白影從旁掠出。

如果說莉莉絲的速度是箭矢，那麼白影的速度便如同驟然亮起的閃電。

在這比眨眼還要短暫的一瞬，三人都看清白影的面目。

「白蛇！」憤怒讓莉莉絲捨去常用的隨性叫法，而是大喝出白蛇的名字，森寒的聲音讓人打從骨子裡顫抖。

但不包含白蛇。

那一聲也無法阻止白蛇前進。

在三人或是震愕或是燃動怒火的視線中，白蛇的手指碰觸到第二枚光紋，同時灌注大量的元素之力，使光紋不堪負荷，如脆弱的蛛網四分五裂。

光紋以破碎姿態在空中停佇一秒，就在眾人以爲它即將徹底消散之際——

異變陡生！

光紋變成一座金光閃閃的籠子，兜頭將底下四人一口氣全罩在裡面，一個也沒放過。

「什麼！」莉莉絲臉色劇變，手中黑氣凝聚成一把利刃。她朝著欄杆使勁砍下，金籠紋絲不動，連砍痕都沒有留在上面。

白蛇不假思索地讓身軀崩解，化成一地繃帶，試圖從金籠的欄杆空隙中脫身，卻撞上一堵看不見的透明障壁。

「這該死的籠子是哪裡來的？」拉格斐手裡出現軍刀，狠狠劈向欄杆，欄杆同樣沒有受到絲毫損傷。

「事實上，這籠子是我和黑荊棘一起打造的，看我抓到了什麼？」

伴隨一道不屬於在場四人的涼冷嗓音響起，保健室內倏然燈光大亮，清晰無比地照出不知何時倚立在牆邊的削瘦身影。

當四名學生見到橘髮藍眼的光之精靈，他們的腦海先是空白一瞬，接著終於反應過來。

他們掉入陷阱了！

白蛇想得更多。

莉莉絲他們會來這本來就是他一手促成，可薩拉的現身和像等著甕中捉鱉的這座金籠，無疑都指向一樁事實。

「你是故意的？」白蛇森冷的問句像是蛇類在嘶嘶低語。

「我覺得艾草他們那邊的一句話很有意思——螳螂捕蟬，黃雀在後。」薩拉慢慢走上前，燈光將他橘色的髮絲刷染成更溫暖的色調，與他冷淡的眼瞳成極端對比，「這下子，是抓到一堆螳螂跟蟬了。」

「你他媽說誰是蟬！」拉格斐惱羞成怒。

「你也可以選擇當螳螂，我不介意。」薩拉態度大方。

「嚴格來說，只有四個人不算是一堆。」珠夏在意的是另一點。

「薩拉你是什麼意思？還不快點把這籠子弄走！」莉莉絲覺得自己的反應才是最正常的，旁邊這幾個在意的事都太莫名其妙了吧，「有人這樣對學生的嗎？」

「正常學生也不會半夜闖進保健室。」薩拉雲淡風輕地說。

莉莉絲腦筋一轉，果斷把黑鍋推給珠夏，反正這人不是他們班的，「珠夏撞到頭了，我們只是秉持著人道主義，把他送來保健室。」

「我可以配合妳的理由，但我想人道主義不適合你們用，我們沒有一個是人類。」珠夏實事求是地糾正。

「你閉嘴！」莉莉絲和拉格斐怒吼。

薩拉面無表情地看著四名學生，「要不要聽聽你們的理由有多愚蠢。」

既然人家不留情地揭穿，莉莉絲也不演了，直接攤牌，「有人承諾等他傷好了就幫忙開門，送我們去看小米粒。但我看這個承諾恐怕到我們畢業都不會實現，那我們自己去總行吧。」

「不行。」薩拉直截了當地甩出兩個字。

莉莉絲臉色當即沉了，腳下黑影有蠢動的跡象，好似下一秒就會暴起。

「薩拉老師，出爾反爾明顯不是師長該做的事。」珠夏皺著眉，大表不贊同。

薩拉沒有直接回應，而是俐落地彈下手指，保健室的天花板忽然齊齊收起，暴露出隔板後的景象。

天花板上面什麼也沒有。

「鏡子呢？怎麼會沒東西？」莉莉絲不敢置信地喊出了大夥的心聲。

即便是白蛇也變了神色，他暗中策劃一切，絕不是爲了一面不存在的鏡子。他對上薩拉似笑非笑的雙眼，再結合對方守株待兔的行爲。

一瞬間，白蛇完全明白了。

這個陷阱，是針對他設下的！

「這裡根本沒有空間之鏡，你和黑荊棘是故意的？」白蛇沒想到自己聰明反被聰明誤。

「真高興你的腦子沒有完全變成艾草腦。」薩拉鼓勵地拍拍手。

「艾草腦又是什麼莫名其妙的東西？」拉格斐難以理解，「這跟艾草有什麼關係？喂！」

誰也沒有理會拉格斐。

莉莉絲和珠夏在最初的錯愕過後，很快從薩拉與白蛇的簡單幾句對談中抽絲剝繭，得出一個令人難以接受的結論。

——從頭到尾，他們都被薩拉耍了。

薩拉眼角餘光一瞥，似乎看出莉莉絲他們的怒意即將噴薄而出，他不疾不徐地抬起手，保健室裡突然響起某人的說話聲。

「薩拉和黑荊棘說的是，新送來的空間之鏡被他收起來了，不會讓學生發現。那些學生絕不會想到，空間之鏡就在保健室的天花板隔間裡。在他們通過下個月的學園長盃考驗前，別想利用空間之鏡傳送到艾草那邊去。」

「把我翻譯給妳的內容流出去，就說妳是偶然偷聽到薩拉他們的談話。」

莉莉絲三人一愣，這分明是白蛇的聲音。

白蛇嗤了一聲，陰沉地看向薩拉，「老奸巨猾。」

薩拉坦然接受白蛇的評論。他當時要是真的沒察覺白蛇仍藏在保健室裡，才真的叫白活到這把年紀了。

所謂的空間之鏡，不過是引誘一群小兔崽子上當的誘餌罷了。

「……白蛇你這該下地獄血池的王八蛋！」莉莉絲的勃然怒火立即朝白蛇噴吐而出。此時憶起沙羅她們的舉動，當下還有什麼不明白的。

他們幾個被白蛇當槍使了！

在幾名學生差點於籠內自相殘殺時，薩拉收起了金籠，用一句話暫時弭平硝煙。

「我不替你們開門，是東方那邊忙到沒空接應。」

「我們也不須要人家特地迎接。」莉莉絲勉強壓下怒火，尋回一絲理智與薩拉對談。她雙臂懷抱，眉梢揚高，「只要有小米粒負責接我們就行了。」

「我說的接應，是指傳送門的另一端必須有人幫忙固定住門的意思。」薩拉平板無波地說，「還有艾草也很忙，她雖然在休養，但也有工作必須處理，人家有官職在身。至於你們，地獄君主之女、大天使之徒、原罪繼承人、伊甸之蛇後裔，只不過是頭銜而已。還想著人家親自去接你們？你們怎麼不作夢呢？」

薩拉只差沒指著幾人的鼻子說，不過是一群閒到發慌的富二代！

「夢裡倒是有夢過。」珠夏有時候實在是異常誠實，「貓妖的艾草。」

「原罪的繼承人給我閉嘴，你不用說話，讓你的嘴巴成爲裝飾品就好。」薩拉的臉頰肌肉也不免因珠夏的發言而抽動。

莉莉絲趁機惡狠狠瞪了珠夏一眼，警告對方收起所有妄想。

拉格斐不受控制地順著「貓妖艾草」四個字展開想像，小臉猛地漲得通紅。他趕緊捂著鼻子，抹去腦內未完成的畫面，悶聲拉回偏離的話題。

「薩拉，你到底什麼意思？先不管白蛇卑劣、毫無道德可言的欺騙行爲，追根究柢，要不是你言而無信，我們也不用來這找什麼空間之鏡。」

「我剛說了，年底要到了，另一邊很忙，忙到沒人有空閒耗費額外的力量幫忙開門。」

「那我們還得等多久？」莉莉絲惱火地拉高聲調。

她可不想下一次與小米粒見面，就是對方再回來賽米絲學園的時候。

薩拉嘆了口氣，目光逐一掃過四張臉。他臉上沒有太多表情，依舊像戴著一張冷峻的面具，可眼裡一點也沒有隱藏對這群學生智商的鄙夷。

他冷冷地說：

「是不會搭飛機再叫人接你們嗎？一群蠢貨！」

十二 在那之後的地府

年關近了。

不只代表過不久就要迎來新的一年，更代表著一個字。

忙。

忙忙忙忙忙。

各家公司，就連公家機關都忙翻天，恨不得一個人掰成好幾瓣用。

別說是活人，充滿亡者的地府都逃不過這個定律。

而城隍府，也在其中。

成堆如小山的文件佔據了辦公室桌面。

往常主要是由梁炫、長照與謝必安先批閱，把不重要的挑掉，次要的由他們幾人做決定，重要的部分再呈交給艾草，由她做最後決斷。

但這回，其中一座文件山後多了一道筆挺高大的人影。

他閱讀文件的速度飛快，分類上更是俐落準確。

雖說與其餘人一樣是一頭黑髮，可男人的面孔卻是西方輪廓，一雙眼令人想到陽光掉落的金黃碎片。

這人正是在艾草與將軍們一起返回地府時，趁空間之門還未完全關閉，迅雷不及掩耳跟上的貝洛切爾。

由於艾草當時極爲虛弱、失去意識，地府一片混亂，誰也無暇在意歸來的隊伍多出一人。

等艾草的情況穩定下來，梁炫這才有多餘的注意力分給貝洛切爾。

沒想到這人早自動自發地在艾草房間外的庭院搭了間狗屋，上面還掛著一塊木牌，寫著「地獄三頭犬之家」。

這幾天甚至變成小黑狗的模樣，乖巧地守在艾草的院子外。

除了他主動表態的忠心，貝洛切爾傑出的文書和行政能力也讓他很快融入這裡，讓先前對他有微詞的幾名將軍稍微改觀。

對此，羅剎與阿防相當不滿。

貝洛切爾不只角色形象與他們有點像，最可惡的是……他的原形還是地獄三頭犬。

這不是擺明了要跟他們搶忠犬的位子！

那怎麼行？大人的狗有他們倆就夠了，不能再有別的狗了！

長相如同個模子印出來的孿生兄弟今天又一次對梁炫提出抗議。

「炫姊，你們也太快接受這小子了吧！」

「就是、就是！」

在辦公中的梁炫看在同事份上，分了一記眼神給他們。

「有話快說，有屁快放，廢話就憋回去，免得我心情不好想踹你們。」

面對那兩張俊朗又寫滿委屈的臉，梁炫沒有一絲心軟，她隨意抽出一份文件，拍在羅剎臉上。

「看看上面寫的是什麼，然後你們須要做出何種指示？」

羅剎張大眼，阿防也湊過來，兩顆腦袋抵在文件前，一目十行地看過去，最後各自發表感想。

「這上面寫的是什麼？」

「看不懂欸。」

面對兩人清澈又愚蠢的眼神，梁炫捏捏人中，決定還是放棄讓羅剎和阿防當救火隊了。

「狗狗就滾去旁邊自己玩吧。」

羅剎和阿防抗議。

爲什麼得自己玩？他們更想跟大人玩，狗狗怎麼可以離開主人？

不待梁炫開口，謝必安面帶微笑。

「跟笨狗玩太久，導致大人的品味受到一釐米的質疑都是不容許的。」

「就是、就是，必安說的太對了！所以當然是我負責陪大人啦！」范無救興沖沖地攬下這個任務。

「范無救妳太卑鄙了！」

「兄弟攔住她！」

羅刹、阿防就算想阻止，也逃不過梁炫和長照射出的鎖鍊。

幾名將軍達成了共識。

看這對兄弟就心煩，不如把他們掛辦公室外當裝飾物吧。

貝洛切爾沒有參與將軍們的內鬥，依舊安靜認眞地坐在位子上，爲他的主人分擔工作。

至於混入那些鎖鍊幫忙加固的黑氣，是源自於誰？

地獄三頭犬表示，聽說謙虛低調是東方美德，他自然就入境隨俗多多學習了。

范無救以爲自己能成功陪玩，但人才剛接近門口，敞開的大門前猝然落下一柄巨大的羽毛扇，不客氣地把她的去路堵得嚴嚴實實。

「必安！」范無救震驚地轉過頭，露出一臉被同事背叛的受傷神情，「妳怎麼能這樣對我？爲什麼要攔著我？我比那兩隻笨狗更適合去陪小姐吧！」

「范無救，不要趁機人身攻擊！」兩道不平的男聲在旁邊抗議。

「小姐去外面走走了。」謝必安笑吟吟地說道，「所以也用不著妳陪她玩了。」

謝必安的話如同一顆巨石墜入池面，打翻一池平靜，掀起驚濤駭浪。

除了梁炫外，其餘將軍大驚失色。

「什麼？只有小姐一個人嗎？」

「小姐那麼惹人憐愛，萬一有不長眼的蟲子……」

「不行，我無法再想下去……我的胃！嗚喔喔喔喔！」

「我們相當擅長打擊害蟲，對吧，兄弟。」

「沒錯，兄弟你說的對！我們立刻馬上展開殲滅害蟲大作戰，保證讓小姐身邊再也沒有任何一隻蟲子！」

「半隻也不會有！」

「都冷靜一點，小姐並沒有離開地府，不會有不長眼的蟲子黏過來的。」梁炫在說這話時，眼眸冷淡地睇向在場的貝洛切爾。

貝洛切爾噙著一貫優雅的淺笑，似乎聽不出梁炫意有所指。

「那……」范無救眼珠滴溜一轉，「我還是可以去外面陪小姐呀。」

「當然……」謝必安柔柔地拉長尾音，在范無救生起期待的瞬間，不留情地否定，「不行。在這種忙得要死的時間點，能做事的都別想逃避工作。」

「我？」范無救狐疑地比向自己，又忙不迭搖頭，她可是很有自知之明的，「文書工作我超不擅長，欸……是比阿防羅剎好一點啦。」

「好那一點有什麼用？還不都是廢物。」長照嚴苛地評論。

「無救還是比兩隻蠢狗有用多了。」謝必安為自己的搭檔開脫，「好歹她能提供身體給銀鎖。」

「啊！」范無救恍然大悟地一擊掌，「原來必安你們想壓榨銀鎖啊？早說嘛，彎彎繞繞的我又聽不懂。」

雖然還是很想去外面找艾草，但范無救更在意能不能幫艾草減輕工作量。

她咧嘴一笑，爽快地交出身體使用權，讓沉睡在意識深處的銀鎖甦醒過來。

頃刻間，嬌小的野性身影消失，取而代之的是一名如人偶冰冷的黑髮少女。

銀鎖在被喚醒的同時，也接收到范無救告訴她的訊息，在最短時間內就清楚自己該做什麼事，訓練有素地投入工作中。

❀❀❀

城隍府的辦公區忙得熱火朝天，同一時間，閻羅殿也忙到恨不得一人能掰成四人用。

還眞的有不少公務員把自己撕成兩半，試圖左半邊負責一半工作，右半邊負責另一半。

不幸的是，理想很美滿，現實很骨感。

身子分成兩半，腦袋也跟著分成兩半。

換句話說，智商都只各剩一半。

眼看不少把自己拆成多塊的下屬反而效率降低，甚至連公文都看不懂，寫在上面的字成了鬼畫符……喔，其實連鬼都看不懂，主管們連忙緊急喊停，要大夥別再拉低工作速度了。

原本群魔亂舞，到處有手或腳或眼珠或腦子不小心飛出去，活像恐怖片現場的辦公室，片刻後重新恢復了正常的工作場景。

每個職員都保持身體完好地坐在自己位子上，埋頭與比自己還高的文件山奮鬥。

電腦螢幕亮著，將一張張沒血色的臉映得更加鬼氣森森。

而在辦公室盡頭，是一扇對開式暗銀色金屬大門，上面還加了個旋轉盤式的厚重大鎖。頭一回來這裡的人往往誤會那是金庫大門，以爲裡頭可能放了閻羅殿最有價值的寶物。

事實上，那不是金庫，也不是放寶物用的。

那是閻王羅言的專屬辦公室。

金屬大門是爲了避免羅言做蠢事，引來他親姊梁炫憤怒提刀前來，一腳踹破大門。要知道，羅言辦公室的大門都不知道已經犧牲多少扇了，等於得一直撥經費下來買門。事務部買門買到臉都青了，最後哭喪著臉跟文判提議，乾脆爲羅言買一扇超堅固的特殊金屬大門吧。耐用耐操，還能直接從外頭將人鎖住，嚴防羅言想蹺班。

這個提議大受文判讚許，從此羅言辦公室就有了一扇金屬大門。

只不過就在下一刻，本來緊閉的大門霍地由內打開，一條人影被毫不留情踹了出來。

辦公室的所有人都下意識探出腦袋，太後面看不見前面景象的人則拉長脖子，讓頭飛到半空中，每雙眼睛都好奇地看向羅言的辦公室門前。

穿著黑西裝的英俊男人狼狽地跌坐在地板上。

發現被踢出來的是羅言，眾人的好奇心瞬間縮了回去，包括那些腦袋也全回到自己該面對的文件和電腦螢幕前。

是閻王大人啊，那就沒什麼好看了。

「小文，妳就不能稍微留情一點嗎？」爲了自個兒的形象，羅言強忍想揉屁股的衝動，他感覺被文判一踢，自己屁股都要裂成四瓣了，「我好歹是妳上司耶！」

「這時候派不上用場的，別說是當我上司，當人都不配，只不過是廢物。」文判踩著細高跟，「噠噠噠」地走到門口。

她的外表可說充分符合人類幻想的祕書形象——細框眼鏡，勾勒姣好身材的貼身鐵灰色套裝，頭髮挽成俐落的髮型，紅艷的嘴唇襯得膚色格外白皙，嫵媚與幹練並存。

只不過地府可沒人敢對她抱持任何一絲遐想。

想想她的手段，連閻王都會被踹，又不是不要命了！

「呃，但我本來也不是人。」羅言遲疑地糾正。

「沒關係，您是廢物。」文判推推眼鏡，「但您當廢物的時間只准一個半小時，時間一到請務必準時回來，不然我會將大人的怠工告訴梁炫大人。」

「別別別，拜託別告訴我姊！」羅言趕緊求饒。

艾草還在休養期，但碰上年關也躲不過工作。如果再讓文判去跟梁炫打小報告，後者鐵定會認爲他的偷懶將牽連艾草的工作進度，會害他們小姐更耗費心力，傷永遠養不好，就連頭髮分岔和長不高都是他害的！

嗯，前面他勉強認了，後面幾個就太離譜。好歹講點道理，別事事牽拖。

羅言捏捏眉心，惆悵地嘆口氣。

忘記了，城隍控的將軍們才不講道理，他們更愛拳頭。

「閻王大人，現在計時開始。」

文判的聲音拉回羅言的注意力，見她拿出一個碼表按下，他飛快從地面爬起，用最快速度衝出了辦公室。

其餘下屬早已見怪不怪，這陣子三不五時就會見到相同場面。

雖然有些嫉妒羅言在上班時間能放風一個半小時，不過想想人家回來不只要加班，還得加到隔天早上，再無縫接軌繼續上班，心態立刻就平衡了。

他們還可以輪班，閻王大人幾乎是二十四小時不眠不休。

每次碰到這個時期，大人的頭髮總是會掉一大把，希望今年他的頭髮可以頑強撐住。

渾然不知下屬們對自己的關切，羅言就像隻逃離籠子的快樂小鳥……體型不對，改成快樂大鳥吧。

如今這隻渾身洋溢著歡快氣息的快樂大鳥要去做的只有一件事。

他要去自由自在地上網啦！

說到上網，地府有屬於自己的網路。他們的網路還能連到人界，隨時掌握那邊的流行時事。

只是如今正值忙碌的年關，怕工作進度趕不上，地府的各部門就會開始有條件地限網。在辦公區域內，只能連跟工作有關的網站，無關網頁一律封鎖，點開只會見到４４４。

羅言平時就網路成癮，碰上特殊時期總讓他覺得自己要產生戒斷症狀。

文判就是嫌棄羅言無法專注在工作上，才把人踢出來，要他趕快去抒解一下網癮。

要是敢超過規定時間，就等著被她親自押回閻羅殿。反正羅言的手機早被安裝了定位裝置，即便是關機都能鎖定他的位置。

羅言也不敢跑太遠，這樣他還能有多點時間上網，而不用急著趕回工作場所。

他找了位在閻羅殿附近的彼岸花公園。

顧名思義，公園裡栽種大片的彼岸花，細長的花瓣如手指彎起，形成捧舉的姿勢。

這裡的花還會隨著季節變換顏色，春夏是赤紅色，秋冬則褪成冷清的白色。

遠遠望過去，公園裡的白色彼岸花就像無數慘白的手臂高高舉起。

然而在這片慘白中，有一抹紅黑色顯得異常醒目。

那道纖細人影坐在垂著幾串綠藤的涼亭裡，背對著羅言，無法看見面貌。可從那套代表身分的衣飾和看習慣的雙髻髮型，立刻讓他驚訝地喊出了對方的名字。

「艾草？」

涼亭裡的少女反射性回過頭，正是理應在家休養的城隍。

「羅言大人。」艾草剛要站起，就被大步跑過來的羅言阻止。

「不用站起來，坐著就行了，妳的傷不是還沒全好？」羅言在長椅另一端坐下，同時不忘迅速觀察周圍，想知道今天跟隨艾草出來的是哪一位將軍。

千萬不要是梁炫！

他姊會殘忍無情地把他踹回閻羅殿，剝奪他快樂上網的權利。

但看了好一會兒，不管是花叢間、樹上都不見可疑人影，他甚至還繞到涼亭外向上看，被綠藤纏覆的亭蓋上也沒瞧見人。

「妳的將軍躲到哪去了？我居然找不出來。」羅言對此很震驚，他的反偵查能力其實挺不錯的，「總不會是躲到地底了吧。」

「無救以前試過，但她說地底太悶了，不建議其他人這麼做。唔，不過她說換阿防跟羅剎就無所謂。」艾草語帶一絲不解，「是因為阿防和羅剎擅長躲地底嗎？」

羅言欲言又止，「……」

不，很大機率是范無救認為那對兄弟倆悶死也無所謂。

但想想那對兄弟也是常破壞他辦公室大門的凶手之二，羅言乾脆抹去欲言，就讓艾草這麼誤會吧。

既然地底下沒有，周圍也找不出其他能藏人的地方……

羅言大吃一驚，「只有妳自己一個人？」

見到艾草點點頭，他更震驚了。據他所知，艾草在西方賽米絲學園時，身邊起碼都有一位將軍如影隨形跟著……喔對，這裡不是西方，是地府了。

驟然想起這是自家地盤，羅言像至喉嚨的心才安然放下。

自己家裡，用不著擔心會出什麼意外。

也不會有人敢讓城隍出意外。

「不過，妳一個人眞的沒問題嗎？」羅言指的是艾草的身體狀況。

艾草幾個月前緊急被送回地府，看起來就像瀕臨破碎的瓷娃娃，羅言與一干地府人員差點沒眼前一黑。

他們重要的城隍去西方當交換生，怎麼會成了這樣子！

震驚過後，緊接而來的就是滔天怒火，羅言當下就想去找西方的人討個公道。

是梁炫他們說明了前因後果，同時也轉達了艾草的意思，要羅言別遷怒到賽米絲學園的人身上。

說後半句的時候，梁炫是從牙關中擠出的。顯然她也同樣懷有怒意，但又不願違背艾草的意思，只能讓怒火在心中悶燒。

悶燒過頭的結果就是，羅言成了那個被出氣的倒楣鬼。

梁炫的理由很簡單，要不是羅言將艾草列入交換生參加名單，就不會發生後面一連串的事了。

羅言沒想到迴力鏢最後會扎向自己，只能含淚挨揍。

回想起那一夜被長姊支配的恐怖，羅言「嘶」了一聲，下意識摸向後背，感覺消失的疼痛似乎再度浮現。

面對羅言關切的眼神，艾草正經八百地回應，「吾已經沒有大礙了，眞的。保險起見，吾現在還是隨時讓自己處於充電狀態。」

艾草指的「充電」便是吸收地府的陰氣。

爲了增加吸收面積，她還特意維持少女模樣。個子大隻一點，吸收得一定比較快。

雖然有了艾草的保證，羅言還是伸手探向她的額前。掌心下黑光閃現，確認過她體內的靈力運轉得很流暢、沒有絲毫窒礙之感，他這才安心地收回手。

「的確是恢復得很快，不過妳還是在地府多休息一段時間，下學期再回去賽米絲學園吧。這部分我有先跟你們學園長討論過了，她也是相同看法。她是這麼建議的，太早回來可能會感受到痛苦，還是下學期再來吧。」

「爲何？吾在那邊並不覺得痛苦。」艾草茫然地問，「吾本來想提早把工作趕完，就回學園去。」

「嗯，艾草，妳知道不管是哪間學校……都有期末考這東西吧。妳的進度已經落後一大段，要是回去馬上就考試……」

艾草沉默一瞬，然後用力地點點頭。

逃避雖然可恥，但有時候還是有用的！

「妳剛是在看什麼？」羅言好奇地看向艾草手裡的手機。

艾草會來這裡也是爲了能不受限地上網，她主動展示自己的手機螢幕。原來她在玩多人俄羅斯方塊，可以與線上網友一起比賽誰的速度快。

艾草用的暱稱就是自己本名，而跟她連線的網友一個是「籃中菜園」，另一個則是「地獄三頭犬A」。

「這個籃中菜園該不會是……」羅言狐疑地問，「藍采和？」

「是小藍的帳號，但跟吾玩的人是阿蘿。」

「那這個地獄三頭犬A……」

「是貝洛切爾。」

「咦？但他不是被梁炫扣著當免錢苦力……我是說，當臨時員工。」

「貝洛切爾能夠分身，一個在工作，一個和吾玩俄羅斯方塊。」

羅言忍不住羨慕起貝洛切爾的能力。

人家把自己分成兩半，工作效率和智商都不會掉。不像他底下的員工，搞切割順便把自己也搞傻了。

羅言哀怨地嘆了口氣，想到不久後又得回去面對能把他淹死的工作之海，他趕緊掏出自己的手機，先登上遊戲帳號，刷幾局壓壓驚。

地府的兩大巨頭很快各自沉迷在遊戲裡，直到新訊息的通知同時出現在他們的手機上。

艾草和羅言不約而同地點開訊息，隨後兩人雙眼大睜，異口同聲地驚訝喊道：

「莉莉絲他們要來了！」

「麻煩要來了!?」

十三 謠言的力量

還沒到文判規定的一個半小時，羅言卻已經坐不住了，手機裡的消息好似能燙手，讓他險些丟了手機。

比年關來臨暴增的一堆工作還可怕的是什麼？

是在做不完工作時，有名為「麻煩」的人物興沖沖地要過來，然後帶來……更多麻煩！

羅言抹了把臉，望著黑沉沉的夜空幾乎想仰天長嘯一聲。

蒼天啊！玉帝啊！爲什麼要這麼折磨我？

想要一個平靜的生活難道有這麼難嗎？

艾草渾然不知羅言內心的波動，看著莉莉絲發來的成串訊息，她眼底光芒越盛，有如是無數閃耀的星星在發亮。

「小米粒，開心吧！期待吧！本小姐要親自過去看妳了！」

「我可是很敏銳的，要是妳沒好好休養，導致哪裡縮水，我就要叫妳小小米粒了。」

「吾現在不小……」艾草無意識地喃喃，視線順帶往下一滑，對於沒有直直地一望到地面，她心裡其實是有些小驕傲的。

她繼續看著莉莉絲的訊息轟炸。

「還帶了幾個討厭的拖油瓶，真想把他們半路扔了。」

「有拉格斐、白蛇，還有珠夏，他們幾個真是煩得要死。少女聚會，男人來湊熱鬧幹嘛！」

「啊啊啊！想用地獄之火烤焦他們！」

「總之機票已經訂好了，航班資訊是……」

「到時記得機場接我們……不不不，隨便找輛能帶我們到你們那的車就行，妳可千萬不要跑過來！」

思及同學們要飄洋過海來探望自己，艾草心中的快樂頓時如同春天的新芽迅速增長，嘴角更是噙著壓不住的笑意。

對於莉莉絲最後一行的警告，艾草決定鄭重地告訴她，自己好得差不多了，可以親自去接機。

白皙的手指在對話欄裡打上一串字，正當要按下傳送，一隻從旁橫出的大手猛地扣住艾草手腕。

「不能發。」眼見及時阻止，羅言鬆了口氣，「艾草妳聽我的，妳要是親自去接機的話，梁炫會宰了我的，是真的會把我削成多片，重組起來還是挺麻煩。總之妳先回妳同學，說妳知道了，後續我們這邊來處理。」

與艾草分開，羅言大步流星地趕回閻羅殿。

他簡直不敢相信，西方那夥人竟然要來地府探望艾草？

還是坐飛機過來！

想到黑荊棘傳給他的人員名單，羅言就感到一陣暈眩。

在這種忙得要死的時間點，他最不想要見到的就是與「麻煩」同義的那票人過來。

對，他是沒親眼見過艾草的那幾位同學，但從他們的頭銜也能看出一二。

地獄君主之女、伊甸之蛇後裔、大天使長之徒、原罪憤怒的繼承人——全是一些和路人甲乙丙差了十萬八千里的稱號。

羅言感到太陽穴在突突地疼痛，他用力揉按幾下，趕回閻羅殿的辦公區。

辦公室大門霍然被人大力打開，原本埋首工作的員工們一驚，紛紛抬起腦袋，還有人以爲是敵襲，迅速從桌下抄出機關槍。

羅言看著指向他的黑黝黝槍口，無語了幾秒，朝下屬們揮揮手，「把槍收起來，萬一不小心轟到我的頭怎麼辦？」

「那我們只好滿懷快樂……我是說悲哀的心情，爲您舉辦盛大喪禮，然後趕緊再找新的閻王人選。」聽見動靜的文判從另一間辦公室走出來。

「我聽到了，小文，別以爲我沒聽見妳說快樂。」羅言有時候覺得自己該改個名，叫「無言」算了。

文判熟練地無視羅言的抱怨，以訝異的眼神打量提早回來的上司，「您腦子終於燒壞了嗎？」

不然怎麼會趕著回來工作？

「我腦子很好，不用擔心它。」羅言惦記著剛剛收到的噩耗，示意文判和他進去裡面講，「我收到一個很不妙的消息，妳快來一起想想辦法，看要怎麼處理才好。」

他將手機螢幕亮給文判看，後者的眉頭立即緊緊蹙起。

金屬大門一關上，羅言與文判的說話聲也消失在大辦公室裡。

但被挑起的好奇心難以熄滅，辦公室的眾人太想知道是什麼消息可以讓閻王和文判同時臉色凝重。

閻王就算了，反正他三不五時在變臉。

可是文判，連那個冷靜幹練、對待上司如寒風無情嚴苛的文判，都失去一瞬的沉穩。

那絕對是地府的驚天之祕！

他們飛快交換眼色，在短時間內達成共識，推派當中聽力最好的一位去負責聽牆角。

長直髮的女人馬上接下這份重任。她生前是大蠟蛾妖，聽力絕佳，死後依然保持著這項特質。

在無數殷切的注視下，她熟練地以奇異的姿勢貼上門板。

不明就裡的人要是猛然看見這一幕，恐怕會以爲出現了人形大蜘蛛。

長直髮女人努力爲同事們進行即時轉播。

只是羅言辦公室的隔音經過特殊處理，即便她的聽力再敏銳，也只能捕捉到斷續的話語。

「天大的麻煩……但也很重要……」

「西方……女人……」

「這是您惹出來的問題，一人做事一人當，不如您親自……」

「必須要接……他們有幾人……」

隨著越來越多的隻字片語拋過來，辦公室的眾人越發激動，腦中颳起風暴，眼底更是燃起熊熊的八卦之火。

重要又麻煩。

來自西方的女性。

還是閻王大人自己惹出的麻煩。

然後對方還帶著好幾人。

大夥齊齊倒吸一口氣，七嘴八舌地說出自己的猜測。

「是女朋友，絕對是新交的女朋友！」

「閻王大人的女友不是孟婆嗎？他腳踏兩條船？我的天啊！」

「拜託，你消息落伍了，是多久沒上群了？」

「嗚嗚嗚，工作量太多害我頭髮狂掉，我傷心到都沒力氣看群了……所以是怎樣？」

「他們早就分手了，聽我朋友說，還是孟婆那邊把人甩掉的。」

只知道羅言和人分手，不知內幕的一票人不禁倒吸口氣，恨不得能揪著這個話題繼續深入探討。

上司的感情八卦，誰不愛聽呢？

他們超愛！

主管刻意地咳了幾聲，打斷他們的討論，「別搞錯主次重點，閻王大人的前段感情就讓它過去吧，現在我們說的是大人的現任。」

「等等，你們等等！」貼在金屬大門上的長直髮女人忽地要大家安靜，她把自己的臉頰都壓得變形了，恨不得耳朵能穿透門板，「我聽到新的關鍵字……家人！閻王大人說了家人！」

所有人維持靜默片刻，下一瞬他們再也按捺不住激動，集體發出了喔喔喔的叫聲。

眾人聲浪太過龐大，多多少少傳進了羅言的辦公室內。

猛然聽見有人向門邊走近，長直髮女人瘋狂朝大家揮手示意，自己火速跳下，一溜煙竄回座位上。

等到羅言打開門，疑惑地探出頭查看，辦公區內的每個人看起來都忙得不可開交。

「奇怪，是我聽錯了嗎……」羅言納悶地撓撓臉頰，縮回辦公室，金屬大門重新掩上。

他得跟文判盡快擬出一套應對方案才行，不然艾草的西方同學就要殺過來了。

聽見關門聲，假裝埋頭苦幹的眾人飛速抬起頭，確認羅言辦公室的大門緊閉後，他們的手再也控制不住地點按著手機螢幕，往各個工作群組——羅言當然不在裡面——發送今日最大八卦。

「什麼？閻王大人交了新女友，還是西方那邊的？」

「什麼？女方還帶著全家人？」

「傳下去！閻王大人的女友帶著父母一起遠渡重洋而來，閻王大人要見家長了！」

消息傳得越來越離譜，最後演變成羅言交了個西方女朋友，如今已經論及婚嫁，人家都帶著家長親自過來見人了。

❀❀❀

閻羅殿的職員辦公區外是一處鬱鬱蔥蔥的庭院。

不少樹木和草葉甚至長得太過狂野，把人丟進去可能會在裡面迷路個一年半載。

主要是大家都太忙，實在抽不出時間打理庭院，就乾脆讓它們自由自在地生長。

只是長過頭，也引來不少蚊蟲，使得眾人大多會繞過這幾塊區域避著走。

也不知道閻羅殿的蚊子是怎麼長的，比活人世界的蚊子還大隻，叮人特別痛。

忽然間，一名職員快步走來，東張西望一會兒，見沒其他人，趕緊把一個紙團丟入草叢便匆匆離去。

長得比人還高的草叢裡倏地傳出一陣響動，草莖被撥開的沙沙聲由遠而近。片刻後，有東西從最外圈的草叢擠出來，赫然是一顆灰兔子的腦袋，嘴裡還叼著縐巴巴的紙團。

灰兔子的眼珠靈活轉動，長耳朵也微微抖動，確認周遭沒有人煙後，發揮驚人的彈跳力，幾個起落就跳到屋頂上。

灰兔子轉眼化成一道灰撲撲的人影，乍看下就像縷縷灰霧組成，風一吹，登時便乘著這陣晚風飄至空中。

藉著夜色遮掩，灰色人影離恢宏的閻羅殿越來越遠，離它的目的地則越來越近。

夜空下，一座拱橋橫跨過翻湧不休的大河，河邊立著石碑，上頭題有「忘川」兩字。

忘川河水鮮紅如血，乍看下彷彿沸騰的紅血在咕嚕咕嚕地冒泡。

忘川的水原本是真的血水，腥氣沖天、味道刺鼻，還飄得老遠，簡直稱得上空氣污染，讓有些鼻子天生脆弱的工作人員叫苦連天。

爲了爭取良好的工作環境，在這工作的地府職員歷經長期抗議，終於讓忘川的血水變爲紅水，顏色依舊駭人，但再也沒有腥臭味。

而這群爲地府空氣品質盡了一份心力的員工有個共同的職稱——孟婆。

孟婉婉是編號一〇二號的孟婆，和另一位同事輪班，一起負責照看這條與她擁有同樣編號的奈河橋。

沒辦法，現在是鬼口爆炸的時代，沒有足夠的人與橋，根本無法及時消化數量驚人的鬼魂。

今天一〇二號奈河橋也處於塞車，或者說塞鬼的狀態。要投胎的鬼魂前進速度龜速，等來到孟婉婉面前，她會從旁邊起碼有她半人高的大鍋裡舀出一碗白色的湯遞給對方。

這碗湯有個知名的名字，就叫孟婆湯。

鬼魂一旦喝下，就會忘卻前塵往事，如一張全新的白紙重新進入輪迴。

孟婉婉昨天熬夜追劇，幾乎沒睡，雖然想請特休賴床，但年關將近，過橋的鬼魂也變多了，上頭根本不會批准。她只好拖著疲憊的身子，身殘志堅地坐在她那鍋孟婆湯旁。

只要有鬼上前，她就機械式地拿碗、舀湯、送湯。

長年重複性的工作讓大多數孟婆都有肌腱炎這項職業傷害，孟婉婉也有，為此她每個月都會寫一次文情並茂的意見表，希望上面的人能重視她們可憐的手腕，乾脆讓喝孟婆湯這個流程全自動化。

立個機器人，誰來就直接一碗灌鬼嘴裡，簡單粗暴，還特別有效率。

可惜這個意見被駁回了。

原因據說是人類仍固執地相信奈河橋一定有孟婆存在。

要是換成冷冰冰的金屬機器人，可能會引起鬼魂心生不安，拒絕過橋。

孟婉婉感到無比遺憾，然後決定下一個月繼續寫信，順便練練自己的文筆。

她發現靠著寫意見表——因爲文筆要真摯動人，還要直擊人心，才有機會打動上司冷酷的心房——她現在連寫情書都變得相當擅長。

基本上每寫一封告白情書，就能成功獲得一個男朋友。

想到男朋友，孟婉婉的臉蛋忽地扭曲成猙獰的表情，手也不自覺用力，差點捏碎湯碗。

她現在是感情空窗期，現任男友沒有，但剛分手的前任男朋友倒有一個。

那個該死的、殺千刀的，那天讓她感到絕望的……

羅言！

那天事發後，她就火速決絕地和羅言分手，順帶痛打人一頓，再痛罵整整兩小時不重複一個字。

可即使如此，這件事依舊像一根魚刺鯁在她的心頭，令她耿耿於懷，始終無法打從心裡原諒羅言。

孟婉婉不想繼續因這種情緒精神內耗，那會讓她出現各種身體小毛病，於是痛定思痛後，她下定決心。

要讓羅言付出代價。

爲此她安排了暗樁到閻羅殿，試圖掌握羅言的一些把柄，也不曉得目前情況如何了。

孟婉婉心不在焉地將孟婆湯往前遞，突地瞧見黑沉沉的天空裡出現一抹灰色。她眼睛一亮，見那名中年男鬼還是沒接過湯，連忙大力地把碗塞進對方手裡，想趕快把對方打發走，好去迎接她的暗椿。

沒想到中年男鬼竟把手藏背後，還挺了挺胸，派頭十足地非要孟婉婉親手把碗端到嘴邊，溫柔小意地餵他喝下去，不然就耗著不動。

孟婉婉優點不少，不過耐心絕不包含在裡面。

被中年男鬼盧得煩了，她冷笑一聲，出手快若雷電，連湯帶碗一股腦粗暴地塞進對方嘴裡。

想要人餵是嗎？那就連碗都給我吞下去！

解決完奧客，孟婉婉吹了聲口哨，空中的灰人影立即飛速靠往這方向，降落在她眼前。

灰人影把綯巴巴的紙團交給孟婉婉，接著散成不規則的霧團，鑽回孟婉婉體內。

所謂的暗樁，其實是孟婉婉自己捏出的小小分身。

趁著其餘鬼魂被中年男人的遭遇嚇得不禁放慢腳步，孟婉婉攤開紙團，一目十行地看過去，暗樁傳來的情報讓她瞳孔震晃。

什麼？羅言搶先她一步，交了一個西方女朋友！

可惡，她都還在空窗期，那人居然已經無縫接軌找到新對象！

更可惡的是雙方還到了論及婚嫁的地步，女方要帶家人過來，進入見家長的步驟。

這已經不叫快，這是坐火箭的速度了吧！

他們才分手兩個月，兩個月耶！

方遊走。

孟婉婉氣得直磨牙，一頭費心保養的烏亮長髮如觸電竄起，彷如一隻隻活蛇在往四面八

就算對羅言沒感情了——他們也才交往一個月，就因重大事故分手——但看他過得如此滋潤，鬼生即將邁入新階段，孟婉婉感覺一股鬱氣直堵心頭，整個人幾乎要爆炸。

她重重地吸氣吐氣，胸口劇烈地起伏幾下，看著紙上情報，心裡拿定了主意。

故意破壞別人感情的事她做不出來，但讓那位西方女性跟她家人對羅言的印象直落負分，這個她還是有辦法的。

她伸手探入體內，把剛回去休息的灰霧又扯出來。

灰霧像條魚掙扎扭動，似尾巴的地方拍動得格外大力，彷彿在抗議孟婉婉怎麼又要讓它工作，它都還沒休息到。

「你去幫我拿東西，我去聯絡人幫忙。」孟婉婉無視分身的抱怨，壓低嗓音，嘀嘀咕咕地說明她的計畫，「你也想報仇的吧，羅言那天對我們做的事實在太可恨。」

灰霧停下掙動，顯然無比同意她的說法。

孟婉婉鬆開手，讓灰霧從手指間鬆脫，「去吧，讓羅言好好得到教訓。」

灰霧竄得飛快，一眨眼就疾速離開奈河橋。

目送灰霧消失，孟婉婉陰惻惻地笑了，嘴角越咧越大，最末她仰天大笑。

「哇哈哈哈！羅言你等著吧，巧克力被奪之恨不共戴天，絕對百倍奉還給你！」

那可是超貴、超限量，全地府只發售一百盒的巧克力，她動員了所有孟婆一起幫忙搶購，好不容易才搶到兩盒。

然後兩盒都被羅言那個賤人吞了！

此仇不報，她就不叫孟婉婉！

接收到孟婉婉的指示，灰霧一眨眼再度竄至空中，於暗夜中隨著浮雲飛翔，飛了好一陣子，目的地映入它的視野中。

下方是一座繁華的城市，依附在主城酆都旁邊，無數燈光組成一座不夜城。

從高處往下看，各色炫麗的霓虹燈光編織出一條條長長的光帶，好似大魚悠悠哉哉地沉浸在夜色裡。

灰霧輕飄飄落了地，重新凝聚出人形，還擬態出一件斗篷的模樣。寬大的兜帽蓋住它的臉，陰影阻擋了外界窺探的目光。

按照孟婉婉的記憶，灰影人鑽進旁邊的窄巷裡，走到最深處後又出現多條巷弄，蜿蜒複雜的路徑將這裡變成了一座大迷宮。

灰影人快速地走著，沒有遲疑地在各路口間左彎右拐或是直行，似乎腦中有導航系統。

越往深處走，路燈的燈光就越黯淡，有的路燈異常閃爍，閃閃滅滅地在巷內投下詭異的光影。

突然「啪」的一聲，像有東西炸裂了。

同時巷口路燈徹底暗下，向前延伸的小巷再沒有燈光照耀，暗得彷彿會把人吞噬其中。

灰影人的腳步沒有因此放慢，它像條滑溜的魚進入了暗巷底端，找到一扇暗青色門板。

它舉手敲了敲，以三長兩短的節奏，接著靜靜等待。

門後沒有動靜。

灰影人仍站在門外，沒有再繼續敲門。

又過了片刻，暗青色門板被人從內打開。隨著開門的動作，門發出「嘎咿」一聲，聽起來像是垂死之人的呻吟。

門縫被拉得更開，但上面仍有門鍊沒有解下，一位年輕人從後露出，眼裡帶著幾分警戒。

「舒適圈很舒服。」年輕人說。

灰影人回答，「你出來，我進去。」

暗號對上，年輕人的警戒散去，他解下門鍊，把門拉得更開，歡迎灰影人走進店內。

店裡歪歪斜斜地掛著一塊招牌，上頭寫著「夢想販賣部」。放眼望去，到處都是高至天花板的置物架，每層架子都擺滿著花花綠綠的紙盒，讓人看得眼花繚亂。

「客人，你的取貨編號給我一下。」年輕人打開電腦頁面。

灰影人報出一串數字。

年輕人搜尋到對應的物品，要灰影人稍等。他鑽進貨架組成的狹窄走道間，仰頭東張西望一會，終於找到他的目標。

他從多個紙盒間用力抽出其中一個黑色的盒子，核對無誤後，把它交給灰影人。

灰影人抱著盒子就要走出去，但剛走到門口，它忽地停下，注意到貼在牆上的宣傳海報。

慶祝老闆娶到老婆，九九九滿額贈送神祕禮物一份。

灰影人走回櫃台，把黑盒子往桌面一放，「我這超過九九九了，滿額禮。」

「啊！有有有！」年輕人恍然大悟，趕緊蹲下身尋找，在其中一個櫃子上發現貼了「滿額禮」的標籤，他隨手拿起最外面紅色包裝的大盒子，「你的滿額禮。謝謝光臨，歡迎下次再來。」

成功取貨的灰影人沿著原路離開，感應到孟婉婉已經下班回家，它改變路線，回到孟婉婉住處。

孟婉婉剛洗好澡出來，就瞧見分身打開窗戶爬進來，一隻胳膊下還夾著兩個紙盒。一個黑的，一個紅的。

「怎麼會是兩個？」孟婉婉忘了原本要去吹頭髮的打算，疑惑地走過去。黑的應該是她買的東西，紅色那盒又是怎麼回事？

「滿額禮。」灰影人驕傲地挺起胸膛。

「還送滿額禮啊。」孟婉婉瞄了眼紅盒子，中央印著一顆兔頭的圖案。她對兔子沒興趣，況且很多滿額禮都不實用，只是用來充數的小垃圾。

她把紅盒子先丟一邊，興致勃勃地接過黑盒子，頂著一頭濕髮，三兩下拆開外包裝。

盒子裡頭裝著一台遊戲機，多個遊戲手把，還附有一個小巧的卡帶。

卡帶上印著充滿存在感的八個鮮紅大字。

暴打前男友大作戰

沒錯，就是這個！可以讓人充分體會到痛毆前男友的快感！

孟婉婉露出了陰森森的笑容。

接下來只要想辦法把東西送到羅言的新女友面前，她的計畫就能實行了。

羅言你等著吧，等著我送你的這份大禮！

夢想販賣部的大門被人由外推開，在櫃台後摸魚的年輕人嚇得回過神，以為有不法之徒闖入，一手反射性抄起藏在櫃台下的武器。

等到他看清進屋者是誰，提起的一顆心頓時放下。

進來的是一名脖子打成一個麻花結，膚色黝黑的男人。

「老闆你回來了啊。」

「嗯，沒發生什麼事吧？」老闆驀地沒了聲音，目光狐疑地盯著年輕人手裡的狼牙棒，「你拿這是要幹嘛？」

「啊、啊，沒事！」年輕人連忙收起武器，轉移話題，「老闆，剛有個灰灰的客人來領貨，就是黑盒子那個。」

「黑盒子？啊！」老闆從腦海一角調出記憶，「是那款熱門遊戲吧，暴打前男友大作戰。那個一直都賣得挺夯的，只要輸入資料，建立好人物，就能讓遊戲的所有敵人都長著前男友的臉，打起來特別爽快，廣受女性歡迎呢。你別傻站在這裡，去整理一下右走道那邊的貨架。」

等年輕人從櫃台後出來，換老闆自己鑽進去。他在櫃內東翻西找，又轉身找起後面的大櫃子，但遲遲沒發現要找的東西。

「奇怪，我是放哪裡了？我記得就放在這附近才對……」老闆眉毛糾結，朝貨架那邊高喊一聲，「你有看到我放在櫃台的紅色盒子嗎？」

「紅色盒子？」年輕人驀地想到送出的滿額禮，心下一咯噔，但又覺得應該不至於那麼剛好吧。

「對，紅盒子，上面還有一個兔頭的圖案！」

紅盒子、兔頭圖案……年輕人這下子狂冒冷汗，他記得先前送給客人的滿額禮就長這樣。

「那個，老闆……」他戰戰兢兢地站到櫃台前，吞吞吐吐地說，「你說的東西，我好像有看到。」

「有看到就說啊，在哪裡？」

「呃，在你放滿額禮的地方。」

老闆趕緊蹲下打開櫃門，把裡面的贈品都撈出來，卻始終沒找到自己要的那一個。

再聯想到年輕人的態度，他心頭倏地冒出一個不祥的預感。

「你該不會……」

「哇啊！老闆對不起！它就放滿額禮那邊，我以爲它是贈品，把它給那個買暴打前男友大作戰的客人了。」

「你這白痴！那可是別的客人拿來送修的東西！」

「可、可是，老闆，你放那邊很容易讓人誤會啊……」

聽著年輕人囁嚅著辯解，老闆拚命地吸氣吐氣，試圖讓自己冷靜下來。

他知道員工說的沒錯，放到那地方確實容易讓人誤會，但是……

「盒子那麼大，你拿的時候是不會多想，或多看櫃子裡面一下？」老闆氣得連脖子都拉直了，他居高臨下地瞪視年輕人，一雙眼睛像要噴火，「你哪時候看我們店裡的滿額禮送那麼好的東西了？」

年輕人很委屈，他哪裡知道，他還以爲老闆新婚變大方一點了。

「那個客人的電話呢？」來取貨肯定有留電話，老闆立刻調出客戶資料，照著留下的電話撥打。

可萬萬沒想到，打過去竟是空號。

老闆聽著話筒的嘟嘟聲，臉色由黑轉青，再從青轉白，身形甚至不穩地晃了晃。

「老闆你沒事吧！」年輕人還是初次見到老闆一副要昏過去的樣子。

「你知道那是什麼東西嗎？」老闆扶著櫃台，扯出比哭還難看的笑容，「那是瑕疵遊戲，會把其他遊戲吞下去，魔改成一個新遊戲。所以我才不敢放在貨架那邊，萬一誤拿的客人進入遊戲發生什麼事……」

年輕人不禁白了臉，「老闆，那該怎麼辦？」

「怎麼辦？還能怎麼辦？」老闆把自己的脖子重新再打個結，用力地繫緊，藉這動作來讓腦袋冷靜。

既然聯絡不上誤拿的客人，那就只能找送來維修的客人了。

這位是熟客，老闆不用翻找資料就能熟練地背出一串電話號碼。

他握著話筒，在另一端接起的下一秒，發出雞貓子喊叫的求救。

「文判、文判！妳送來我們店裡維修的那東西，它還沒修好，它它它……它不小心被其他客人帶走了啊啊啊——」

渾然不知夢想販賣部的老闆急得要禿頭，孟婉婉敷完面膜，仔細地做好後續的護膚保養，這才躺上床，不用幾分鐘就進入夢鄉，呼吸變得穩定綿長。

不遠處的桌子上擺著一台插上卡帶的遊戲機，和一個印有兔頭的紅盒子。

在沒人看見的地方，紅盒子內部忽地滲出一大股黏稠的紅色液體，宛若一灘紅血，無聲無息地朝遊戲機靠近。

紅色液體猶如活物爬上遊戲機，覆蓋在卡帶上，再從縫隙滲透進去。

頃刻間，紅色液體完全沒入了卡帶裡，消失得無影無蹤。

乍看下，卡帶似乎毫無變化。

唯有湊近一看，才會發現那八個鮮紅的字體筆畫間，赫然多出無數兔頭的圖案。

床鋪上的孟婉婉直到隔天才醒來，對卡帶上的異變毫不知情。

她揉著惺忪睡眼走去廁所，再走回房間時，視線掃到被放在遊戲機旁的紅盒子。

差點忘了這個，店家送的滿額禮。

她拿起盒子晃了晃，沒聽見什麼聲響，盒子本身也很輕，沒什麼重量，有很大機率是紙製品吧。

如果是禮券之類的也能接受，不過夢想販賣部的老闆挺摳門的，就算送禮券大概也是幾十元那種。

孟婉婉打開箱子，白眼瞬間想翻到頭頂上。

裡面空無一物，所謂的滿額禮就是個外表好看的盒子而已。

嘖，果然是垃圾。

就跟前男友一樣。

十四 當西與東會合

「哈、哈啾！」

突然的鼻子發癢，讓辦公室的羅言忍不住打了個響亮的噴嚏。

與此同時，文判一邊用最快速度遠離他身邊，一邊不忘向他確認工作。

「大人，您覺得我的安排怎樣？如果您覺得沒問題，就在文件上簽個名。」

羅言無語地看著自己下屬，他只看到文判的嘴巴一張一合，聲音都被空調的風吹走了。

他們倆的距離也太遠了吧，是隔了浩瀚銀河的牛郎織女嗎？

假如文判得知他的想法，只會鄙夷地表示，羅言版的牛郎要是敢偷走她的羽衣，她直接一刀割了他，俐落根絕故事的發展性。

「大人，您有聽到嗎？」文判又喊了一聲。

羅言捏捏人中，只得主動邁步走近文判。

文判立刻掏出槍，對準自家上司，拒絕病毒靠近。

「我那只是單純的打噴嚏，別把妳上司當病毒看待行不行？」羅言幽幽地看著連點尊重都不給自己的下屬，「就算是顧及面子也好，不用那麼直白地掏槍瞄準我的腦袋吧。」

「明白，下次我會換別的地方瞄準，不會打傷您的臉，確保您的面子。」文判收起槍，給出承諾。

「臉以外的地方拜託也不要。」再這樣下去，羅言都要考慮以後從頭武裝到腳了，「妳剛是要跟我說什麼？」

「我要跟大人您確認人車的安排。」文判換拿出平板，展示文件，「已經跟賽米絲學園和天界聯絡過，城隍大人那邊也表示沒問題，接下來麻煩您簽名，就能去接西方小隊了。」

「西方小隊聽起來實在沒什麼美感。」羅言說，「而且像是準備去西方一樣。」

「原本是想取名爲西方迎親小隊。」文判說，「迎接城隍大人的西方朋友，但我怕別人會誤以爲您要去迎親結婚了。」

「呃，那還是西方小隊好了。」羅言一點也不想被人誤會他現在是非單身狀態，他還想交女朋友。

無論是文判或羅言此時都還不知道，早就有人誤會了，還是一大堆人，包含羅言那位以不愉快方式分手的前女友。

「將軍們也都沒問題嗎？」羅言接過平板，再次檢視文件內容，「梁炫，我姊他們居然沒衝過來抗議？」

「您想聽眞話還是假話。」文判推推眼鏡，不給羅言開口的機會便自顧自地說下去，「假話是大家體恤您的辛勞，不希望再增加您的麻煩。眞話則是他們還不知道。」

「喔，他們還不……」羅言猝然拔高聲音，「一個都不知道嗎？」

雖然在收到消息時，他是請艾草先瞞著梁炫等人，以免引起騷動，但他沒料到他們到現在都還被蒙在鼓裡。

文判說出理由，「城隍大人認爲這能帶來驚喜。」

羅言嘆氣，「不，這只會帶來驚而已。」

那群城隍控可不會樂見有人跑來地府，要跟他們瓜分艾草的注意力。

「原本城隍大人也想一同去接機。」文判繼續向上司報告，見到後者緊張的神情，從容地說道：「還請您放心，我從各方面分析探討，向城隍大人列出了八十八條不適合去接機的理由，大人也理解了，她眞是貼心又溫柔，和某位令人操碎心的上司完全不一樣。」

某位令人操碎心的上司假裝沒聽見最後一句指責，他翻到下一頁，目光登時被文件上的人名吸引住。

雖然用小隊稱呼西方小隊，但說穿了只有兩人。

一位是司機，一位是翻譯，共通點是戰力優秀，預防那幾位西方客人在到訪路途中惹出什麼麻煩。

羅言看的就是司機的名字——孟柔柔。

「相信大人您不會有性別歧視，篤信男人開車比女人還要厲害那套。」文判犀利的視線直直盯住羅言，「如果您……」

「不用如果，我不是，我沒有。」羅言用最快速度否認，筆尖點上司機姓名。

如果他沒記錯……他確定他沒記錯。

「這位孟柔柔，是退休的孟婆吧。」

「是的。」文判貼心補充，「還是您前女友的姑姑。」

羅言臉頰肌肉抽搐一下，「眞是謝謝妳的補充，但爲什麼會選……」

「當然是因爲她車技高超。您或許不知道，孟柔柔曾是地府地下車王杯連續三屆的冠軍紀錄保持人。」

羅言：「……」

現在他知道了。

想著文判挑人應該不會出問題，羅言忽略了無端跳動的右眼眼皮，在文件末端簽上自己的名字。

事後回想起來，羅言只恨自己當時不夠迷信。

都說右眼跳災，他怎麼就輕忽大意了！

爲了迎接來自西方的客人，閻羅殿特別派給西方小隊一輛低調大氣的多人座豪車，外觀黑得發亮，沒有特殊裝飾，但自帶一股「我很貴，別A我，賠不起」的氛圍。

畢竟要迎接的是重要客人。

還是閻王大人的未來老婆及家人們。

站在車外的孟柔柔稍微鬆鬆領帶——她不小心把領結打得太緊——腦海重新回想自己收到的客人照片。

三男一女，外貌出色，各有不同的風采。

女的那位鐵定是閻王的新女友，至於另外三個，也不曉得是什麼輩分。

只是從這幾人的長相來看，還眞難想像會是一家人，血緣眞是神奇的東西。

孟柔柔掏出手機，決定還是重溫一次客人資料，她可不想哪裡出了差錯。

這可是她好不容易獲得的新工作。

從孟婆一職退休、休息一陣子後，她便開始積極尋找事業第二春，總算應徵上閻羅殿合作司機的職位。

在見識過這裡的車種有多豪華，簡直個個都是她的夢中情車後，她說什麼都不想離開這座快樂天堂。

這樣說好像不對，應該講快樂地獄。

爲了能長期與她的夢中情車們培養感情，孟柔柔不會允許有誰來破壞她的工作。

就算是她的姪女孟婉婉也不行。

孟柔柔看見聊天軟體上亮著鮮明的紅點，點進去一看，孟婉婉的頭像旁閃爍著10⁺的符號，對方又發來一大串訊息。

她眉心不自覺蹙起，摺出川字形的痕跡，點開與姪女的聊天視窗，果然是長長一排未讀訊息。

孟婉婉顯然還不死心。

「姑姑，姑姑。」

「拜託妳了，我最美麗溫柔大方的姑姑！」

「妳要去接那個豬頭的新女友……不，是西方的客人對不對？」

「需不需要英文翻譯？我精通英文，讓我一起去嘛！」

「或是需不需要一個導遊？妳知道的，我對人界也很熟，還有不少朋友。」

「我們可以先帶他們在人界逛一下，再回地府繼續觀光。我有一本手冊，可是記滿地府今年排行前一百的各種小吃。」

孟婉婉最後留下一個滿心期盼的表符。

面對姪女的央求，孟柔柔的回應和先前一樣。

「死孩子，妳想都別想。」

經驗豐富，交過的男友起碼能繞操場一圈的孟柔柔深諳一個道理。

絕對不要把現任與前任同時放在一起，只會引起災難。

但孟婉婉實在太吵了，十隻鴨子放一起可能還輸她一個，孟柔柔最後看在姑姪情分上，退讓了幾步。

主要是孟婉婉後面提的要求，跟前面比起來簡單許多。

就是時不時地拍個照，到人界拍一下，到機場也拍一下，順便連孟柔柔開的車，跟她自己也入鏡拍一下。

孟婉婉振振有詞地表示，這能營造出她跟著雲旅遊的效果。

神經的雲旅遊……孟柔柔大翻白眼，但想想對方大概還沒走出失戀的傷痛，況且這點小小要求也無傷大雅。

孟柔柔今天打扮得特別鄭重，馬尾整整齊齊地綁在後面，每根髮絲打理得一絲不苟；繫上領帶，戴上白手套，力求展現專業的形象。

她站在車前，等待與她一同行動的翻譯到來。

文判事先有發送同伴的資料給她。

對方姓楊，是閻羅殿一名成熟穩重的資深員工，比她這位退休孟婆還資深。精通多國語言，能夠完美地即時口譯，不用擔心雙方溝通問題。

離約定好的時間過了十分鐘，人還沒出現。

孟柔柔眉頭蹙起，正想打電話問問那位楊先生，前方有一道人影匆匆忙忙地跑過來。

那人戴著一頂格紋報童帽，頭髮都被塞在帽子底下，臉上戴著口罩，把下半張臉都遮住了，上半張臉則是被一副粗框眼鏡擋在後面。

孟柔柔眼力很好，在她當孟婆時，最擅長抓住想不喝湯就偷溜過去的鬼魂。她能看見對方露出一雙秀美的眼睛，有絲女氣，不過被外套與長褲包覆的身軀感覺挺有肌肉的，布料撐出了微鼓的線條。

但不管怎麼看，都跟那位楊先生差了十萬八千里。

楊先生說過自己像竹竿一樣瘦巴巴，喜歡染髮，最近剛染了一頭螢光綠的頭髮，到時一見他就能認出來。

跑過來的人雖說戴著帽子，但劉海與髮根都是黑色。

「不好意思，我來得晚了。」那人就連聲音也偏細，他三步併作兩步地來到孟柔柔面前，在她提出質疑之前趕緊說明，「ㄨ……我是代替楊先生的人，他忽然身體不舒服。所以臨時找我代班，他說他會傳訊息給妳。」

孟柔柔打開手機，這才發現楊先生真的有傳訊息過來，只不過聊天軟體不知道又出什麼差錯，通知沒亮，她才沒有第一時間看見。

楊先生言辭誠懇地向她道歉，他也不知道自己是吃壞什麼，早上起來就上吐下瀉，目前人在醫院，會換一名年輕人來接替自己的工作。

他說年輕人叫小米，還是個新人，但認真又負責，要拜託孟柔柔多加照顧了。

在照顧部分楊先生寫得洋洋灑灑，孟柔柔不禁懷疑這小米不是他兒子就是他親戚。

「小米是嗎？」孟柔柔將人從頭到腳打量一遍，「你知道工作內容吧。」

小米點點頭，悶悶的聲音從口罩後傳出，「知道，要去接人……還要跟他們說話。」

「那就好，你是新人，到時多留意一點，那可是從西方來的重要客人，更是閻王大人的……」驚覺差點說溜上司的八卦，孟柔柔馬上改口，「我們上車吧。」

無視小米眼裡滿是求知欲，孟柔柔坐上駕駛座，小米則繞到另一邊上車。

趁孟柔柔的注意力都放在夢中情車上，小米拉開外套領口向內一看，裡頭是一團團聚在一起的陰氣，外套下的鼓鼓肌肉赫然都是靠陰氣堆積的，隨後小米又快速拉開口罩，呼吸一下新鮮口氣。

口罩下是一張少女面容。

這張臉放在地府，幾乎無人不識、無人不曉。

孟柔柔無論如何也不會想到，與她一塊去接機的人竟是僞裝後的城隍大人。

成功矇混過關的艾草鬆了口氣，有點小得意。

嗯，答應羅言和文判的人是艾草。

她現在是小米，這樣就不算違反承諾了。

像人類般規規矩矩地搭飛機、轉機，再搭飛機，然後下機，中間還要經過多項檢查……這樣的事情，莉莉絲都不知道自己有多久沒做過了。

她對搭飛機的印象大概停留在幼兒期，她老爸帶著老媽還有她，一起去人類的國家旅行，體驗人類的度假方式。

不只是她，拉格斐與珠夏也差不多。

白蛇大概是最誇張的，這人宅得徹底，一直以來都待在因帕德休島上，不曾離開過。

這還是他頭一次進入人類世界。

即使之前沒有離開島上，不代表白蛇不熟悉人類，網路讓許多事變得簡單多了。

幾人臉上藏不住疲累，顯然他們一點也不習慣長達十幾個小時只能像坐牢般待在小小位子上。

即便莉莉絲買的是頭等艙，但對於自由自在慣了的他們來說，這大小的座位依舊跟塞雞蛋差不多。

白蛇眼皮半垂，飛來艾草國家的一路上，他都是這副睡眠不足的模樣。

莉莉絲還得盯緊這人，以免不小心就把他弄丟了，天知道他會不會在哪裡隨便睡過去。

這絕不是同伴之情，誰教她和小米粒說過是四個人一起來，要是突然少一人，小米粒會擔心死的。

爲了方便行事，拉格斐恢復青年的樣貌。他才不想被當成是莉莉絲他們的小弟弟，或是誇張一點，珠夏的兒子。

那位原罪繼承人長得太老成，這種可能性並不是不會發生。

明明四人的外表都異常出眾，髮色在清一色都是黑髮的人群中更爲醒目，可來往的人卻好似沒察覺他們的與眾不同。

他們跟著人群一塊通過海關，領回行李，走進機場大廳，熱鬧的人聲如海浪從四面八方拍打而來。

本該陌生的語言一進入莉莉絲他們耳內，瞬間轉換成他們理解的意思。

大廳裡有不少人前來接機，他們手裡舉著牌子，寫著人名或是團體名稱。

「小米粒說會有人來接我們。」莉莉絲看著手機確認，「你們注意一下，對方會舉牌子，上面寫『歡迎賽米絲一行人』，用英文寫的。」

「這樣的範圍有點太大。」珠夏提出質疑，「萬一剛好有另一批賽米絲的學生也來這裡，也有別人要接他們，我們要怎樣才不會搞混？」

白蛇視線忽地凝止在一處，他人還沒跨出步子，身上的一截繃帶已化作小蛇，興奮地探出腦袋，不住嘶嘶吐舌。

在小蛇迫不及待地竄至地板之前，白蛇眼明手快地摁住它的腦袋，無情地把它鎮壓回自己體內。

出來前他還有惡補許多常識，機場內不該出現自由爬行的蛇，否則會造成不必要的騷動。

但小蛇的躁動證明他的直覺無誤，他不管同伴，二話不說地邁開步子，看似規整的步伐中暗含一絲急切。

「喂，冷血的！冷血的你幹嘛？」莉莉絲連忙伸手要抓住白蛇，但後者身後像長了眼睛，靈活地避開她的箝制。

珠夏是其中個子最高的，他的目光輕易越過多顆腦袋，直直落在白蛇欲去的目的地。

那裡有好幾人正等著接機，其中一人所舉的牌子上面赫然寫著「歡迎賽米絲一行人」。那人身高偏中等，外套領口裹著一圈毛茸茸的滾邊，整個人的打扮可說是全副武裝。帽子、眼鏡還有口罩，把臉遮得只剩一雙眼睛。

當珠夏與那雙黑瞳對視上，他驟然明白白蛇的腳步為什麼突然加快了。

「搞什麼鬼？」瞥見連珠夏都大步流星地跟在白蛇身後，拉格斐納悶地擰起眉頭，「只是地府那邊派人來接，又不是小不點過來，他們兩個幹嘛……」

電光石火間，一個念頭如閃電劈進拉格斐腦海，他瞳孔收縮，幾乎和莉莉絲同時出聲。

「小不點！」

「小米粒！」

只有艾草出現了，才可能讓那兩人迫不及待地趕過去。

「本小姐明明交代過，要她好好待在家裡等我們過去。」莉莉絲嘴上嘮叨著，雙腳則直接跑起。要不是礙於這裡是人類機場，她早就展開翅膀，用最快速度飛到艾草面前了。

拉格斐也不落人後地追上去，心裡暗暗慶幸是以成人的姿態過來。否則以他小孩形態的兩條腿，在無法使用天使羽翼的情況下，壓根別想追上那幾人。

艾草是初次獨自一人進來機場大廳，孟柔柔要在外面顧車。

大廳裡人滿為患，有要搭機飛出去的人，有回國、來玩或辦事的人，還有來接機的人。

艾草找了個能看見入境旅客的地方，筆直地舉高牌子。

偏偏她身邊也來接機的人長得人高馬大，即使她現在是少女模樣，被夾在中間就像一株營養不良的小豆苗。

深怕自己身高不夠被忽略，她奮力地踮高腳尖，力圖讓手中牌子在大廳裡變得更顯眼。

艾草甚至考慮要偷偷使用陰氣來加高鞋墊，最好把自己墊成一百八，這樣莉莉絲他們一定很快能看見。

還沒等她付諸行動，她就望見再熟悉不過的人影朝自己快步走來。

艾草的雙眼瞬如燈泡亮起，口罩掩住了她的半張臉，但絲毫掩不住眉眼間的驚喜，她馬上朝走過來的白蛇等人使勁揮手。

只是手揮到一半，對上莉莉絲怒極反笑的臉龐，她「咻」地一下縮回手，擺出沉穩的模樣，假裝自己是來接機的閻王殿職員，才不是地府城隍。

但她的僞裝落在西方四人眼中，可謂一點也不成功。

「艾草，好久不見。」珠夏仗著身高腿長，一個跨步將同學甩在後方。

「吾不是……」艾草還在掙扎。

「都用吾了，還在不是？」莉莉絲冷笑一聲，不客氣地撞開珠夏。後者的紳士風度讓他做不出撞回去的行爲，只能退居後方。

「妳這什麼裝扮？」拉格斐將艾草從頭到腳打量一圈，板起一張臉，「不倫不類的。」

「吾這是變裝，和吾同行的司機都沒認出來。」艾草摘下眼鏡和口罩，雙眼閃閃發亮，像在無聲地說著「厲害吧」。

「不管妳怎麼變，都逃不過我的眼睛。」莉莉絲指指自己的雙眼，再指向艾草，「別小看惡魔的眼力。」

「先發現的是白蛇的蛇，它才是眼力最好的。」珠夏實事求是地說，「比我們四個都要好。」

「你閉嘴！」莉莉絲和拉格斐異口同聲地吼，快被這人煩死了。

若要論最不會看場合說話，原罪繼承人絕對是當之無愧的第一名。

「蛇和我是一體，所以是你們三個人眼力差。」白蛇撇清關係。

聽著幾人熟悉的針鋒相對，艾草彷彿重新置身於賽米絲學園，快樂的氣泡從她心底不斷向上湧冒，眼裡滿是藏不住的笑意。

只不過聽著聽著，艾草猛地意識到一件事。

「吾能聽懂你們的話？」她驚奇地瞪圓一雙黑眸，「但吾……吾的英文明明還沒學好。」

「妳應該還要問，我們怎麼能聽懂妳說的話？」莉莉絲笑咪咪地摸上艾草的臉，小捏一把，對手下觸感相當滿意。

這證明小米粒養得還是挺不錯的，沒瘦。

「啊！」艾草慢一拍地醒悟過來。

「黑荊棘他們弄來的道具。」拉格斐將袖口往上一拉，露出一圈銀亮手環，淡銀的表層刻著繁複的圖紋，「作用類似巴別塔，能在一定範圍內讓人們溝通不會出現障礙。目前只能做到語言翻譯轉換，文字上還無法同步。」

「先別管那個了。」莉莉絲打斷拉格斐的說明，放下行李，朝艾草大張雙臂，「小米粒，那麼久沒見，有件事應該要先做才對吧。本小姐勉爲其難地提醒妳，妳該給個久違的擁抱了。」

「其實還沒到三個月……」艾草對細節總是很認眞，可看著莉莉絲神采奕奕的臉，她忍不住也露出小小的笑容，身子往前一撲，雙手張開，用力地抱了莉莉絲一下。

拉格斐強壓下羨慕，矜傲的性格讓他難以主動開口。只是正當他糾結時，餘光瞥見白蛇堂而皇之地站到莉莉絲身邊，面無表情地擺出準備抱抱的姿勢。

珠夏則默默地排到第三位。

艾草逐一抱過去，然後歪著頭問拉格斐，「拉格斐不想要不算久違的擁抱嗎？」

「什麼叫不算久違？說得我好像平時就有跟妳……」拉格斐把自己說得臉漲紅。他閉上嘴，阻止自己再胡言亂語，緊接著果斷拋棄矜持，飛快地抱住艾草一下、兩下、三下。

「混蛋天使！」莉莉絲聯合珠夏一同將人撕開，腳還狠狠地往拉格斐腳背上用力碾踩。

拉格斐反射性就要與莉莉絲吵起來，可當他們瞧見艾草染著飛揚笑意的模樣，生起的那口氣又熄滅了。

算了，與其浪費時間跟他/她吵，還不如多看小米粒/小不點一眼。

「吾是隱瞞身分過來的。」艾草重新戴上眼鏡和口罩，對眾人交代，「車上記得不能喊吾的名字。車子就停在外面，孟柔柔……負責開車的司機在車上等，吾等快出去吧。」

一行人拉著行李，浩浩蕩蕩地跟隨艾草往機場外走。

自動門打開，金耀的陽光灑入，彷彿在迎接西方諸人來到東方。

十五 意外乍生

機場航廈外只能臨停，孟柔柔待在駕駛座上，等小米將西方客人們帶過來。

叩、叩。

聽見有人輕敲車窗，孟柔柔下意識望過去，發現是一名機場工作人員，她降下車窗，疑惑地望著對方。

「有什麼事嗎？」

「小姐妳認識莉莉絲這位外國旅客嗎？」

沒想到會從工作人員口中聽見這名字，孟柔柔愣了愣。她當然聽過，這不就是閻王大人的新女友嗎？

「妳的車號是ACG5678對吧，這是那位莉莉絲小姐告訴我的。她碰到了一點問題，希望妳能趕緊過去。」

「咦？」孟柔柔一時間有些反應不過來，她的確有請小米把車牌號碼發給莉莉絲。但小米呢？小米不是去接人了？她人到哪去了？

孟柔柔馬上撥打小米的電話，卻發現手機忽然沒了訊號。

可惡，早知道就該換了，舊型手機果然不可靠！

見孟柔柔聯絡不上人，工作人員好心地說：

「我替妳顧一下車子吧，要是有保全過來，我再幫妳跟她解釋。妳趕緊去找妳朋友吧，她感覺很著急的樣子。」

聯絡不上小米，客人那邊又出狀況，孟柔柔不免緊張，一緊張就難以冷靜思考，加上工作人員又在旁邊催促，她的腦袋頓時亂成一團，想也沒想地趕忙下車跑進大廳找人。

那可是閻王大人的女友和家人，千萬不能出什麼差錯！

孟柔柔照著指示來到一處櫃台，向工作人員詢問莉莉絲的事。

對方一臉為難地告訴她，莉莉絲與其他人目前還在接受檢查，行李似乎帶了違禁品。

孟柔柔忙不迭追問，只是工作人員總是顧左右而言他，讓她開始覺得有哪裡不對勁。

這份心情在察覺對方更像在刻意拖延時間後，瞬間來到最高點。

孟柔柔當機立斷地往外跑，將那人急切的叫喊甩在後頭。

她匆匆跑回停車處，遠遠就見到車子尚停在原處，還看見幾名髮色鮮艷、異於東方人的身影陸續上車。

最後是小米。

是西方的客人，小米成功接到機了！

孟柔柔鬆口氣，正想高聲喊住小米，後者已順勢關上車門。

令孟柔柔目瞪口呆的事發生了，她的夢中情車，就這麼在她面前開走了……開走了……

過度震驚讓孟柔柔整個人傻在原地，等車子都開遠了才猛然回過神來。

她這個司機人還在這裡，車子怎麼有辦法開走？

總不可能是小米自己開的吧。

更不對啊，小米分明是從後座上車的！

開走她車的到底是誰！

「等等、等等！該死的！」孟柔柔想追上去已經來不及，車子「咻」地一下就消失在她的視野中。

她焦急得直跺腳，不明白小米爲什麼會沒發現司機不對，總不可能司機跟她長得一樣……

孟柔柔的呼吸驀地一窒，她想起孟婉婉的訊息騷擾，一個猜測如閃電貫穿她的腦海。

難不成是孟婉婉那個死小孩!?

她跟自己有七、八分像，不熟悉她們的人很容易認錯，小米極可能把她跟自己搞混了，才會毫不懷疑地與客人一同上車。

想通一切，孟柔柔簡直要崩潰了。

她拚命嚴防死守，到頭來還是被自家姪女鑽了空子，直接連車帶人全帶走了！

現在只祈求孟婉婉千萬別想不開，把對閻王大人的氣發洩在人家新女友身上。

要是一個沒處理好，說不定會變成東西方之間的戰爭導火線。

越想孟柔柔臉色越白，她深吸一口氣，在心裡把不知輕重的親姪女痛罵一遍又一遍。她本想罵孟婉婉祖宗十八代的，但想到自己也算在那十八代裡面，只好無奈放棄。

孟柔柔又繼續做一次深呼吸，結果不小心吸進旁邊汽車排放的廢氣，嗆得她不停咳嗽，原本蒼白的臉都漲紅了，倒是染回幾分氣色。

但也因爲如此，她總算找回被驚得離家出走的理智。

她趕緊打電話給孟婉婉，意料中地沒接通。她換點開手機的定位系統，幸好出發接人前有先見之明，先將車和手機做了定位連動。

孟婉婉對車子不熟悉，短時間內想必不會發現，這讓她還有機會逮到人。

孟柔柔車被搶，客人也被載走，身上只剩手機跟皮包，但還有這兩樣就好辦事。

她立即招了輛計程車，告知目的地就打開聊天APP，找到一個「和平分手前男友團」的群組，火速發了消息出去。

「急！現在有誰在豐陽市？急須借車，機車汽車都行，馬力夠足，速度夠快的那種！」

沒過多久前男友群組裡就接連有人給出了回應，還不忘貼心地附上車子照片。

孟柔柔看中其中一輛，標記對方名字，與他單獨私聊，約定好了碰面的時間和地點。

「司機大哥，能不能拜託你再開快一點！」孟柔柔看著儀表板上的時速，內心著急，恨不得能打暈司機，換自己開。

「不行啦，路上有測速照相，再快我就會被開單了。」司機爲難地說。

「眞的拜託你了啦，大哥！」以前當孟婆那麼久，孟柔柔可說看遍鬼生百態，也清楚有種東西，就算人死了變鬼也依舊無法抗拒，活人就更不用說了。

那個東西就叫——八卦！

「我是要去捉奸，我男朋友搜刮我屋裡的所有錢，跑去找小三了！是我好姊妹跟我通風報信，要我趕緊過去！要是時間晚了，我就真的人財兩失，要去跳樓了！」

孟柔柔在瞎扯前半段時，司機努力豎直耳朵，眼睛大睜。一聽見後半段，他瞳孔震晃，心裡大受劇烈衝擊。

一條寶貴的人命就繫在他車上了，要是他能趕上，就能阻止這位小姐想不開！

「小姐妳冷靜，千萬別為那種渣男想不開！妳放心，我可是號稱北部的閃電霹靂車，絕對用最快速度飆過去！一切都包在我身上，我知道哪條小路抄捷徑更快，妳坐穩了，老子豁出去啦！」

司機說到做到，原先規規矩矩的車速下一剎那提到高速，黃色的計程車如同一顆子彈從車道上疾速射出。

雖然孟柔柔不知道「閃電霹靂車」是什麼，但聽起來很快，而司機的技術也完全不愧對這個名號。

這趟車程在他的野性狂飆之下，整整壓縮了一半時間，就將孟柔柔送達目的地。

為了表示深深的感謝，孟柔柔豪氣地給出一大筆小費，反正這也能事後報公帳。

不能報的話，孟婉婉得負責出！

前男友一號的時間抓得剛好，沒一會兒就開著一輛流線型的跑車趕來。

「柔柔。」前男友一號還想趁機向孟柔柔訴衷情，最好能讓兩人感情死灰復燃，但才喊出她的名字，人已經被從車上強行扯下來。

孟柔柔車門一關，鑰匙一轉，發動引擎。

「車我開走了，謝啦！」

從車窗內飄出的感謝都還沒消散，鮮黃色跑車已如一束閃電，轉眼就跑得老遠。

從車子後照鏡看，前男友一號早成了個芝麻大小的黑點點。

孟柔柔避開監視器，馬力全開，最後車子沒有一絲減速地撞向圍住荒蕪空地的鐵絲網。

車頭在即將撞上鐵絲網的剎那間，彷彿撞進一片柔軟的水面。

隨著漣漪一圈圈擴散，鮮黃色跑車就這麼平空消失在空地外。

輪子重重落地的觸感傳來，連帶駕駛座上的孟柔柔也跟著晃了晃，但她的雙手依舊穩穩地握住方向盤，踩在油門上的腳也未曾放鬆。

前一刻還是大白天，逼人的日陽高照，下一刻擋風玻璃外的天空卻成了墨黑色。

日與夜的切換，同時也代表著從人界回到地府。

孟柔柔看著一旁的手機，地圖上的紅點如今停止不動，不再前進。

從地圖上看，離孟婉婉與另一位孟婆管理的忘川有一段距離。

孟柔柔以前也在這裡值班過，對附近地形還挺了解。她放大地圖，快速掃了一眼。

停車處是沒什麼人煙的空地。

就是不曉得她那蠢姪女是棄車逃跑了，還是仍留在車上？

孟柔柔使勁踩下油門，把車速拉升最高，引擎發出嗡嗡嗡的驚人響動，白煙從排氣管噴出，在夜色裡像一道猙獰的白色獠牙。

遠遠地，孟柔柔就望見一個熟悉的車屁股，還有那塊車牌，正是她的夢中情車！

她加速衝上前，以俐落凶悍的動作來個甩尾，將整台車橫擋在那台黑色轎車之前，以防對方突然開車逃竄。

孟柔柔急切地跳下車，跑向至今仍毫無動靜的車子。

從擋風玻璃望過去，駕駛座上空無一人。後座有人，但東倒西歪的，看不眞切。

「那個死丫頭，最好別被我抓到……」孟柔柔一見駕駛座沒人，心都涼了，不用猜都知道孟婉婉跑了。

只希望她是獨自跑掉，而非找了同夥……應該沒誰眞的那麼傻，協助她的綁架計畫吧？

這次來的西方客人，其中一位是閻王大人的新女友這件事，可是在他們一票地府職員中私下傳開了。

孟柔柔一個箭步逼近後座車門，貼著車窗望進去。

好消息，孟婉婉沒跑，人在後座；客人們也在，一個都沒少。

壞消息，他們全都暈了。

孟柔柔的心差點停了半拍，連忙打開後車門。門沒鎖，輕易地被她一把拉開，往後滑行一段距離，敞開更大的空間。

前排是孟婉婉、小米、莉莉絲，還有白蛇，後排是拉格斐與珠夏。

詭異的是椅子上還放著一台遊戲機，連著多個遊戲手把，車廂內剛好一人握著一個。

孟柔柔眼一掃，就看出這是近期流行的全息遊戲機，以特殊法器改造，會將人的意識拉進遊戲裡，讓玩家在裡頭玩起角色扮演。

數量稀少，價格不斐。

玩之前能先設定時間，時間一到就會回到現實；也有防沉迷機制，避免讓人在遊戲裡遊玩過久時間。

孟婉婉大費周章地策劃這齣綁架案，就是爲了拉人去玩遊戲？

可怎麼連她自己也進去了？

「小婉、小婉，孟婉婉！」孟柔柔粗魯地晃動姪女肩膀，試圖把人叫醒，後者遲遲沒有反應。

不只是孟婉婉，其他人也閉著雙眼，丁點意識也沒有。

即便孟柔柔發出高分貝的叫喊，也沒人有甦醒的跡象。

遊戲機上還插著一枚小巧卡帶，孟柔柔想把它拔下，強行中止遊戲，讓眾人的意識回歸，但用盡力氣卻拿它毫無辦法。

卡帶紋絲不動地插在卡槽裡，好似天生跟它連爲一體。

卡帶太小，孟柔柔必須湊近看才知道是什麼遊戲。

「暴打……前男友大作戰……」孟柔柔不用猜都知道，這絕對是孟婉婉弄來的東西。

她也聽過這遊戲，在她的女性朋友中相當受歡迎，可以將敵人角色全設成前男友的臉，盡情痛扁對方一頓。

孟柔柔不禁無語，她大概猜得出姪女的意圖是什麼了。

但猜出來對眼下情況並沒什麼幫助，孟柔柔抹了把臉，感覺雙肩沉甸甸的，全是孟婉婉爲她帶來的如山壓力。

不管在她來之前發生什麼事，能確定的就是遊戲出問題了。

車裡的六個人都醒不過來。

孟柔柔繞到另一邊車門，不死心地呼喚著車內同事，「小米、小米。」

小米的臉埋在莉莉絲的肩頭，一點反應也沒有。

孟柔柔推晃起小米的肩膀，一陣搖晃沒有把人叫醒，反而搖掉了那頂報童帽。

帽子一掉下，收在裡面的頭髮霎時如黑瀑滑落，披散在肩頭，反射著黑潤的光澤，彷彿最高級的墨色綢緞。

孟柔柔訝然，要不是記掛著事態緊急，她早就忍不住上前摸一把了。

沒想到小米還是一名精緻男孩，把頭髮保養得這麼好。

孟柔柔視線下移，隨後如遭凍結。她用力眨了幾次眼，發現不是錯覺。

小米的體格……真的縮水了!?

就像一顆洩氣的皮球，外套變得寬鬆，本該支撐布料的鼓囊囊肌肉平空消失。

長髮加上變得纖弱的體型，如今的小米看起來更像是……

一名女孩子。

孟柔柔覺得事情越來越不對勁了。

假如眞的是正常代班，爲什麼要僞裝性別，把自己弄成另一個模樣？

小米在隱瞞什麼？

她眞的叫小米嗎？

楊先生到底知不知道幫他代班的是什麼人？

她和孟婉婉……該不會私下合作密謀這場綁架案!?

當孟柔柔將人整個扳過來，撞入眼內的那張臉蛋，讓她不只心涼，她覺得她整個人恐怕都要涼了。

城城城城……

隍隍隍隍……

啊啊啊啊！

孟婉婉那個死丫頭，竟然連城隍大人都拖下水了！

時間回到二十分鐘前。

成功頂替姑姑身分的孟婉婉如釋重負，手握方向盤，暗中從後照鏡觀察後座的一群人。

把自己裹得嚴實、還戴著帽子的，應該就是姑姑提到的翻譯，記得是姓楊。

孟婉婉的視線不受控地逗留在粉色長髮少女身上，那張明艷至極的面容充滿強勢的侵略性，碧色眼瞳有如綠寶石般明亮。

孟婉婉酸溜溜地想，真是太便宜羅言了，居然能交到這麼漂亮的女朋友。

至於另外三名男性……

孟婉婉藉著調整後照鏡，讓鏡面照出三人身影，看著三位各有千秋的帥哥，她頓時產生濃濃的疑惑。

根據群裡的消息，和莉莉絲同行的是她的家人，而且還要與羅言互見家長。

所以……

誰是哥哥？誰是爸爸？

三個怎麼看都是男的，難道不是父母……而是父父嗎!?

冷不防對上鏡中一雙冷漠看過來的鮮紅眼睛，孟婉婉一個激靈，趕忙收回偷窺的目光，把注意力放回前方路況。

後座一行人都很安靜，連翻譯也沒開口說話，孟婉婉覺得有些奇怪，但也不打算了解。

她壓低聲音，模仿著孟柔柔說話的語氣，「正好碰上人界的尖峰時間，路上可能會稍微塞車，你們要不要先玩一下遊戲？」

「遊戲？」這個詞顯然挑起了莉莉絲的注意力，瞥了一眼過來。

孟柔柔驚訝對方原來能說一口標準的中文，接著心裡更鬱悶了。

羅言到底是走什麼好狗運？憑什麼他能那麼快交到會為他學中文的超正女朋友！

孟婉婉趁車潮眾多，車速被迫減慢之際，抽空從副駕駛座上拿起提袋，遞給後面。

「遊戲機和卡帶都在裡面。」她盡量保持語調平穩，「可以多人一起玩。這是新型遊戲機，不用接螢幕，按下電源，握緊遊戲手把，同時再按下紅色按扭，就能開始，把它想成全息遊戲就好。」

「唔，聽起來挺有意思的……」莉莉絲一副散漫的語氣，「是哪種類型的遊戲？」

卡帶的貼紙被孟婉婉用別的貼紙覆蓋過去，看不出原來的遊戲名稱。

「暴……是種能讓人感受到暴風雨般刺激的戰鬥遊戲！」孟婉婉及時改口，「隨時可以退出遊戲，會有遊戲面板讓人選擇。」

「戰鬥嗎？也不是不行，就玩一下吧。」莉莉絲從紙袋翻出遊戲機，按人數將遊戲手把連接上去。

孟婉婉從後照鏡望見連翻譯也拿了一個手把，她一愣，沒想到翻譯會如此盡責地陪玩，不過這也正合她的心意。

「等等是按這個紅色按鈕嗎？」

「拉格斐，你待會可別拖後腿。」

「呵，這句話我還給妳。」

「白蛇你比起遊戲更想睡吧，可以不用勉強自己。」

「隔壁的才應該滾出我們一A的圈子。」

孟婉婉豎起耳朵，努力地聽著後面對話，越聽越驚訝。

這群外國人竟然都能說一口流利的中文，只是那個一A……不知道是什麼意思，是什麼西方術語嗎？

覷見眾人紛紛握住遊戲手把，孟婉婉一顆心緊張地吊起，連忙轉回視線，就怕看得太頻繁被人察覺她的異樣。

後座很快就沒了聲音。

這時孟婉婉從鏡裡一看，再也繃不住喜悅的笑容。

坐在後座的五個人握緊手把，雙眼緊閉，全體都沒了意識。

「好耶！」孟婉婉歡呼一聲，用力踩下油門，全速開往直達地府的特殊通道。

當金色日光消隱，天空轉瞬被濃闃的黑夜取代，孟婉婉的車已穩穩地開在地府道路上。

接下來她只要前往一處安全又沒人的地方把車停下，把人丟著，趕緊逃離現場。

依姑姑的速度，說不定很快就會找來了。

不過到時也無所謂了，羅言的新女友肯定會因爲遊戲而對他好感度大降，要是能反射性給羅言一拳就更好了。

將車開到事先調查過的地點，孟婉婉停好車，迅速下車。

保險起見，她打開後車門，再次確認眾人的狀況。當她的視線滑過把臉遮住大半的翻譯時，鬼使神差下，她擋不住好奇心地伸出手，先摘下對方的眼鏡。

好像……有一咪咪眼熟？

不確定，再看看。

孟婉婉把口罩也揭了下來，當她看清那張先前被藏起的臉，她手指僵在半空，整個人如遭雷擊。

誰來告訴她……爲什麼翻譯會長得跟城隍大人一模一樣！

孟婉婉簡直想捧著臉慘叫。

再想到有消息說城隍因在西方發生一些意外，提前返回地府，如今還在靜養中，孟婉婉臉上的血色褪得一乾二淨。

靜養的意思就是城隍大人的身體還沒好轉對吧。

萬一……萬一她在遊戲裡出什麼差錯，城隍府的將軍們絕對會抓狂的！

孟婉婉用最快的速度從紙袋裡再拿出一個遊戲手把，接上遊戲機，按下紅色按鈕。

城隍大人等等我，我這就來找妳了！

十六 幽水

車子突然顛簸，讓艾草一震，猛地睜開眼。

從窗外倏地射進的刺眼光線讓艾草又反射性閉上眼，等她再張開，注意到外頭仍是明亮的天色。

公路上的風景與車輛快速地倒退著，糊成一團模糊的色塊。

他們這是……還在人界？

她記得她去機場接莉莉絲他們，然後上車……然後……

艾草下意識往雙手看去，掌心空蕩蕩的，什麼也沒有，甚至她也不明白自己爲什麼要做出這個動作。

她怔怔地盯著前排座椅的椅背半晌，半停擺的思路終於成功運行，她發現自己靠在莉莉絲的肩頭上睡著了。

而莉莉絲也閉著眼，像羽扇般濃密的睫毛在眼下落下淡淡的陰影，淡化了她平時鋒利的侵略性。

艾草小心翼翼撐起身子，轉頭一看。

嗯，不只莉莉絲，大家都睡著了。

白蛇冷白的膚色讓他看起來像座冷冰冰的雕像，拉格斐即便在睡夢中依然擰著眉。珠夏坐得直挺挺的，就連睡覺時都姿態端正，簡直像用尺量過。旁邊的莉莉絲突然發出一聲含糊的囈語。

「唔嗯……」

緊接著莉莉絲睜眼，她直起睡得下滑的身軀，看看窗外，車窗倒映出她挑眉疑惑的臉。還沒到嗎？總覺得好像睡了挺長的時間了……

繼莉莉絲醒來，其餘人也接二連三地張開眼睛。

「到了嗎？」拉格斐望著車外風景，不確定地問道。

「還……」艾草剛開口，就察覺自己聲音聽起來悶悶的。她眨眨眼，慢好幾拍地感覺臉上有東西。她下意識往臉上摸去，摸到眼鏡及口罩。

「小米粒，怎麼了？」莉莉絲問道。

艾草扭過頭，瞧見莉莉絲那張飽含關心的華艷面容，隨即又聽到細微的嘶嘶聲，低頭一看，一條雪白小蛇不知何時爬到她的膝蓋上。

與艾草對上眼，小蛇宛如受到鼓勵地昂起腦袋，身子更是一扭，從她的膝蓋流暢地爬到她的手臂上。

在小蛇殷紅的舌頭即將舔上艾草下巴之際，一隻褐色大掌猝不及防地從後探出。蛇信舔上了珠夏的手背。

拉格斐幸災樂禍地目擊白蛇的臉部肌肉出現抽搐。

小蛇則毫不掩飾它的震驚和崩潰，紅眼睛瞪得大大的，下一秒蛇身一軟，整條蛇像承受不了打擊地滾下。

中途便化爲繃帶，消失得無影無蹤。

被蛇舔一口的珠夏則穩重得很，一張輪廓深邃的臉沒有太多情緒起伏。

「艾草，怎麼了嗎？」珠夏把莉莉絲問過的話再重複一次。

莉莉絲白了他一眼，覺得這人抄襲她的話。

「吾沒事。」艾草摘下口罩和眼鏡，「吾只是一時忘了臉上有東西……」

說到一半，艾草出神幾秒，想不起自己怎麼會戴這些，彷彿刻意偽裝。

去接莉莉絲他們到地府，自己沒理由要偽裝，迎接朋友壓根不須要躲躲藏藏。

除非……

艾草恍然大悟，除非自己是要給莉莉絲他們驚喜，才會包得全副武裝。

「居然連這都能忘記？」莉莉絲噗哧一笑，「妳忘啦，妳太可愛，去機場接機容易引起騷動，當然得包緊緊才行。」

「嗯。」珠夏鄭重點頭。

拉格斐想附和，但嘴唇像黏住，贊同的話就是擠不出來，讓他微惱地漲紅臉。

艾草想了想，覺得還是自己的理由更可信。

就在這時，前頭傳來司機的說話聲。

「各位尊貴的客人，幽水就快到了，我們特地準備了好玩的遊戲活動，屆時現場會有工作人員指引，祝你們玩得愉快。」

對了，遊戲！

霎時霧氣散去，記憶從四面八方回籠。艾草想起來了，爲了歡迎莉莉絲等人來地府，作爲東道主，他們籌劃了一場遊戲活動。

地點就在幽水鎮。

那是地府著名的觀光景點，正好在返回城隍府的路上。幽水保留著古鎮風情，是一座古色古香的水上小鎮。

車子驟然提速，毫不猶豫地撞向前方的鐵絲網。

「瘋了嗎！」拉格斐驚叫一聲，差點召出軍刀，好強行阻止司機的瘋狂舉動。但瞥見艾草表情沉靜，他霍然反應過來，想必這就是通往地府的入口。

說時遲、那時快，車頭撞上比人還高的鐵絲網，但預期中的撞擊力道並沒有到來。

相反地，車子毫無窒礙地一路向前，周圍景象如水面漣漪一圈圈地擴散。

隨著車身完全通過鐵絲網，一行人進入了截然不同的世界。

前一瞬還是陽光高照的天空，此時成了濃稠的夜色，好似冷不防從白晝跨進了夜晚。

遠從賽米絲學園而來的眾人忍不住驚訝地看著窗外景色。

此地的黑夜沒有星子，亦沒有月亮，高空遍布點點幽碧碎光，像是虛幻的流螢飛舞。

他們依舊在公路上，道路兩側的護欄外盛長著大片大片的彼岸花。

細長花瓣如骨感手指高高舉起，一簇又一簇地向前連綿，既似亡者瀕死前雙手不甘地抓撓，又像灼灼火海爛漫。

赤紅的色澤艷麗又奪目，看久了彷彿會灼傷眼睛。

公路旁林立的路燈由一串串大紅燈籠組成，幽暗的紅焰在燈籠裡搖曳，於黑暗中散發著詭異的光芒。

更遠處能望見樓房林立，璀璨的霓虹燈與鬼火交織閃爍，形成一座座不夜城。

莉莉絲等人皆是首次望見這般奇特的光景，饒是穩重如珠夏，或是淡漠如白蛇，目光也難以從車窗外移開。

「歡迎來到——地府。」艾草唇角揚起，開心於自己的家鄉能讓朋友們看得目不轉睛。

對於身爲惡魔的莉莉絲和珠夏來說，由黑暗與血紅組成的地府讓他們格外有熟悉感。

西方地獄也是類似光景，只不過更加狂野奔放，不似東方地府有種內斂的古典美。

這種相似令他們心頭浮起愉悅，和別人比起來，他們與艾草果然更加親近。

莉莉絲毫不掩飾眉眼間的得意，挑釁地朝拉格斐投了一眼過去，用嘴形無聲地說：惡魔才更適合小米粒。

拉格斐冷著臉，回予一記不屑的眼刀，對莉莉絲的挑釁嗤之以鼻。

什麼叫惡魔適合？拜託，既然在黑漆漆的地方待久了，小不點肯定對閃亮雪白的存在更嚮往。

沒錯，就是天使！

尤其是金髮藍眼、白色羽翼，從頭到腳都象徵著光明的天使。

拉格斐的臉忽地紅了紅……嗯，就例如自己。

莉莉絲本以爲會收到拉格斐的第二記眼刀，結果對方莫名其妙紅了臉，她頓時雞皮疙瘩爬滿身，打了個寒顫。

這傢伙腦袋是壞掉了吧，待會一定要想辦法把他跟小米粒隔開。

至於白蛇，他欣賞一陣子窗外的景色後，白色的腦袋不知不覺地垂下，像小雞啄米般一點一點，一隻腳好似又重新踏入睡夢，整個人處於半睡半醒狀態。

對天使與惡魔間的硝煙渾然未覺。

也可以說一點也沒放在心上。

但是當莉莉絲收回砍向拉格斐的視線，便發現艾草膝上不知何時又趴著一隻小蛇。

小巧的蛇類將臉貼在艾草併攏的大腿上，彷彿正大光明享受她的膝枕。

莉莉絲磨著牙，暗暗大罵白蛇這個陰險陰暗的王八蛋。

偏偏艾草對小動物格外縱容，小蛇自然也在名單內。要是她在明面上出手，說不定會被當成欺負小動物。

嘖，就知道一身白的都不是什麼好東西！

白蛇是，拉格斐也是，當然前者的可恨程度遠勝後者。

「你們看，那邊有座很大很大的石門。」

艾草看上去像力持穩重地指著左邊遠側，可眉宇和眼角都藏不起興奮飛揚的神采。

「那邊就是酆都，地府的中央地區，吾的城隍府便是在那，莉莉絲你們也會跟吾一起住在那。然後另一邊，現在看不到，但那邊過去就是一號忘川。忘川上有一座橋，名爲『奈河』。要投胎轉世的亡者都必須排隊過奈河橋，喝了孟婆湯才能進入輪迴。」

艾草的話難得變多，就連情緒也變得鮮活不已。

不得不說，莉莉絲他們還是初次見到如此亢奮的艾草，雖說那張瓷白的臉沒流露太多波動，但那雙耀如繁星的眼眸已說明一切。

這副模樣的黑髮少女看在莉莉絲他們眼裡，只覺格外新奇，恨不得雙眼都黏在她身上，但又好奇對方說的奇特風景，一對眼睛大感忙不過來。

莉莉絲咂下舌，忽然有點羨慕地獄三頭犬了，人家有三顆腦袋，可以同時做不同的事。

白蛇還在低頭打盹，但本來趴在艾草膝上的小蛇倒是敏捷地遊走，一下就攀到她的肩上，紅艷艷的眼珠噙著好奇望向窗外。

「孟婆湯是什麼？」珠夏不解地問。

「喝了會忘卻前塵往事的湯。」艾草一本正經地解釋道：「新生的靈魂會擁有一段全新的人生。此湯由孟婆熬煮，因而被稱爲『孟婆湯』。『孟婆』是一個職稱，皆由女性擔任，像是這回接送吾等的司機，孟柔柔小姐……」

她話聲一頓，不自覺地看向前方。

聽見後方的談話，司機回過頭來，禮貌地朝艾草他們一笑。

那是張女性的臉孔，五官偏細，膚色特別白，盯久了，彷彿會產生看見一張白紙的錯覺。

那不是孟柔柔。

艾草恍惚一瞬，驟然又想起來。

喔，對了，孟柔柔臨時有事……回程換了一位司機……

「小米粒？」莉莉絲伸手在艾草眼前揮揮，「前面有什麼嗎？」不然怎麼雙眼發直地看著前方。

「不，沒什麼……」艾草搖搖頭，「是吾想多了。」

「妳醒來後似乎有點心神不寧。」白蛇抬起頭，掀開眼皮，如紅寶石般冷峻的眼瞳直勾勾地盯住艾草，「妳身體其實還沒全好對吧。」

「什麼？冷血的說的是眞的嗎？」莉莉絲馬上也犀利地盯著艾草，不容她閃避。

「吾眞的好了。」艾草對此倒是沒有半點心虛，想了想，她一板一眼地說道：「吾覺得……更可能是吾終於再見到你們，太過歡喜才會一時心神不定。」

面對如此眞摯的發言，西方四人瞬間體會到何謂直擊心臟的力量。

太、太犯規了！拉格斐捂著胸口，傳遞到掌心的心跳無比紊亂。

珠夏表面鎮靜，但耳根子發燙。

莉莉絲大叫一聲，用力抱住艾草，將她的腦袋直往自己胸前按，渾然未覺艾草呼吸受阻，試圖掙扎。

「她要被妳悶死了。」白蛇指尖一動，兩條繃帶疾射而出，捲住莉莉絲的手臂，一把拉開。

莉莉絲不悅地擰起眉，正欲厲瞪向白蛇一眼，就見到艾草臉色微白，直直喘氣的模樣。

「小米粒，妳沒事吧！」她心頭一驚。

「妳前面累贅不要那麼大，她就會沒事。」白蛇涼薄地說。

拉格斐和珠夏都聽出白蛇的言下之意，明智地不發表任何意見。

「什麼叫我前面的……」莉莉絲慢半拍意會過來，她低頭看看自己的胸，再看看艾草，隨即惱羞成怒地瞪向白蛇，「冷血的，你不會說話就別長嘴巴！」

艾草望了眼莉莉絲胸前，再望向自己的胸，心中浮上一抹淡淡的憂傷，她接著堅強地說道：「吾沒事，吾真的……一點也不在意……」

莉莉絲憐惜地摸摸艾草的頭，尾音都發顫了，還說不在意。

沒想到回來地府一段時間，都沒能把小米粒養得更好，看樣子還得由她來才行。包准把人養得跟自己一樣，擁有完美的線條！

你一言、我一語中，車子漸漸駛近了目的地——幽水鎮。

初聞幽水鎮幾個字，莉莉絲他們還以為是尋常城鎮。當車子停下，呈現在他們面前的赫然是一座東方氣息濃厚的水鄉古鎮。

一座大型石碑上，以蒼勁的筆跡寫下「幽水」二字。

遙望過去，屋舍是整齊的白牆黑瓦，路面以方正的青石板鋪成，大多數屋子臨河而建。

河水蜿蜒，徐徐流淌，河面橫立著一座又一座拱形石橋；青青垂柳栽立河岸邊，河中還有小船悠哉前行。

無數紅燈籠沿路垂掛在半空，好似紅龍曲折蔓延，直沒深處。

只是燈籠裡燃動的是幽冥青焰，綠光爍爍；高空盤踞著大量黑氣，它們偶爾會翻湧一下，宛如睡久了起來舒展身體的黑蛇。

在鬼火和黑氣環繞下，幽水鎮可說是相當符合地府的陰森風格了。

對來自西方的幾人來說，完全是大開眼界。

莉莉絲忍住差點脫口而出的驚歎聲，她可不想在艾草面前顯得很沒見識，但看得目不轉睛的模樣已經洩露了她的情緒。

其他人亦如此。

艾草瞥見朋友們的神情，腰不自覺挺得更直，對於家鄉能令他們讚歎感到無比自豪。

待艾草他們下車後，司機便將車子開去停車場，說明自己會留在外面。

前方已有人等候他們到來。

乍見到工作人員那張白如紙的臉，幾人還以爲是離開的司機瞬移出現。

不過再一觀，就發現對方是名年輕男性。

工作人員的頭上戴著一個兔耳髮箍，笑咪咪地帶領眾人進入。

等走進鎮內，才發現這裡的工作人員好似都有一張通用臉。

皆是膚白如紙，五官細小，遠看還以爲是紙人。

「小米粒，你們這裡的人……」莉莉絲不免有幾分狐疑，「都是這長相？」

不然怎麼司機是這樣，工作人員ＡＢＣＤ……也是這樣。

如此看來，艾草簡直是得天獨厚了。

莉莉絲頓時慶幸地摟住艾草，「還好妳不長這樣，妳最可愛了！」

珠夏有理有據地反駁，「我想這只是少數，艾草的下屬們就非如此，但是我同意妳的最後一句。」

「也許，是一家子親戚一起來這當工作人員？」艾草對此也不是很清楚，活動與地點都是閻王殿那邊事先安排的。

但好在還是有辦法分辨出各位工作人員。

他們都戴著不同的動物耳朵髮箍，有小貓、小狗、兔子、小熊等等。

髮箍很可愛，只是配上那張白紙似的臉，反倒呈現詭異感。

工作人員先發給大夥各一張傳單。

「歡迎諸位尊貴的客人來到幽水鎮，現在這裡正舉辦一場尋寶比賽，只要完成任務，就能獲得大獎。」

傳單上面寫著這次活動的故事背景設定。

幽水鎮曾有惡鬼肆虐爲惡，惡鬼名爲[redacted]前男友，後集結多方之力，才將它成功封印。只是用來鎮壓它的封印之物日前遭人偷走，被分爲多塊，散落各處，惡鬼也因而成功逃竄。

惡鬼發誓，要替這小鎮再帶來混亂，唯有及時尋回封印之物，才能在惡鬼捲土重來時將它再次封印。

「這裡爲什麼塗黑？」看完故事介紹，拉格斐大皺眉頭，提出質問，「還有前男友……這什麼莫名其妙的鬼名字？」

「塗黑是代表惡鬼的全名也被它奪走了。」工作人員回答，「只有重新封印惡鬼，才會顯現它的全名，代表它再也無法出來作惡。」

「既然被偷走了，又是如何得知它被四分五裂？」珠夏第二個發問。

「因爲故事是這樣設定的。」工作人員用這句話說明一切。

「封印之物，是何物？」艾草問道。

工作人員沒有馬上回答，而是拿出一個籤筒，「尊貴的客人，要請你們先抽籤了。」

想著是地府特地安排的娛樂活動，莉莉絲他們也沒遲疑，紛紛抽出一支籤。

艾草等大家都抽完，才拿起最後一支，「吾的籤，畫了個圈圈。」

「我的什麼也沒。」莉莉絲亮出自己的籤。

拉格斐他們的也是，他們不解這些籤有什麼意義。

工作人員為他們解答，「恭喜抽到籤上有圈圈的客人，妳是隊長亦是尋寶人，要負責找回失散的封印之物。」

「吾負責找回？」艾草訝然地指著自己，「那莉莉絲他們……」

「他們，自然是扮演被找回的封印之物了。還請四位尊貴的客人做好準備，活動即將開始。五、四、三、二、一——」

倒數剛結束，天空數道黑氣猝不及防地俯衝而下，包圍住莉莉絲等人，頃刻間他們原地消失。

艾草一凜，不待她嚴厲逼問工作人員，後者已塞了一張小卡及一個白色兔耳髮箍至她手中。

「還請尋寶人趕緊尋寶，否則當燈籠裡的火焰轉變為白色，惡鬼就會現世，任務也會失敗，只能領取安慰獎而已。」

意識到四人消失只是遊戲的一環，艾草繃緊的身子頓時放鬆。她看著手上的小卡，發現是一張有五個圓圈圈的集章卡。

「只要找到一個封印之物，就能請對方蓋一個章。」工作人員解說，「集滿五個，任務就圓滿達成，便能獲得大獎。園區裡有戴動物耳朵髮箍的都是工作人員，只不過唯有特殊NPC才會給出任務提示，每位工作人員的髮箍花色不會重複。那麼，就請尊貴的客人自行尋找了。」

確認工作人員沒有其他補充，艾草點點頭，立刻往小鎮裡跑。

她輕盈地避開路上遊客，目光巡視，尋找頭上戴有動物髮箍的身影。

沒過多久，她就在前方石橋上找到一位戴熊耳朵的。

艾草三步併作兩步竄至橋上，袍袖一揮，攔住對方欲往下走的腳步。

「不好意思，吾有事想要請教。」

回過頭來的還是一張白紙般的面容，他搖搖頭，用態度表明艾草找錯對象了。

他不是會提供線索的特殊NPC。

艾草也不氣餒，繼續在鎮上四處搜尋。

她跑過巷弄，跑過石橋，倏地發現河中小船上有人戴著動物髮箍。正當她要快步跑過去時，後方傳來氣喘吁吁的呼喊。

「等、等一下！請等一下！前面那位穿著紅黑色衣服的尊貴客人，請您等一下！」

艾草腳步一頓，紅黑色正是她身上衣飾的顏色。

後方「噠噠噠」的奔跑聲接近，隨即一名戴著黑白貓耳髮箍的女性跑到她面前。

依然是一張白紙臉，可比起其他工作人員，卻無端生動鮮活許多。

「妳是特殊NPC嗎？」艾草問道。

「是的、是的！」貓耳女人熱切點頭，「我剛看到您沉魚落雁、閉月羞花的背影，就認出您是那位尊貴無比的客人了。正面一看，更是閃閃發亮，您的容貌簡直如寶石般熠熠生輝！」

「吾沒發光。」被人如此大力稱讚，艾草不免有絲害羞，「魚和雁也不會因吾掉下來。」

「那是那些魚跟雁沒眼光！」貓耳女斬釘截鐵地說，接著想起正事，「我是來為客人提供線索的。藏有封印之物的地方會有一個記號。從這裡數過去的第四座石橋右側，往前再數四條巷弄，進去裡面就可以找到第一個目的地。當您成功蓋完一個章，就會出現線索……」

貓耳女人一副還想透露更多的樣子，只是隨即有另一位狐耳髮箍的工作人員過來，不停地朝她使眼色，似乎是要她別再主動透露了。

貓耳女人只得遺憾地吞下來到嘴邊的話，她揮揮手，向艾草道別。

「尊貴的客人，我一次沒辦法說太多。下個任務要是碰到困難可以再來找我，我會在第一座石橋附近徘徊！」

有了貓耳女人指路，艾草總算知道下一步該往哪邊走。

走到第四座石橋，再往它的右側往前走，經過三條巷弄，來到第四條，她順勢拐進去。

小巷兩側被白牆夾繞，高處也掛滿紅燈籠。青焰搖曳，艾草映在地面的影子也跟著晃動，恍惚間好似有多條黑影環繞在周邊，爲這條狹窄巷弄增添一絲詭譎。

艾草起初還擔心自己會漏掉集章記號的存在，直到她看見了巷裡的一間屋舍，閉闔的門板上畫著大大的圓圈。

就跟集章卡的圖案一模一樣。

「啊。」艾草輕輕地低呼一聲，沒想到記號如此明顯。

她上前敲了敲門，門內無回應，可緊閉的門板卻突地朝內打開，露出屋內景象。

裡頭家徒四壁，不見家具，唯獨最深處倒著一抹白影。

那抹白色看上去異常沒有活力，即便用「死氣沉沉」來形容也不爲過。

是缺乏生命力的蒼白。

也是艾草記憶中專屬於某個人的色彩。

「白蛇！」她想也不想地脫口喊出那個名字。

白影沒有動靜。

艾草忍不住生起一絲擔心，匆匆往白蛇跑去。然而才剛跑幾步，眼前猝然紅光一閃，她警覺地往後退一步。

下一剎那，原先空無一物的前方地面，竟平空出現多鼎巨大油鍋。

鍋下燃著熊熊烈火，巨鍋裡熱油滾燙，噗嚕噗嚕地作響。

此時從屋外湧進幾道黑氣，在空中組成一排字體。

請想辦法讓火熄滅，否則鍋裡的油將會滾溢出來，化成黏乎乎的液體，把尊貴的客人黏住不放。

從提示來看，油鍋不具有眞正的危險。愼重起見，艾草還伸手往前一探，果然沒感受到絲毫熱度。

這些油鍋對艾草而言格外眼熟，似乎在哪看過。當她視線觸及鍋下的自動化火爐，上面的花紋給了她靈感。

她想起來了，這跟油鍋地獄的舊式火爐是同款。

那批火爐被發現有瑕疵，很快全體回收了。

聽著油鍋裡噗嚕噗嚕地冒泡，艾草蹲在火爐前觀察，沒多久便找到記憶中的瑕疵處。

她一隻袍袖快如雷電地甩出，精準擊向某個角度，接著另隻紅黑袖子打中爐面另一點。

噗咻噗咻，前一刻還氣勢洶洶的的大火，轉瞬熄得連火花也不剩。

失去火焰加熱，巨鍋裡的油不再滾冒，甚至逐漸轉爲虛影，最終完全消散……

沒了油鍋阻隔，艾草成功來到白蛇身邊。

「白蛇、白蛇！」

這次那抹白色動了動，下一剎那翻轉過來，露出藏在陰影中的面貌。

蒼白俊美的少年揉揉眼睛，打了呵欠，從躺姿變爲站姿，頭頂是一雙毛毛的白色貓耳。

再仔細一看，就會發現原來頭上是戴著貓耳髮箍。

「不是貓貓……」艾草有絲遺憾地說。

隨後她又驚覺白蛇與平時不太一樣，不是指他戴著貓耳髮箍，而是他的外貌和體型都縮水了……

「變小了？」艾草把手伸到白蛇頭頂，再水平移到自己的腰間，白蛇只有這麼高，「吾是姊姊了？」

白蛇對自己變小的模樣毫不在乎，對艾草自稱「姊姊」一事也沒意見。他歪了歪頭，乾脆地朝她伸出雙手。

「那，抱。」

姊姊抱弟弟，合情合理對吧。

艾草頓時感到滿滿的責任感和被依賴感，二話不說托住白蛇的腋下，將人一把抱起。

也許是種族的關係，白蛇很懂什麼叫打蛇隨棍上，他自動自發地調整姿勢，把頭倚在艾草頸側。

涼冷的吐息狀似不經意地輕輕吹拂過少女白皙的頸子。

艾草對頸間細微的氣流毫無反應，地府的空氣總這麼冷冰冰的。她回憶著地府已婚職員抱小孩的動作，稍微動了動手臂，將白蛇再托高一點，以免他滑下。

白蛇的注意力落在艾草的兔耳髮箍，「妳的是兔耳。兔子挺不錯，蛇也喜歡吃兔子。」

「吾不能吃。」艾草義正詞嚴地說。

「不吃，可以摸嗎？」

白蛇嘴上詢問，脖子皮膚底下已經鑽出一條小蛇。小蛇迅雷不及掩耳地竄向艾草頭頂，但沒控制好力道，反倒把那對兔耳朵撞掉了。

像要彌補自己的失誤，白色小蛇忙不迭地竄至地面，叼起髮箍，再呼喚出另一個同伴。雙蛇合力，一同笨拙地替艾草重新戴好髮箍。

「好棒、好棒。」艾草不吝惜地誇獎，她現在可是姊姊了。

白蛇掀下眼皮，淡淡地瞥了兩隻雙頰泛上紅暈的小蛇，低低地哼了一聲。

……沒出息。

全然忽視了小蛇就是他自個兒化身的一部分。

十七 尋找封印之物

抱著外表年紀和體型都縮水的小白蛇，艾草剛跨出屋子大門，驀然想起一件事。

要蓋章！

「白蛇有印章嗎？吾必須集到章才行。」

看著艾草另一隻手亮出的集章卡，白蛇往口袋摸了摸，但摸遍口袋都沒找到任何一個能跟印章畫上等號的東西。

他正欲說沒有，突然目光一凝，落在自己的手背上。

那裡不知何時出現一個繁複奇異的圖紋。

「這個是章嗎？」白蛇舉起手，「原本沒有。」

艾草也不確定，「而且吾沒印泥，該如何蓋章才好？」

「試了就知道。」白蛇是行動派，接過集章卡，對準自己手背圖騰一按。

奇異之事發生了，白蛇手背上的圖騰還眞的轉印到集章卡上，成為一個灰色的章。

當白蛇的手挪開，灰色印章倏然又起變化。圖案重新排列組合，最後形成了在白蛇看來宛若是奇怪動物的文字。

艾草一眼就認出來了，圓圈裡是馬的小篆字體，她想起那名熱心的貓耳女人說過的話。

「您成功蓋完一個章，後續將會自動有線索浮現，爲您指路。」

「這是『馬』的東方古字。」艾草爲白蛇解釋，「吾碰到一個工作人員，說蓋完章就會自動出現線索。」

白蛇也領悟過來，「去找跟馬有關的東西。」

「走。」艾草抱著白蛇迅速穿梭在水鄉古鎮裡，偶爾分神望向掛在空中的紅燈籠，看見裡頭青焰仍持續燃燒才感到安心。

他們得在青色火焰變成白焰之前，收集完所有的章。

艾草希望能爲朋友們抱回大獎。

白蛇對於參與活動或是獎勵都不感興趣，但覷見艾草認眞努力的樣子，心中登時只剩下一個念頭。

想幫她達成願望。

況且這趟還能讓艾草抱著他跑，也不虧。

心念百轉間，白蛇無聲無息地放出多條小蛇遊走於鎮上，藉由它們來獲得更多消息。

在小蛇們的奮力奔走下，果眞爲他們帶回一條有用的情報。

幽水鎮的某座公園裡，有一座廢棄的旋轉木馬。原本是孩童們的最愛，但在惡鬼作祟後，再無人敢靠近。久之便荒廢了，也漸漸淡出孩童的記憶外。

等惡鬼被封印，這座旋轉木馬也被遺忘了。

在小蛇引路下，艾草他們成功找到那座旋轉木馬。

雖然在故事設定裡是被棄置了，但實際上旋轉木馬外觀保持完善，每匹白馬雪白如新。

而在旋轉木馬的亭蓋上，畫著一個大大的圓圈，就與艾草找到白蛇的那間屋子門上看見的一樣。

只是放眼望去，卻不見屬於同伴的身影。

當他們一走近，攀繞在周遭的彩燈倏地一串串發亮，悠揚的音樂隨之飄出，停佇在平台的木馬也開始慢慢轉動。

瞬時整座旋轉木馬像是活了過來。

盤踞在上空的幾道黑氣竄下，在艾草他們眼前拼出一段文字。

請搭乘旋轉木馬，坐滿五圈才能下來。假如中途摔下，尊貴的客人就會被馬兒黏答答的口水困住。

其中兩匹馬的背上自動出現馬鞍，還降下了高度，顯然是要艾草他們各乘一匹。

「白蛇行嗎？」面對尺寸縮水，變得小小的白蛇，艾草不自覺拿出姊姊照顧人的態度。

一般來說，男性是不會輕易說自己不行的。

但白蛇不一樣。

他微垂著雪白的眼睫毛，低頭看了腳尖一會兒，再慢慢抬起眼，素來漠然的紅瞳在面對艾草時，似乎蘊藏著千言萬語。

什麼都還沒說，又彷彿什麼都說了。

艾草被那一眼激起強烈的責任心，滿心都想著要好好地保護弱小無助的白蛇。

「跟吾一起，安全。」她只差沒拍著胸脯強調了，但隨後又爲難地瞥向另一匹馬，「空著，不知道是否可行。」

白蛇自有一套解決辦法，轉眼間大量冷白色繃帶出現，重重纏繞，形成一個人形。

他讓人形繃帶代替自己坐上另一匹馬，自己則跟著艾草乘同一匹。

雖然參與活動很無聊，但把自己變小，能受到艾草呵護倒是意外之喜。

感受著艾草把自己圈在懷抱裡，白蛇心安理得地往後靠，鼻間是淡淡的幽靜香氣環繞。

木馬重新升高，繞著平台開始跑動，燈串的光芒閃耀得越發燦爛。

不料還不到半圈，先前可愛溫馴的木馬竟模樣大變——體型拔高變壯，漆黑的毛皮覆蓋全身，外表變得猙獰凶惡，鼻腔噴出青色碎焰。

旋轉速度驟然加劇，就連黑馬都開始出現劇烈的顛簸、躍動，發狂地要甩下背上的人。

黑馬蠻力十足，假如換作他人，可能第一圈就被甩出去了。但艾草與白蛇卻不一樣，無論身下的馬匹如何作怪，他們始終坐得穩穩當當。

五圈的時間不算久，不到幾分鐘就結束了。

樂聲歇止，旋轉木馬也緩緩停下，黑馬縱使再有不甘，也只能變回溫馴的白馬姿態。

艾草率先下來，再將白蛇抱下。

「跟莉莉絲的技術相比，還是稍嫌不足。」艾草中肯地點評。

只要體驗過地獄君主之女堪稱狂暴恐怖的飛行方式，旋轉木馬頂多只能算是小兒科。

華麗的旋轉木馬就如第一關的油鍋，慢慢淡去形影，但在完全消散之前，它抖了抖，落下三個竹箱子。

三個箱子的尺寸不同，分為大、中、小。

大的格外巨大，比許多個艾草疊起來都還要高。

先前凝聚通關提示的黑氣改變形狀，變化出一行新的字。

請尊貴的客人帶走選中的箱子，離開公園才能打開。

艾草看看大中小三個竹箱，視線最後落在小箱子上面。她看過許多故事，裡面都教導人不該貪心。

艾草鄭重地說，「吾要選小……」

話都還沒說完，只到她腰間的人影已自顧自上前，不客氣地把三個箱子都拖走。

憑他的體型，自是拖不了第三個，他是利用繃帶一併帶上大箱子。

「白蛇。」艾草連忙想阻止，「不能貪心，吾看過很多類似故事，貪心會……」

「會得到全部一切。」白蛇抬起紅眸，理所當然地說，「妳看，現在三個箱子都是我們的了。」

「好……好像對又好像哪裡不對。」艾草一時找不出話反駁，「可是吾看的故事……」

「妳看的故事有惡鬼嗎？有旋轉木馬嗎？有我嗎？」白蛇接連反問道。

艾草下意識搖搖頭。

「那就不是妳看過的故事了。」白蛇說，「走吧，我不想浪費太多時間在這裡。」

白蛇一口氣帶走三個箱子，也不見任何阻撓出現，顯然這是被允許的。

見狀，艾草打算一手扛兩個，第三個大箱就得倚賴白蛇的繃帶了。

可惜她還沒來得及從白蛇手中搶過箱子，後者似乎已看穿她的念頭，乾脆再化出兩隻小蛇。

小蛇一落地，轉瞬壯大體型，變得有半人高。

兩隻蛇的蛇口一張，輕而易舉地叼起箱子，遊走在艾草他們前面。

待他們離開公園，大蛇便將竹箱子放至地面。

艾草好奇地先打開中箱，箱蓋很輕鬆地被打開，露出藏在箱裡的內容物。

艾草的瞳孔映出一頭艷麗的金紅交織長髮，頭上還戴著漸層色的貓耳髮箍。

「珠夏！」

體型縮水，如今變成少年模樣的原罪繼承人縮坐在箱內，雙手抱著膝蓋。在箱子被打開的同時仰高頭，帶有青稚之色的臉上浮著一絲懵懂，有如一隻乖巧聽話、等人領養的大貓貓。

「妳缺貓嗎？」珠夏嚴肅地說，視線直直落在艾草的兔耳朵上，「貓很好，但兔子現在看起來更好，妳可以當我的兔子，我可以當妳的貓。」

不等艾草回答，白蛇俐落地蓋上箱蓋。

「這隻貓有毛病，看下一隻吧。」

「咦？啊。」艾草順勢回頭，卻見到白色大蛇偷偷摸摸地遠去，嘴裡還叼起小箱子，一副想將它拎去丟掉的模樣。

「回來，不可以！」艾草趕緊制止大蛇，又板著臉對白蛇說道：「要管好你的蛇。」

「它私自行動不能算在我身上。」白蛇撇清關係。

「那些蛇都是你的分身，它們只會依循你的意志行動。」中箱被從內推開，珠夏站起來，揭穿白蛇的謊言。

「聽不懂你在貓叫什麼。」白蛇冷漠回視。

「我雖然有貓耳，但我並沒有喵喵叫，所以不是在貓叫。」珠夏微蹙眉頭，糾正白蛇的說法。

沒搭理陷入奇妙爭辯的兩人，艾草快步來到大蛇前，面對那顆湊過來、意圖討好的腦袋，她輕拍一下當作懲治。

「下次不可以。」

大蛇委委屈屈地蹭著她的掌心，還想把整個身體都貼上來。就在險些要把人壓倒前，水桶粗的身軀散逸，變回一截白色繃帶，被一隻蒼白的手拾起。

「沒壓扁吧。」白蛇將繃帶融回體內。

「吾沒有哪裡扁掉。」艾草低頭巡視一圈，「吾很確定。你們吵完了？」

「沒吵。」白蛇和珠夏異口同聲地說。

艾草給了兩人一記稱讚的目光，彎腰掀開小竹箱，然後獲得一隻臉色鐵青的迷你金髮天使。

拉格斐一臉不爽地坐在箱子內，稚嫩的包子臉微鼓，頭上戴著一個熊耳髮箍。

察覺頭頂上的遮蔽物消失，拉格斐即刻站起來，想朝白蛇射出最森寒鋒利的目光。

他在箱內可是聽得一清二楚，這傢伙竟然驅使分身想將他連人帶箱扔了！

只不過拉格斐就算站直，人還沒比箱子高，唯一可以看見的只有在箱前俯身的艾草。

「拉格斐好小。」艾草驚訝地低呼一聲。

「妳說誰小？」變成小小孩的拉格斐臉色瞬間由青轉紅，「我這只是……等等，小不點妳幹嘛？」

「吾比你高，不是小不點。」艾草壓制住拉格斐的掙扎，將人一把從箱內抱出，放至地上。

如果說白蛇只到艾草腰間，那麼拉格斐更迷你，只到她的大腿。

珠夏則是最大隻的，頭頂與艾草的胸平行。

三人正好是小小孩、小孩，以及少年。

環視他們一圈，艾草不禁生起一股驕傲之情。

全場還是她最高，她是大家的姊姊了。

「你們可以喊吾姊姊。」艾草正經八百地說。

白蛇閉口，珠夏垂眼盯著地面，兩人都選擇充耳不聞。

拉格斐的反應最劇烈，「我明明比妳大，誰要當妳弟！」

「但現在不管哪裡都小。」白蛇瞥來涼涼的一眼。

「嗯，很小。」珠夏加重語氣。

兩人心思一致，不應和艾草的話題，但對拉格斐則要採取不留情地打擊。

拉格斐凌厲的眼神幾乎化成刀，他磨著牙，從齒縫洩露陰惻惻的警告，「白蛇、珠夏，你們……」

要不是眼角餘光瞥見艾草，拉格斐發誓，他一定會好好讓這兩人明白，天界的髒話究竟有多少花樣。

將來到嘴邊的咒罵硬生生吞回去，拉格斐深吸一口氣，強迫自己冷靜下來。

比起一隻蛇、一隻惡魔，他堅信自己才是最能讓艾草依靠、信賴的對象。

連開兩個箱子，都抽出失散的同伴，艾草不免期待地望向最後一個大箱子。但接著兩條眉毛又忍不住皺起，這麼大一個箱子，倘若真的是裝莉莉絲……莉莉絲不會也變那麼大吧！

雖然遺憾可能當不了所有人的姊姊，但艾草更想快點見到自己的朋友。

竹箱格外龐大，艾草決定握拳敲敲，先嘗試性打聲招呼。

「莉莉絲，妳在裡面嗎？」

沒想到就在她拳頭碰上的瞬間，竹箱亮起白光，熾亮的光輝一下就把人吞沒其中。

「艾草！」

「小不點！」

珠夏他們大驚，正想不管不顧地上前，耀眼的白光又在頃刻間收攏，眨眼便消失殆盡。

艾草仍站在原地，神情怔然，但看起來毫髮無傷。

至於原本是大箱子的地方……

「上帝啊……」拉格斐張大嘴巴。

「呃！」珠夏罕見地發出深感錯愕的單音節。

「大到礙事。」白蛇的眉頭緊緊蹙起，「以後還是別一起組隊了。」

呆傻片刻，艾草總算找回聲音，替所有人總結。

「莉莉絲……好大啊！」

白光散逸，出現在眾人視野內的便是最後一位失散的同伴。

地獄君主之女，莉莉絲。

只是與集體縮水的三位男性截然不同，莉莉絲變大了。

她蜷坐在地上，體型和巨型竹箱一樣大，不難想像若是站起、完全舒展手腳，只怕能達到遮天蔽日的效果。

艾草腦中莫名浮現一段話——忽有龐然大物，拔山倒樹而來，蓋一莉莉絲也。

不對，現在不是想這個的時候！

她趕緊搖搖頭，拋開這不合時宜的想法。她仰望著莉莉絲，暗暗估算，這少說也要疊好多個自己，才能追上對方的身高。

與白蛇他們同樣，莉莉絲也戴著一個獸耳髮箍，是粉紅色的狐狸耳朵。

當艾草他們目瞪口呆看著莉莉絲，後者也驚詫地張大眼，瞳裡映出幾道無比迷你的身影。

「你們怎麼那麼小？」莉莉絲震驚地說，伸出一根手指放在艾草身邊，指尖和艾草的臉竟差不多大，「小米粒，妳這下真的是小米粒了。」

莉莉絲體型變得巨大，連帶說話聲音也變大，彷如自帶環繞音響效果。

「吾明明有變大的……」艾草喃喃地說，帶有一絲不自覺的惆悵，「莉莉絲，妳沒事吧？」

「本小姐沒事，好得很。」莉莉絲意識到自己聲量變大，這次開口便降低分貝，以免艾草感到難受。

「看得出來很好了，才會待在箱子裡出不來。」白蛇慢吞吞地說道。

「冷血的，你閉嘴！」莉莉絲凌厲的目光戳至白蛇臉上，緊接著她反應過來，頓時「哈」了一聲，「你這縮水可不只一點了，比小米粒還小。嘖嘖，本小姐該喊你什麼呢？」

「妳可以先思考比我小的該叫什麼。」白蛇直接轉移炮火。

拉格斐不禁神經緊繃，他可不想被莉莉絲大肆嘲笑。

出乎意料地，莉莉絲只是掃過來一眼，從鼻子裡發出輕哼，並沒有揪著拉格斐最矮小的體格嘲弄。

畢竟在莉莉絲心中，比起拉格斐，白蛇才是最讓人火大的存在。

嫌三名男性一點也不好看，莉莉絲把眼神轉回艾草身上。尤其是對方頭頂上那對兔耳朵，簡直可愛死了。

她控制不住地以雙手圈住人，恨不得從此能將人隨身帶著走。

忽然罩下的陰影讓艾草輕輕「呀」了一聲，下一瞬她感覺自己驟然上升，還能聽見拉格斐的驚喊。

「莉莉絲妳想幹嘛？」

等艾草重見天日，覆在頭頂上的手指鬆開，她這才發覺自己被莉莉絲捧至半空中。

「這樣近看就覺得小米粒更小啦。」莉莉絲咯笑著，「好想把妳放口袋裡面喔。」

艾草認眞地思索半晌，「但吾覺得……吾在莉莉絲的口袋可能會晃到暈車，暈車不好。」

「好吧，那可不行。」莉莉絲遺憾地嘆口氣，她可捨不得艾草感到難受。

瞥見掛在路邊的紅燈籠，艾草立即記起正事。

要蓋章！

「莉莉絲、拉格斐、珠夏，你們手背上有章嗎？」怕底下的人聽不見，艾草極力放大音量。

三人反射性地轉過手背一看，發現皮膚上不知何時竟多出奇異的圖紋。

「莉莉絲，先放吾下來，吾須要你們蓋章。」艾草亮出她的集章卡。

莉莉絲有絲可惜地把人放回地面，如果可以，她眞想一直捧著艾草不放。

拉格斐與珠夏將自己手背的圖騰印到集章卡上，圓圈裡接連出現兩枚印章。

莉莉絲看著那小得不得了的集章卡，再看看自己大得驚人的手，猶豫片刻，還是用指尖小心捏起卡片，試著貼上手背。

等她再拿開卡片，第四枚印章成功集得。

「第五個是小米粒要蓋的嗎？」她把集章卡還給艾草。

「吾是這麼認爲的，但是……」艾草原先是想著等收集完四個章，自己的手背應該也會浮現圖騰，這項尋寶任務就大功告成了。

五個圓圈，正好對應他們五個人。

但艾草看看至今仍潔白無瑕的手背，秀麗的眉毛逐漸往中靠攏，眉心間摺出小小痕跡。

「那個工作人員當時是怎麼說的？」拉格斐抱胸思索，「小不點是負責找東西的尋寶人，我們是四散的封印之物……既然如此，尋寶人確實不能算在內。」

「所以得去找第六人？那個人要從哪裡變出來？」見問題又回到原點，莉莉絲不耐地哼了一聲，「一開始明明就只有我們五個人玩遊戲。」

無中生人也不是這種生法。

「也許有什麼我們疏忽的提示。」珠夏話聲方落，就聽見艾草驚呼一聲。

「印章的圖案，變了！」

幾人反射性看向自己手背，緊接著反應過來，艾草指的是集章卡。

包括原本白蛇蓋下的那個篆體「馬」字，如今小卡上的印章通通都變成相同的圖案。

莉莉絲仗著自己體型最爲巨大，一低頭，搶先看到集章卡上的變化。

待莉莉絲看清楚那四枚印章的圖案，她愣然地脫口說道：

「貓咪……耳朵？」

集章卡的印章圖案集體變成了貓耳。

匪夷所思的變化讓眾人愣了愣，不明白這又是什麼意思。

「不是單純貓耳，貓耳下還連著一個半圓弧。」珠夏看得仔細，再聯想到大夥頭上戴的髮箍，立即猜出圖案給的提示，「是貓耳髮箍，還是黑白色的貓耳。」

「意思是要我們去找戴黑白貓耳髮箍的人？」拉格斐眉頭緊鎖，「這活動也太自相矛盾了吧。一開始說我們幾個是四散的封印之物，現在又突然加進一個人……」

「嚴格來說，那人也沒說只有我們幾人充當封印之物。」珠夏實事求是地說。

「反正都確定有第六人了，那第六人該如何找？」莉莉絲的視野沒被遮蔽太多，一眼就能把幽水鎮的景色納入大半，包括在街上、河邊、船上的人們，「本小姐先告訴你們，戴獸耳髮箍的人多得是，貓耳看上去也挺多。」

說到這裡，莉莉絲瞥了珠夏與白蛇一眼，從鼻間發出一聲冷哼。

這兩個也是貓，珠夏就算了，一隻蛇戴什麼貓耳啊！簡直傷了小米粒的眼睛！

「黑白色的貓耳……」艾草心念一動，猛然想起那位對她格外熱情友善的貓耳女人，「吾曾經碰到一個。」

「那不代表沒有第二個。」白蛇淡淡地說。

眾人明白他的意思，獸耳髮箍那麼多，誰知道撞號的會有多少個。

艾草卻是眼睛驟亮，「不，只有一個。」

「什麼？」莉莉絲訝然地問，「小米粒妳確定？」

「吾確定。」艾草嚴肅地點點頭，「這裡的髮箍花色沒有重複，黑白色貓耳也只會有一個。貓耳小姐曾告訴過我，假如後面的任務碰到困難，可以去第一座石橋那邊找她。」

「那還等什麼？」莉莉絲小心翼翼地再捧起艾草，放至肩頭上，繼而傲慢地俯視著地面上三名男性，心裡有剎那間的蠢蠢欲動。

憑她眼下的體型，可以達成一腳踩扁三個討厭鬼的願望。

可惜……莉莉絲瞄了艾草一眼，惋惜地打消這個念頭。

「看在小米粒的面子上，勉強搭載你們一回吧。」莉莉絲粗魯地抓起三人，把他們與艾草放一起。

下一瞬她張開背後的闃黑雙翼，翅膀一拍振，全速朝著目的地飛行，大片陰影蓋在地面，彷如烏雲飛快掃蕩過去。

在莉莉絲縱身竄至高空的那一瞬，白蛇召出多條雪白繃帶，迅雷不及掩耳地纏住自己以及艾草。

他考慮幾秒，還是把繃帶也繞在拉格斐和珠夏身上。要是這兩人掉下去，還得花時間回去找他們，太不划算了。

對於纏勒住自己的繃帶，拉格斐稀罕地沒有抱怨，反倒主動抓緊。

「這是做什麼？」只有珠夏不明就裡。

「莉莉絲飛得很……有個性。」艾草嚴肅地說，「務必繫好安全帶。」

當莉莉絲正式起飛，珠夏終於明白艾草的意思。

用有個性來形容都是委婉了，分明是狂野、狂暴、狂躁。

衝刺、急煞、轉彎、迴旋，再一個疾速俯衝、驟然升起——以上步驟循環多遍。

等莉莉絲找了一處離第一座石橋較近的空地降落，將艾草等人放至地面，除了白蛇之外，所有人臉色都蒼白不已。

白蛇被排除在外不是他沒受到影響，而是他原本就白得沒一絲血色了。

拉格斐腳步虛浮，找到可以撐扶的東西就彎身乾嘔，「嘔……嗚呃……」

「太沒用了吧，拉格斐。」莉莉絲不客氣地嘲笑，「你自己是天使，居然還會暈飛行？」

拉格斐忙著乾嘔，沒餘力搭理她。

「小米粒就一點事也沒……小米粒？」莉莉絲狐疑地看著直挺挺不動的艾草。

艾草緊閉著唇，怕這時候一出聲，就要跟著加入乾嘔的行列了。

「一如往常地爛。」白蛇收回全數繃帶，紅瞳涼冷地睨了莉莉絲一眼，「妳的飛行技術。」

「什麼爛？我那明明是……」莉莉絲在發覺就連珠夏的髮絲好似都褪了一層艷麗後，語氣不禁少了一絲理直氣壯。

艾草睜開眼睛，認眞地拍拍莉莉絲的鞋尖，「吾認為，莉莉絲的技術是有個性，充滿生命力。」

「哈！對嘛，小米粒眞會說，果然妳最了解我！」莉莉絲馬上將自我懷疑拋到九霄雲外，眉眼滿是得意。

待噁心感平復不少，拉格斐走過來，「早知道我寧願自己飛。」

「喂喂，你這天使連『感恩戴德』四個字都不懂嗎？」莉莉絲橫眉豎目。

「對惡魔不須要懂。」拉格斐反唇相譏。

眼看一大一小即將爭執起來，艾草果斷轉移話題，「莉莉絲要在這等吾嗎？」

「什麼？本小姐當然是……」莉莉絲猛地反應過來，眼下自己體型太過巨大，如果出現在街上，只怕會踩平一片屋子。

莉莉絲糾結一會，最後不得不妥協，「算了，你們過去吧，我在這等你們，你們蓋完章再來跟我會合。」

「為什麼不過去？只要摘下一盞燈籠，把裡面的火焰拿出來，就會自動變小了。」有道聲音疑惑地問。

「什麼？真的假的？」莉莉絲大吃一驚，連忙動手摘下一盞紅燈籠。

但她的手指太過巨大，很難順利打開燈籠，最後嘖了一聲，乾脆一把捏碎燈籠，青色火焰落至她的掌心，眨眼消散得無影無蹤。

下一瞬，奇異的事發生了。

只見那道巨大身影驀然虛化，如水波漣漪晃漾一圈。

再一眨眼，粉紅髮色的巨型少女消失，待在原處的是體型大幅縮水，如今只比拉格斐高出一點點的莉莉絲。

拉格斐暗中比劃一下，見莉莉絲竟然還比自己高出半個額頭，頓時不爽極了。

艾草放眼望過去，發現自己又成了全場最高的人。她不動聲色地挺挺胸，嘴角壓平，可眼角仍是洩露出一絲自豪。

大家都比她小，她是大家的姊姊了。

艾草轉過頭，想對那位給提醒的好心人道謝，就見到他們要尋找的對象站在一邊。還是那張如白紙的臉，頭上戴著黑白色的貓耳髮箍。明明外表看起來跟其餘工作人員很相似，但就是比他們多了生動的氣息。

艾草驚訝地與貓耳女人大眼瞪小眼，接著低呼一聲，「找到貓耳小姐了！」

「就是她嗎？」莉莉絲張開黑翼，直接堵住貓耳女人的後方去路。

拉格斐不服輸地也張開雪白羽翼，擋住另一側。

珠夏則是默默地站在另一空隙，達成對目標的四方包夾。

貓耳女人茫然地看著包圍自己的四人，似乎不明白此刻狀況，「尊貴的客人們，請問發生什麼事了？」

「吾可以看看妳的手嗎？」艾草禮貌地詢問。

貓耳女人一頭霧水，但還是將兩隻手伸向前。

無論是手心或是手背，都沒有任何奇特的圖騰。

印章提供的線索似乎就這麼斷了。

但艾草有種直覺，面前的貓耳女人一定是關鍵。

「吾可以碰妳的手嗎？」

「我，我的手嗎？」貓耳女人嚇了一跳，態度甚至有些誠惶誠恐，「這這這，這不好吧，尊貴的客人您是如此閉月羞花、沉魚落雁，是天上月亮……」

「吾不是月亮，月有嫦娥姊姊在。」艾草認眞地否認，「吾想碰妳的手也絕非懷有任何不軌意圖。」

「啊，其實您可以懷一下……」貓耳女人的語氣裡莫名帶了一絲期待與躍躍欲試。

「跟她囉嗦那麼多幹嘛？」拉格斐越聽越不對勁，藍眼森冷地瞪向貓耳女人。只不過如今他外表縮水，配上一張鼓鼓的包子臉實在沒有殺傷力。

不料就在這一刻，變故陡生。

「尊貴的客人們，嚴禁騷擾我們的工作人員，請馬上與她保持距離！」

先前無人經過的空地，不知從哪衝出了多道身影，皆頭戴獸耳髮箍，面容如白紙。他們一窩蜂地擁上來，氣勢洶洶地逼近艾草等人。

場面一下變得混亂。

莉莉絲幾個想也不想地護住艾草，貓耳女人一時反倒被忽略。等到他們發覺，人已經被其他工作人員強行帶離。

「不好，快追！」艾草連忙一揮袍袖，揮開逼近的工作人員。

趁那些人和他們拉開距離，幾人立刻朝貓耳女人離開的方向追過去。

先前拉住貓耳女人的那名工作人員不見了，但前者不曉得是收到何種指令，扭頭一見到艾草他們追上，竟一改先前的熱絡，拔腿就跑。

她的速度出乎意料地快，頭上戴著貓耳，就連動作也如貓靈敏，在街道巷弄及橋上狂奔，快得幾乎只餘殘影。

加上她對此地環境熟悉，艾草幾人一時半會間竟難以攔住她。

一行人追逐過程中，街上遊客紛紛退避，臉上大多帶著好奇的神色，但也有人渾然未察這場騷動。

一名小孩猛地從路邊衝出來，眼看便要和艾草撞個正著。

紅黑長袖飛快捲住孩童身軀，將人往旁邊送，又在對方險些站不穩之際，伸手扶了一把。

隨著手指觸及孩童，艾草瞳孔收縮，驚詫如漣漪在眼底擴散。

爲了證明自己的猜想，她接二連三地主動碰觸更多人，不管是遊客或工作人員，傳遞過來的都是相同感受。

——他們的內裡一片空蕩，什麼也沒有。

「小米粒？」莉莉絲察覺艾草的行爲有異，「發生什麼事了？」

這不適合現在討論，因此艾草言簡意賅地說，「必須快點追到那位貓耳小姐。」

經過幾座石橋後，貓耳女人居然從艾草他們眼皮底下消失了，不管怎麼尋找就是不見她的行蹤。

遍尋無果，幾人不得不停下。

還未等他們商量出下一步該怎麼走，一道削瘦矮小的人影慢悠悠地朝他們走了過來。

「冷血的什麼時候掉隊了？」直到這時，莉莉絲才意會過來小隊少了一人。

事實上，不只莉莉絲沒發覺，拉格斐和珠夏也沒留意到少了一人，又或者是他們根本不在意。

白蛇不是一個人過來，他身邊還有一隻快遭繃帶纏成木乃伊、被拖過來的貓耳女人。

貓耳女人的眼中滿是緊張與歉意，「尊貴的客人非常不好意思，他們說我必須跑給你們追才行，這也是活動的一環，假如我不跑……」

艾草突如其來地摸上她的臉，「汝，有魂。」

「什麼，小米粒妳在說什麼？」莉莉絲疑惑地問，「什麼魂不魂的？」

「吾一路上碰了不少人，但吾發現他們皆無魂。」艾草嚴肅地說，「簡而言之，便是空殼，並非真正的地府住民。可此人不同，她有魂，不是空泛之物。」

「意思是，這地方的其他人很可能都不是真人？」珠夏掌握重點。

不等艾草再回答，貓耳女人的臉上霍地出現無數裂紋，轉眼竟整張臉碎裂。

不對，不是她的臉碎了。

砸落在地面的，是一張白紙般的面具。

當真正的容貌暴露出來，貓耳女人的身子重重一震，眼裡先是短暫渙散，緊接而來是大量畫面在她眼前交錯閃爍。

遊戲機、卡帶、在後座失去意識的一行人……

其中一人摘下眼鏡和口罩後露出的清麗面容，赫然與眼前少女重疊！

女人眼中的茫然被重重擊碎，她倒抽一口涼氣。

「城、城隍大人!?」

隨著這聲慌亂大叫響起，如巨石砸落水面，雷電劈擊而下，所有人腦海中的迷霧猛然被吹散，那些蓄意塗抹在記憶上的色彩也被沖刷得一乾二淨。

他們全想起來了！

眼前的貓耳女人是「孟柔柔」，才是負責接送他們的司機。

他們壓根沒被送到幽水鎮，打從一開始，他們就沒下車過。

不管是幽水鎮、尋寶活動，抑或是看見的地府景象，全都不是眞實的。

怪不得艾草會說其餘人是空殼。

因爲他們就在遊戲裡！

「妳好大的膽子！」想通一切的莉莉絲勃然大怒，「這就是妳所謂的放鬆玩遊戲？竟膽敢如此對待我們，是誰給妳這份勇氣的？妳……」

觸及眾人的目光，「孟柔柔」像被燙到般急忙垂下臉。她跪坐在地，縮著身體，肩頭一顫一顫的。

「莉莉絲，等等。」艾草在「孟柔柔」身前蹲下。只不過她還未完全屈膝，「孟柔柔」就像受到驚嚇一樣彈跳起來。

「不不不，這怎麼行！您千萬別……」她緊張萬分地扶起艾草的身子，隨後又慌慌張張地重新跪下，只敢讓後腦勺對著艾草。

「抬起頭。」艾草平緩地說。

「孟柔柔」僵著身子，似乎想把頭垂得更低，身軀縮得更小，可艾草的嗓音彷彿帶有某種力量，讓她戰戰兢兢地仰起腦袋。

一雙如溪裡黑石的眼眸瞬也不瞬地盯著「孟柔柔」。

……不，應該說是與孟柔柔有七、八分像的那張臉。

和莉莉絲他們重逢的喜悅讓艾草疏忽了，假如她當時在車上有多看司機幾眼，就能分辨出異樣。

那時候的司機原來早換了一個人。

這人與孟柔柔很像，想必有親戚關係。但她為何要假扮成孟柔柔，跑來代替司機一職？地府之人不認識莉莉絲他們，她會冒充司機和他們應該沒有直接的關係。

如果不是和莉莉絲他們有直接關聯，這份職務又是來自於閻王殿……

孟柔柔的親戚，很可能也姓孟……

姓孟、閻王殿、羅言大人……

啊！

艾草先前雖然關在城隍府養傷，鮮少外出，但該知道的小道消息一個都沒落下。

例如羅言被人分手的事。

消息源於當事人的親姊姊。

一個大膽的猜想躍上艾草心頭，緊接著一個人名從她唇間滑落。

「孟婉婉？」

假冒成孟柔柔的孟婉婉全身一震。

「城城城城隍大人認識我!?」

「吾不認識。」艾草誠實地搖搖頭，「吾聽梁炫提過。」

孟婉婉好一會兒才想起梁炫是誰，主要是平常聽見的都是職稱。

梁炫，城隍府的夜遊巡將軍，更是她那位前男友的姊姊。

被戳破身分，再思及自己捅出這麼大的婁子，居然連城隍大人都拖下水，孟婉婉再也忍不住淚眼汪汪地連聲道歉。

「嗚啊啊啊！城隍大人對不起，我不是故意的！我不曉得妳會一起過來接機……我原本、原本只是想讓莉莉絲小姐對羅言的好感度降低的！」

「什麼？」無預警聽見自己的名字，莉莉絲不禁一愣，等她理解完孟婉婉說的意思，兩道眉毛幾乎要飛起，「什麼意思？那個羅言又是誰？」

「欸？」換孟婉婉困惑地張著嘴。

「東方地府的負責人，地位和路西法大人相同。」珠夏從旁提醒。

「吾的上司，粱炫的弟弟。」艾草再補充道。

「那到底誰地位高……不對，所以他跟本小姐有什麼關係？」莉莉絲俯下身，咄咄逼人地質問孟婉婉，那張華艷的面容散發出驚人的壓迫感。

孟婉婉不自覺地縮起身子，結結巴巴地說，「妳不是……不是羅言的新女友嗎？」

「……啥!?」莉莉絲飆高的尾音都要分岔了，「誰跟誰？大白天的作什麼白日夢？瘋了嗎？」

「現在是晚上。」白蛇掩口打了個呵欠。

「冷血的你閉嘴！」莉莉絲扔出眼刀。

孟婉婉後知後覺地發現一件事，她好像……搞出了一個大烏龍……

環視其他幾位來自西方的客人，她擠出一個比哭還難看的笑容。

「所以你們也不是……莉莉絲小姐的兄弟姊妹或是父……呃，父父？」

白蛇、拉格斐和珠夏頭一次反應同步，三張臉整齊劃一地露出活像吞到蒼蠅的表情。

「他們皆是吾在西方的同學。」艾草解釋道：「這次過來是來探望吾的。」

終於得知眞相的孟婉婉險些痛哭流涕。

八卦誤我！謠言誤我！

到底是誰說西方客人是羅言那豬頭的新女友跟她的家人啊啊啊！

十八 惡鬼襲來，誰的前男友？

聽完孟婉婉一把鼻涕、一把眼淚的坦承，艾草等人才弄清楚整件事的來龍去脈。

她以爲莉莉絲是羅言新交的女朋友，而白蛇他們則是莉莉絲的家人。

一夥人來地府是要見家長，接著談婚禮、婚房、宴客……巴啦巴啦一串未來規劃。

孟婉婉心有不甘，主要是針對羅言。她都還沒從悲傷中走出來，結果前男友竟然火速又談了一個新的？還論及婚嫁？這未免也過太爽了！

於是她決定進行報復。

得知孟柔柔是負責接送的司機後，她原本想央求對方幫忙，但被無情拒絕。孟婉婉果斷把計畫A改成計畫B，找在人界生活的朋友們幫忙。

保險起見，她沒有向朋友們透露完整計畫，只是請他們在機場絆住孟柔柔，自己就能順勢假扮成對方。

兩人長得相似，不仔細觀察，便不會察覺到司機換人。

再來就是讓莉莉絲等人進入她精挑細選的遊戲。

她事先設定好了，將所有敵人的臉都調整爲羅言的臉。

只要擊倒所有敵人，玩家就能順利通關。

而在這過程中，莉莉絲他們對羅言的好感度鐵定會大幅降低，如此一來就達成孟婉婉的目的了。

但孟婉婉千算萬算，就是沒算到艾草也會混在其中。當她看見艾草的臉，差點嚇得魂飛魄散。

她姑姑從來沒告訴她，隨行人員裡還有城隍大人！

莉莉絲簡直要氣死了，每根髮絲都在散發著濃濃的不爽。她用力地呼吸著，胸脯劇烈起伏。

要不是還有艾草在，加上始作俑者四捨五入也算是艾草的下屬，否則她當場就發飆了。

憑什麼她要跟那個叫羅言的傢伙扯上關係？

還新女友？作什麼夢呢？

白蛇三人也各自有一股氣憋著，被說成是莉莉絲的家人，讓他們渾身難受。

孟婉婉吸了吸鼻子，決定從今天開始再也不輕易聽信謠言。

看看她這回闖出了什麼大禍。

等脫離遊戲後，肯定要面臨一堆懲戒。包括但不限閻王殿、城隍府，甚至還有孟柔柔的……

總是回覆說會扒了她皮的姑姑，這次恐怕眞的要扒她皮了。

孟婉婉打了個寒顫，恨不得地面裂出大洞把她一口吞進去算了，這樣她就不用面對殘酷的現實。

「如此說來……」艾草若有所思地說道：「晚點將出現的惡鬼■■前男友，將會跟羅言大人長著同一張臉？」

「重點只有這個嗎？」拉格斐重重地咂下舌，「除了有『前男友』三個字之外，這整個遊戲聽起來都跟這女人說的不同吧。」

「我也不曉得是怎麼回事……」孟婉婉心急如焚地喊冤，「我買的遊戲是暴打前男友大作戰，搭配新型遊戲機可以讓人進入全息遊戲。但照理說，這個遊戲的玩法只要痛毆羅言……我是說敵人就可以，全部揍完就能通關。」

誰知道會跑出什麼幽水鎮、被偷走的封印之物，敵人也變成惡鬼■■前男友，還必須集章才能重新封印惡鬼。

就連她也沒了記憶，變成遊戲的一環。

不過就算沒記憶，本能還是辨認出了城隍大人高貴的氣質與美貌。

現下這款遊戲處處不對勁，也無法中斷退出，似乎只能先按照任務指示走。

或許等他們成功封印惡鬼，就能順利脫離了。

「城隍大人，妳的章集完了嗎？」孟婉婉憂心忡忡地問。

「只差最後一個。」艾草亮出她的集章卡，「能否讓吾看妳的手背？」

「當然沒問題……」孟婉婉抬起手背，不禁大吃一驚，上面不知何時出現一枚繁複的圖騰，「什麼時候有這個的？」

孟婉婉的反應也不慢，結合艾草的問話及那張集章卡，頓時猜出一個可能性。

「城隍大人，難道說這是……」

艾草將小卡往孟婉婉手背一貼，相同場面再度上演。

一枚小巧的印章出現在最後一格圓圈的位置。

至此，所有的章都收集完畢。

與此同時，路邊紅燈籠裡的青焰驀地一陣劇烈跳動，蒼白眨眼間吞沒了幽青，燈籠內的火光由青色變爲白色。

「不是說惡鬼會在火焰變白時出現？」拉格斐瞇細眼，警戒地觀察四周，「惡鬼呢？」

猶如呼應他的話，四周驟然吹起陣陣陰風，尖厲的風聲乍聽下像是有人慘叫、有人哭號。

成排紅燈籠跟著晃動不休，映照得周圍鬼影幢幢。

在這陣鬼哭神號中，所有人都瞧見一張巨大的面具平空浮現。

面具青面獠牙，頭上還有兩支彎彎的尖角，眼睛處燃燒著兩簇青幽幽的鬼火，周邊飄揚著不祥的縷縷黑氣。

「那個羅言就長這樣？」莉莉絲斜睨孟婉婉一眼。

孟婉婉神奇地明白她的言下之意——妳是怎麼看上他的？審美被吃了？

「不是，他不長這樣。」孟婉婉乾巴巴地辯解，「他還……」

就算對前男友怨氣未消，孟婉婉也得承認一件事。

「他還挺帥的。」

「像梁炫。」艾草說。

幾人回想起梁炫冷艷的容貌——那羅言確實難看不了。

惡鬼面具懸浮在高處，突然它的下半部分揭開，露出嘴巴及下巴。

下巴線條流暢優美，兩片唇瓣唇形姣好，確實符合孟婉婉口中的「帥」。

只是再怎麼好看的嘴巴，被放大成可以輕易吞下好幾顆腦袋的程度時，那就只能稱爲驚悚了。

惡鬼張開嘴巴，一口牙齒倒是整齊得很，不像面具的獠牙奔放狂野。

眾人正防備著惡鬼的攻擊，不料它嘴一張，艾草的集章卡登時感應到一股吸力，一下子從她手中脫離，飛至惡鬼大張的口中。

吞入集章卡的惡鬼在空中靜止一秒，周圍黑氣也凝固，形成詭異的畫面。

一秒過後，面具竟是迸出一條條裂縫，縫隙裡亮起閃光。

隨著閃光交織，最末覆蓋住整張面具，一聲「啪嚓」清晰無比地傳入眾人耳內。

「事情不對勁。」拉格斐伸展羽翼，下意識想將艾草擋在身後，卻撞上別的東西。

他惱火地回頭，看見的景象讓他額角青筋抽動，但此時顯然只能憋著這口氣。

不只他這麼想，莉莉絲和珠夏也是相同想法，導致三對翅膀打在一塊，還遮擋住艾草的視線。

艾草不明所以地從翅膀間的空隙鑽出來，想要踏前一步，卻被白蛇的繃帶攔下。

「這地方有異。」白蛇簡潔扼要地說。

暗夜裡的古鎮在不知不覺間模糊了色彩、散逸了形狀。

白牆黑瓦消失了，石橋流水消失了，成排的紅燈籠消失了。

就連街上遊客與那些戴著動物耳朵髮箍的工作人員也消失了。

它們通通化爲裊裊飄渺的煙氣，飄散於各處。

僅是片刻間，幽水鎮竟成爲一片空曠地帶。

空中光芒更盛，一陣猖狂的大笑突然自白光內響起。

「哈哈哈哈！余終於獲得力量了，余要感謝你們！」

那聲音尖細，還帶了幾分孩子氣，聽起來如同一個稚幼孩童。

「什麼？」孟婉婉大驚失色，無措地向艾草解釋，「城隍大人，我眞的不曉得這遊戲爲什麼會變這樣……」

「吾明白妳不清楚。吾等，顯然都被這遊戲耍弄了。」艾草神情一凜。

「錯錯錯，余可不是遊戲！」熾白光華隱沒，沒了面具遮掩的一張巨大臉孔懸於高處，「余，是偉大的器靈！」

男人的面孔俊朗英氣，正是孟婉婉和艾草都熟悉的……羅言的臉。

但也有一點是艾草她們極爲不熟的。

頂著羅言容貌的惡鬼頭上，赫然還長著一對兔耳朵。

還是粉紅色的！

「噫！」艾草破天荒發出一聲短促的呻吟，由此可見這畫面帶給她多大的衝擊。

艾草覺得自己有好一陣子很難直視羅言的臉了，看到就會想起兔子耳朵，想到那招搖刺目的粉紅色。

「器靈？什麼玩意？」莉莉絲暗中凝聚黑焰，火焰在她掌心悄悄成形，可感受到的強度讓她不禁心一沉。

太弱了，像有不明的束縛限制了她的力量。

「聽起來是某個東西的，精靈？」拉格斐從字面推測，手中虛握一柄正隱約成形的半透明軍刀。

「看樣子，兔耳不是每個人都適合。」珠夏給出委婉的意見。

「不堪入目。」白蛇直截了當。

器靈狂傲的笑聲一噎，顯然沒料到幾人針對它的外貌攻擊。它生起幾分氣惱，聲音宏亮。

「這又不是余設定的臉，余只是借用遊戲BOSS的外觀而已！」

設定人物外表的孟婉婉試圖把自己縮得更小，降低存在感。

「你是遊戲機還是遊戲卡帶的器靈？」艾草仰頭發問，只不過視線遊移，避開了器靈的臉，「你的目的爲何？」

「余是『獸耳生活樂趣多』的卡帶之靈！」器靈的一對兔耳得意洋洋地晃動。

「那不是我買的遊戲卡帶！」孟婉婉猛然抬起頭，「我買的明明是『暴打前男友大作戰』，在設定人物時也很正常，遊戲沒任何異樣，你到底是什麼時候混進來的？」

孟婉婉本來想說，遊戲店店員也沒有粗心多塞一片卡帶進來，可話來到嘴邊，猝然被吞回去。

她想起來了，店員沒多塞卡帶，但他給了……

滿額禮！

回想起那個空蕩蕩的紙盒，孟婉婉瞳孔收縮，心頭劇震。

她當時以爲老闆摳門，否則誰家滿額禮只會送一個空盒子？

現在想來，該不會裡頭裝的其實就是「獸耳生活樂趣多」的卡帶？

「獸耳生活樂趣多……獸耳……」艾草總覺得這名字似曾相識，彷彿聽誰提起過，「吾想起來了！是文判，文判曾說她買了新遊戲，可以多人連線遊玩。她有向吾、粱炫跟羅言大人提出邀請，只是羅言大人說暫時抽不出時間。」

孟婉婉倒是能猜出原因，只怕是羅言不想跟粱炫一起玩，怕遭受長姊毒打。

「可是文判大人買的卡帶怎麼會……」孟婉婉想不明白，別人的遊戲卡帶是如何變成滿額禮，最後落到自己手上。

「原因，可以事後再釐清。」艾草態度沉靜，如果她的眼神不要明顯飄移會更有威儀，「吾等先設法制住它。」

「你們以爲余會讓你們得逞嗎？」不待眾人動手，纏繞在器靈周邊的黑氣冷不防暴漲，如多條長鞭朝他們襲來。

黑氣奇快無比地逼至艾草他們身前，絲毫不給眾人閃躲的機會，霎時纏捲上他們的身軀、四肢，束縛住他們的行動。

莉莉絲指尖微勾，盤踞在掌心的黑焰如水流滑動，再猛地衝撞黑氣。然而黑氣紋絲不動，火焰就像撞入水裡，激不起一絲波瀾。

莉莉絲飛快觀察拉格斐他們，除了白蛇看不出表情變化，拉格斐與珠夏眉間皆染上一絲愕色。

很顯然，他們的反擊也失敗了。

「呵呵呵！」器靈居高臨下地俯視獵物們，透過黑氣，它能感知到他們無用的掙扎，「沒用的，放棄吧！你們以爲這只是普通的黑氣嗎？不，這是你們自己的力量！」

「你是什麼意思？」莉莉絲厲聲質問，碧眸像淬了火，「我們的力量怎可能被你使用！」

「因爲你們主動交出來了。」器靈愉快地晃動它的兔耳朵，黑氣隨之延展，將它的獵物們包裹得只剩下一顆腦袋。

「我們怎麼可能主動……」拉格斐咬牙，無法接受對方的說詞。

「集章卡。」艾草驀地開口，吸引了所有人的注意力，「任務要吾去收集的那些章……就是吾等的力量？」

「猜對了。」篤定艾草他們沒有反抗之力，器靈好整以暇地說，「印章是你們力量的化身，你們交出來，就等於把力量送給余。至於妳，妳的力量就是小卡本身。現在，只要余解放此身眞名，就能達成余之所願。顫抖吧！害怕吧！」

器靈頂著羅言的臉露出陰惻惻的笑容。

孟婉婉此刻後悔死了，要不是她誤信謠言，也不會讓艾草他們陷入困境。

看見孟婉婉臉上藏不住的懊悔，器靈放聲大笑，「余要讓獸耳化傳染至現實！讓你們在遊戲裡戴的獸耳髮箍成爲眞正的耳朵！就算回到現實，也擺脫不了獸耳化！哈哈哈哈！」

什麼？獸耳化？

西方四人突然停止掙扎，目光齊齊落至艾草頭上。

照器靈這樣說，那對雪白柔軟的兔子耳朵將會變成眞的，會動的、毛茸茸的……

「也不是不行。」莉莉絲率先表態，「那你解放吧。」

「惡魔的意見偶爾還是能採納。」拉格斐板著臉同意。

「身爲惡魔，自然是和同族站在同一邊。」珠夏嚴正地說。

「快。」白蛇只給出一個字。

孟婉婉震驚地望向他們，「不是，你們認眞的？」

「吾覺得，還是該搶救一下。」艾草極力爭取。

獸耳很可愛，兔耳也很可愛，但她希望保有一點面對屬下們的威嚴。

器靈摸不著頭緒，不理解莉莉絲幾人的態度怎麼會突然一百八十度大轉變。

但既然他們肯認清事實、放棄掙扎，對它而言便只有益處。

「來吧，將此身的眞名——解放！」惡鬼高聲疾呼。

下一剎那，它的頭上出現一串偌大的文字。

惡鬼「[redacted]前男友」

隨後，[redacted]像遭到塗改，重新顯現出新文字。

「你……的……」莉莉絲疑惑地唸出來，「前男友？啊？誰的？」

「當然不是你們五個人的。」器靈嗤之以鼻地說，「是主玩家的。」

「它什麼意思？」拉格斐一時反應不過來，「我們不都是玩家？」

「它說主玩家……」珠夏的話語消失在唇間，目光轉至他們一行人中間。

黑髮少女是隊長，也是負責尋寶、將他們找回來的人。

「那個……」孟婉婉心驚膽跳地說，「雖然不曉得獸耳生活樂趣多是怎樣的遊戲，但暴打前男友……是由隊長與隊員組隊戰鬥。原本莉莉絲小姐拿的手把，是操縱隊長角色才對……」

畢竟那時候她還誤以爲莉莉絲是羅言的新女友。

「但似乎出了點問題……」孟婉婉的聲音越來越小，可來自四周的視線如刀尖戳過來，她只能視死如歸地說，「隊長變成城隍大人了。」

「余喜歡平一點的。」器靈坦然地說，「當然挑她。」

換句話說，如今的主玩家，那排文字上的「你」……

「吾？」艾草一時顧不得器靈說的「平」，錯愕地比著自己，「所以是吾的前……」

「啊——」

艾草的話聲被莉莉絲突如其來的一聲大叫遮蓋。

這一聲讓艾草一愣，也讓器靈驚疑地轉動雙眼。

然後它表情僵住，眼裡漸漸染上驚恐。

前一刻明明擺出不還手姿態的四人，此時周身竟湧起駭人氣勢，空氣在震動，發出不祥的嗡嗡聲響。

束縛住四人的黑氣浮現裂縫，縫隙一口氣往前擴展，破碎的聲音不絕於耳。

孟婉婉瞪大眼，覺得自己同時還聽見莉莉絲他們身上傳出類似鎖鍊斷裂的聲音。

啪！

有什麼束縛碎了。

器靈煞白臉，本能地感到危險，腦內瘋狂響起警報聲。

必須要逃！現在立刻——快逃！

器靈如同被烈火燙到般收回黑氣，可它的動作還是慢了一步。

說時遲、那時快——

闃黑的地獄之火肆虐。

薄藍的寒冰覆蓋大地。

金燦的憤怒之焰席捲。

而在這驚天動地的景象中，一隻蒼白巨蛇昂然矗立，赤紅眼瞳有如血色漩渦。

孟婉婉看呆了，城隍大人的同學們究竟是何來歷！

「這怎麼可能！」器靈失聲尖叫，「你們的力量應該被遊戲限制了！」

珠夏的聲音平穩清晰地響起，「憤怒，可以突破很多、很多、很多限制。」

孟婉婉閉上大張的嘴巴，扭頭震驚地看向西方四人。

所以你們憤怒的點該不會是……

在器靈大駭的尖叫聲中，雷霆萬鈞的力量噴薄而出，毫不留情地絞碎這個世界。

黑夜如鏡片四分五裂，從粗大的裂口中滲出奪目白光。

光芒大熾，吞噬了一切。

終章 相伴未來

一輛黑色豪華多人座車靜靜地停在空地上，它車門大敞，寬敞的後座昏睡著六道人影。奇異的是，他們手裡都緊緊握著一個遊戲手把。

插在遊戲機上的卡帶冒出一絲詭異紅光。

車外圍著一票人，還有多輛救護車在旁等候。

一名穿著套裝的年輕女子率先鑽進黑色車子裡，過一會兒便下來。

「小文，怎樣？都沒問題嗎？」爲首的西裝男人正是羅言。

接到孟柔柔的緊急通報後，他帶著文判及可能派得上用場的救護人員們，急匆匆地趕來。

雖然已從孟柔柔那得知艾草頂替了翻譯，但當羅言在現場親眼瞧見，還是忍不住感到眼前一黑。

「我姊鐵定會殺了我……」羅言喃喃地說。

「羅言大人您多慮了。」在羅言懷抱希望地看過來之際，文判把話說完，「當然不只梁炫大人，還有另外七位將軍呢。」

「眞謝謝妳提醒我啊。」羅言擠出慘澹的笑容。

「城隍大人他們沒什麼大問題，只是意識還被困在遊戲，或說器靈的小世界裡。」文判話鋒一轉，談起正事，「現在就算強制關掉遊戲機的電源，也無法中斷遊戲，但我們可以直接揪出器靈。這件事請務必交給我處理，追根究柢，該算是我的疏忽。」

文判也沒想到事情會那麼剛好。

她送去維修的遊戲卡帶被店員當成滿額禮，誤打誤撞落入孟婉婉手裡。而孟婉婉又設計搶了孟柔柔的車，頂替對方的司機身分，誘騙艾草幾人進入遊戲，最後連她自己也被困住。

要是她能早點察覺遊戲卡帶已產生器靈，就不會貿然將它送至遊戲店維修，也不會牽扯出後續這一連串意外了。

「啊，那就先把人都搬出來吧。」羅言點點頭。

聽見他的交代，在旁待命的醫護人員立即上前，先拆下遊戲手把，再把失去意識的人一個個小心地搬出車外，安置於擔架上。

孟柔柔則負責搬出那台遊戲機。

就算手把不再接連機台，但艾草他們就如文判所說，依舊昏迷不醒。

孟柔柔簡直要愁死了，想不通自家姪女到底圖什麼，怎麼會想把西方客人們全部拉進遊戲裡，他們玩的到底是什麼遊戲？

羅言顯然也納悶前女友非要讓艾草他們玩的遊戲是什麼。他抽起遊戲卡帶，發現上面被新貼一層貼紙，撕下來一看，遊戲名稱讓他的臉頰肌肉抽動幾下。

——暴打前男友大作戰

孟婉婉的企圖可說是昭然若揭了。

真是謝囉，前女友。

「這款遊戲我知道，在女性間滿紅的。」文判接過遊戲卡帶，發現文字藏著兔頭圖案，看樣子她的卡帶把孟婉婉的卡帶吞噬、覆蓋了，「可以把敵人設定成前男友的模樣，讓人盡情宣洩壓力。」

「不是很想知道怎麼宣洩壓力……」羅言抹了一把臉，「我猜孟婉婉是把敵人設成我的臉了。但我想不通，她幹嘛讓莉莉絲他們去痛毆……不是我的『我』，這沒道理啊。」

「呃……其實還是挺有道理的。」孟柔柔緊張地說道：「小婉她大概是想讓莉莉絲小姐與她的家人降低對您的好感。」

「啊？」羅言發現自己居然完全聽不懂。

「什麼意思？」忙於工作和盯緊羅言的文判沒跟上這波八卦，也露出疑惑的神情。

「閻王大人，小婉畢竟跟你分手不久……」孟柔柔委婉地解釋，「她知道你交了新女友，還準備見家長後，我猜她心態上還是有些調整不過來，才會忍不住想為你們的感情製造一點……波折。」

都聽過這八卦的醫護人員強掩激動，極力拉長耳朵，深怕錯過任何一句話。

可誰也沒想到，羅言會倒吸一口涼氣，大驚失色地大叫一聲，「什麼東西？誰跟誰？誰又要見家長？」

孟柔柔也有些懵了，「您和莉莉絲小姐……」

「哪裡傳出來的狗屁謠言！」羅言表情滿是驚悚，彷彿聽見前所未聞的恐怖故事，「那是艾草在西方學園認識的同學，他們是來探望艾草的！」

孟柔柔等人目瞪口呆，齊齊扭頭看向昏迷中的艾草。

「所以……他們不是閻王大人的新女友和未來家人？」孟柔柔顫顫地說。

「不是！不是！」羅言一臉崩潰，「我現在還單身！」

換眾人倒抽一口氣。搞半天，全是他們弄錯了!?

孟柔柔欲哭無淚，她姪女搞出這麼大的麻煩，到頭來竟是一場烏龍造成的誤會。

「閻王大人，雖然我們得知了你現在單身，還交不到女友。」文判冷靜地拉回全場注意力，「但這種悲傷的事先擱一邊。」

「妳不要用那麼快樂的語氣我就相信了。」羅言嘀咕地說。

文判假裝沒聽見，「得趕緊把器靈揪出來了。不然事情拖越久，梁炫大人他們那邊就越可能察覺到不對勁。」

這句話如冷水兜頭淋下，讓羅言及其他人不禁哆嗦。

「小文，交給妳了，動作快，須要我做什麼直接說。」羅言趕緊說道。

「您只要站旁邊，會呼吸就很棒了。」文判捏緊遊戲卡帶，眸裡泛起厲色，然而就在她準備出手的剎那間，情況生變。

卡帶上的紅光驟然暴增，凝聚成兔耳的圖案。在眾人驚愕的注視中，一道驚恐的叫聲爆發出來。

「啊啊啊啊——」

那雙兔耳猶如逃難般直竄空中，卻在半途被一道迅疾如電的黑影不留情拍下，筆直地墜落地面。

文判手持黑色資料夾，從空中落地，不給兔耳朵掙扎的機會，高跟鞋快狠準地用力踩下。

兔耳朵當場成了一片兔餅。

文判彎身將那片紅色薄餅拎起，夾進黑色資料夾裡，「啪」的一聲，資料夾成爲封印道具，讓器靈再也無法逃脫。

同時另一邊傳出了呻吟聲。

原本陷入昏迷的六人眼皮漸動，儼然是即將甦醒的跡象。

下一秒，艾草最先張開眼睛坐起，隨後是莉莉絲他們，孟婉婉則是最後一個醒過來的。

「艾草！你們都沒事吧？」羅言剛湊過去，臉正好撞進莉莉絲和拉格斐的視野裡。

乍見那張在遊戲裡讓人恨得牙癢癢的臉出現在面前，惡魔與天使不假思索地揮出拳頭。

羅言毫無防備，臉上就這麼挨了兩拳。

於是只有羅言受傷的世界達成了。

經過一陣兵荒馬亂，雙方終於都弄清楚狀況，隨後目光有志一同地落在孟婉婉身上。

孟婉婉正想偷偷摸摸地溜走，卻被孟柔柔一把逮住，冷酷地把人拎到羅言他們面前。

孟婉婉哭喪著臉，馬上滑跪認錯，「對不起！我眞的沒想到是誤會，是我不該輕信謠言，更不該讓城隍大人和她的同學們被困在遊戲裡！」

「除了最後面的部分令人火大，遊戲還算挺好玩的。」莉莉絲雙手抱胸，挑高漂亮的眉毛，「本小姐可以不計較妳的無禮。但我很好奇，妳和這位……妳的前男友是有什麼深仇大恨？」

孟婉婉痛苦的回憶被挖出，她咬牙切齒，惡狠狠地瞪向羅言。

「等等，我眞的沒想到會那麼嚴重。」羅言無辜地舉起手。

「什麼叫沒那麼嚴重？那可是全地府限量一百盒的巧克力！」孟婉婉發出了撕心裂肺的吶喊，「只有一百盒啊啊啊！我好不容易買到兩盒，你就全拿去吃了，一顆也沒留給我！巧克力之仇不報，誓不爲人！」

這點白蛇倒是很有帶入感。

想像一下自己費盡千辛萬苦買到的超限量刨冰被人吃掉，他乾脆俐落地給出建議。

「直接宰了。」

雖然莉莉絲他們不介意孟婉婉的行爲，但該罰的還是得罰。

孟婉婉被暫時停止孟婆的工作，取而代之的是，她必須來閻王殿幫忙。

閻王殿正忙到恨不得連貓爪都借來用的程度，孟婉婉過來剛好可以補一下人力缺口。

而最重要的一點是，閻王殿在這段期間還禁止一切和娛樂相關的上網。這對熱愛上網看劇、看帥哥的孟婉婉來說無疑是晴天霹靂，生不如死。

這時大夥忽地發現艾草沒了聲音，安靜得不尋常。他們急忙轉頭一看，就見到那抹纖細人影不知不覺中垂下頭，接著身子竟是軟綿綿地往旁一倒。

「艾草！」

「小米粒！」

「小不點！」

「城隍大人！」

心焦的呼喊接二連三響起，隨後圍過來的眾人聽見一陣細微的呼嚕聲傳出。艾草閉著眼，長長睫毛捲翹，雪白的臉蛋上是安詳的神情。

「Z……ZZ……ZZZ……」

她睡著了。

等艾草睡了飽飽的一覺，再醒過來時已回到自己房間。

周邊圍著莉莉絲他們，連貝洛切爾也來了，還有長照隨侍在旁。

彷彿又回到賽米絲學園，熟悉的朋友齊聚一堂，艾草剛要露出笑容，倏地又迷茫地眨眨眼，感覺本該熟悉的房間多了一絲不熟悉感。

她明明記得出門前……地板上到處堆滿書；衣櫃門半敞，衣櫃就像吃太飽，再也吞不下地將衣服從裡面半吐出來，垂掛於門外。

可現在放眼望去，地板乾乾淨淨，書全被放回書櫃或是整齊地疊在桌上。衣櫃也好好關著，沒有吐出任何一件衣服。

「吾的房間……」艾草困惑極了，「原本是整潔度一百分，現在怎麼變成兩百分了？」

「妳居然還能說一百分？」莉莉絲本想捏捏艾草的臉，但思及對方剛醒，一旁還有個長照雙目如炬地緊盯，又按下蠢動的手指，「小米粒，妳房間之前可是亂七八糟到不忍直視。」

「沒有亂七八糟。」艾草嚴肅地反駁，「是亂中有序。」

所有人眼裡都清清楚楚地寫著：真的嗎？我不信。

艾草微鼓了鼓臉頰，她知道東西放在哪裡，這樣明明就算有秩序了。但不待她試圖爭辯，就收到了一個驚天噩耗。

由於她那一昏，或者說那一睡的關係，莉莉絲他們與她的將軍們達成共識，一致認爲她的身體果然還沒康復，接下來好長一段時間都得乖乖躺在床上才行。

將軍們和貝洛切爾得應付龐大的工作量，監督一事就交由莉莉絲幾人負責。

「別擔心，我們還有帶禮物給妳打發時間。」莉莉絲將桌上第一疊書轉個方向，讓書背對著艾草，那透著邪惡的笑容絲毫不愧對惡魔之名。

「這疊是我的，我的筆記平常不隨便借人看，妳要好好珍惜。」拉格斐轉了第二疊。

「不用擔心偏科。」珠夏將第三疊書轉過來。

「我阻止過了。」白蛇只給出五個字。

看著一排排的《鍊金術理論入門》、《惡魔的魔法歷史》、《元素與世界的奧妙》、《暗系魔法概論》，《光系魔法深入探討》、《法陣的起承轉合》等等……艾草不只眼睛瞪圓，嘴巴也張得大大。

「這是爲了讓妳不要落下課業進度。」莉莉絲不知從哪變出眼鏡戴上，手裡還多了根教鞭，「我們會好好督促妳的，包准等妳回到學園，任何考試通通沒問題。」

「如果要補習，我相信我會是最合適的人選。」貝洛切爾若無其事地想搶走莉莉絲他們的工作。

學弟、學妹直接無視他的發言。

艾草只覺眼前一陣暈眩。

她喜歡看書，不代表喜歡爲了考試而看書。

「但吾……吾都還沒帶你們觀光……」艾草低聲嘟囔著，「吾想帶你們去看很多地方。」

「眞是的，妳不只是小米粒，還是笨笨的小米粒！」莉莉絲噗哧一笑，「我們又不是只待一天就走，也不是只來一回就不來了。」

「妳也會回來賽米絲的，對嗎？」珠夏筆直地望入她的雙眼。

「難不成妳還不回來了？」拉格斐彆扭地說。

艾草連忙搖頭，她下學期還要回去的。

細長的白色小蛇不知何時脫離白蛇，爬至艾草手臂上，溫馴地用腦袋蹭蹭，紅眼珠水潤潤地望著她。

白蛇摩挲一下指腹，彷彿也感受到那細膩的觸感。

紅眼褪去冷漠，沾染溫情。

他說，「我們還有很多時間。」

想著未來有朋友與下屬相伴的生活，艾草抿出帶點羞澀的小小笑容，用力地點了點頭。

「嗯！」

今日他們在東方地府重逢。

未來將於西方賽米絲學園再聚！

《城隍．賽米絲物語》全文完

白之邀約

灰濛濛的天空覆蓋了賽米絲學園，灰雲如一座座小山層層疊疊，傾盡全力地將陽光阻擋在後方。

雲層由淺漸深，黯淡的深灰色附於底端，直到彷彿再也兜不住，化成雨絲自上方灑落。

細密的陰雨很快地淋濕屋頂、街道、路邊行道樹，石板路一下吸收了水分，成爲深暗的色彩。

隨著雨勢逐漸轉大，豆大的水珠砸墜在地面，激起微小的水花。路上行人不是撐開雨傘，就是加快腳下速度，匆匆跑去找有屋簷的地方避雨。

在密密雨簾中，能看到各色雨傘如花朵盛綻，爲灰撲撲的街道點綴了幾分繽紛。

但誰也沒注意到，在未亮的路燈基座附近，赫然有一朵迷你花傘飄浮在空中。

「大特價、大特價……」細細的嗓音從花傘底下飄出，有氣無力地融入雨聲當中，「有情人走過路過不要錯過，從明天開始，只要帶著你最重要的他她它牠祂，一起到圓滾滾白熊喊出通關密語，就能……哈哈哈哈啾！」

艾蜜莉打了個超大的噴嚏，感覺耳朵都要被噴嚏聲震聾了，身子更是差點像枚倒飛的砲彈往後撞。

好在她及時穩住身體，沒讓自己成爲雨天出來拉客宣傳，客還沒拉到就要先工傷的可憐花精。

艾蜜莉揉揉鼻子，拍拍背後翅膀，撐著花傘往上飛高一點。

假如這時有人願意停下腳步，蹲下身體，就會看見那朵不到巴掌大的花傘之下，原來有一名小巧玲瓏的花精。

花精，顧名思議就是從花朵中誕生的妖精，背後擁有一對透明纖薄的翅膀，成年後能隨心所欲地改變體型大小。

艾蜜莉雖然容貌稚氣，圓圓的眼睛和圓圓的臉蛋讓她天生看上去就顯小，但其實已經是邁入成年期許久的花精了。

會把自己縮成巴掌大的模樣，單純是她覺得這個尺寸最省力。風一吹，她不用費勁拍翅膀，就能恣意地在空中飄來飄去。

可誰知人算不如天算，計畫總在變化後面追著跑。

艾蜜莉才剛出來拉客沒多久，就碰到了雨天。雨水無情澆下，大多數被花傘成功抵擋在外，但還有更多的偷襲，全來自於路面上濺起的水花。

凡有行人匆促跑過，就會帶起一蓬蓬小水花。

對平常的艾蜜莉來說，這些水花就是微不足道的大小。

偏偏她現在是迷你體型，彈飛起來的雨水直接把她沖刷成一隻落湯雞。

花傘外在下雨，花傘內，艾蜜莉的衣裙也在滴著小雨。

既然全身都濕得差不多了，艾蜜莉也懶得再變回正常人尺寸，就這麼拖著濕答答的身子任憑濕髮黏在一塊，比起花精，更像是女鬼在雨幕中繼續叫喊。

「大特價、大特價！有情人走過路過不要錯過，從明天開始，只要帶著你最重要的他她它牠祂，一起到圓滾滾白熊喊出通關密語，就能獲得隱藏版、店長特製、別的地方絕對吃不到的超稀有刨冰！」

在雨天還這麼認眞宣傳，不是因爲艾蜜莉熱愛她的工作，而是她就是那個店長。

她本來想在店裡偷懶，最好別有客人上門，讓她能無所事事度過雨天。

她最喜歡在雨天時，隔著玻璃窗觀賞雨絲落下，將景色刷成一片朦朧的樣子。

但顯然她的副店長一點也不理解這個愛好，甚至拒絕支持。

具體的行動就是毫不留情地拎起偷懶的她，然後冷酷地扔到店門外。

「去招攬客人過來，不然圓滾滾白熊要變成餓死白熊了，沒有在外面拉客滿一小時不准回來。」

艾蜜莉撓撓臉頰，終於意識到再沒有客人光顧，這個月的店租可能就要付不出來。

這不行，賽米絲學園空氣好、環境佳，還有各類種族的帥哥美女可供保養眼睛。

花精都愛美麗的人事物，艾蜜莉不能免俗地也愛容貌出眾的男男女女。

簡單來說，她顏控。

艾蜜莉大部分時間都一副懶散的姿態，但還是有點商業頭腦的。她只是這個月懶病犯了，懶得構思推銷方案，加上同條街上又新開了幾家冰店，才會讓圓滾滾白熊的來客數驟減。

否則在那之前可是門庭若市，一推出新品，馬上就會吸引喜歡嘗鮮的客人們上門。

艾蜜莉短時間已想到一個好點子，專門爲小情侶設計的。她的腦子有滿滿的企劃想要實行，不過想到副店長那張冰山美人臉，再想到對方做的超好吃甜點……

咳，還是乖乖在外頭待滿一小時，再趕緊回店裡設計海報、推送廣告。

艾蜜莉瞄了眼腕上的小小手錶，再十分鐘就能收工回店裡，她又開始在雨簾中喊著宣傳詞。

但聲音實在是小小的，一下就被蓋過去。

街道上往來行人至今都沒察覺到那朵小花傘的存在。

艾蜜莉也不在意，主要是她認眞喊了，嗓子自然啞了。等回去店裡，副店長一定會感動她的辛勞付出，特別做點心來慰勞她。

想到這裡，她的臉上不由自主地露出笑容，眉眼藏不住對甜點的期待之情。

眼看就剩五分鐘了，艾蜜莉決定最後再宣傳一波。

「大特價、大特價！有情人走過路過不要錯過，從明天開始，只要帶著你最重要的他她它牠衪，一起到圓滾滾白熊喊出通關密語，就能獲得隱藏版、店長特製、別的地方絕對吃不到的超稀有刨冰！」

喊完，收工。

可以回去吃點心了！

彷彿在呼應艾蜜莉的好心情，天空也開始有放晴的跡象。

灰厚的雲層不知不覺變得薄淡許多，一縷剔透日光自雲朵間隙灑射下來。

雨絲細得幾乎看不見。

街上陸陸續續有人收起傘，如同盛綻的大花又縮回成花苞模樣。

感受到涼風吹起，艾蜜莉舉著她的小花傘乘風飄揚，她愉快地瞇著眼睛，正要享受被風帶著飛的滋味。

下一剎那，一隻大掌猝不及防地把她緊緊抓住。

「哇啊啊！」艾蜜莉嚇得眼睛瞠圓，小臉發白，驚恐無比地看向那隻巨掌的主人。

白髮少年垂著眼，同樣雪白的纖長眼睫半遮著鮮紅色的眼，這個低頭的角度沖淡不少原先自帶的陰冷氛圍。

綿綿雨絲挾裹著金光灑落於少年身周，有如替他開了一層美化濾鏡。

再加上異常蒼白的膚色，臉頰上的幾片銀白鱗片，還有纏繞在手腕與頸項上的繃帶。

不知他身分，也不知內情的人見到了，只會心生幾分憐惜，覺得這是一名充滿破碎感、須要人呵護的美少年。

但艾蜜莉太清楚了。

什麼破碎感，這分明是讓他們同行充分感受到破產感的頭號黑名單！

被冰店業界私下取爲「冰品大胃王終結者」的白蛇！

只要哪間冰店有在舉辦大胃王比賽，哪裡就見得到白蛇奪冠的身影。

就算沒有舉辦大胃王比賽，各家冰店依舊能見到白蛇的背影。

不管是哪一個影，冰品業者、包含艾蜜莉在內，他們其實一點也不想見到。

初來賽米絲學園開店時，艾蜜莉還不曾聽聞白蛇的大名。

為了製造人潮，她舉辦過幾次大胃王挑戰，只要在時間內吃完巨無霸刨冰，就免費招待。

而吃完巨無霸刨冰後追加的餐點，同樣豪氣地免單。

白蛇就是圓滾滾白熊第一屆大胃王的冠軍。

也是第二屆的。

圓滾滾白熊就辦了兩屆，兩屆冠軍通通是他。

白蛇第一次拿下優勝後，還追加一堆冰品，把那天食材吃空時，艾蜜莉和副店長還沒有警覺，頂多以為對方那天超常發揮。

然而當圓滾滾白熊第二次被秋風掃落葉般吃空時，艾蜜莉和副店長終於反應過來了。

不是超常發揮，那名白髮少年就是這麼能吃！

後來艾蜜莉才從其他同行口中得知白蛇的各項事蹟。

聽說這人的原形是超級巨大的白色大蛇，大胃王比賽對他來說不過是牛刀小試。要是他真的發揮所有實力，連冰帶店帶老闆，恐怕都還不夠他吃。

也因此現在賽米絲學園裡的冰店，沒人敢再辦大胃王的比賽。

可惜這樣也阻擋不了白蛇的腳步，他對冰品似乎有種極端的熱愛。

以一般客人身分上門的白蛇，通常只會點一到兩碗冰吃，不像大胃王比賽那般誇張。

偏偏他自帶冷氣，一雙血紅色的眼睛沒有半點情緒，像兩顆冷冰冰的紅寶石。一旦與他對上視線，宛如跌進可怕的血色漩渦裡。

只要白蛇出現，當天的客人就會銳減，甚至影響到接下來幾天的業績。

那些吃冰的客人都害怕與白蛇共處一室。

艾蜜莉完全可以感同身受。

白蛇之前來他們圓滾滾白熊參加大胃王比賽——第一次，艾蜜莉和副店長一起在店裡瑟瑟發抖；第二次，副店長當場跑了，艾蜜莉身爲老闆只能被迫堅守崗位。

明明是花精，艾蜜莉卻覺得自己就像與蛇同居的可憐青蛙，隨時沐浴在會被吃掉的恐懼當中。

現在一看到白蛇上門，各家冰店都寧願特別爲他設置外帶優惠，求他趕緊離開，別進來店內嚇跑原有客人。

意識到是這麼恐怖的人抓住自己，艾蜜莉發出不成調的尖叫。

「噫啊啊啊！放開！街上擄人是犯法的，抓妖精更是犯法的！我要跟你們學園長抗議！」

白蛇對艾蜜莉的指控充耳不聞，「通關密語是什麼？」

「咦？什麼？」艾蜜莉的尖叫哽住了，連帶腦袋思緒也跟著空白好幾拍。

「超稀有刨冰。」白蛇重複一次，只要涉及冰品，他就會展現罕見的一絲耐心，「要說什麼通關密語？」

「等……等明天就會在店裡公布的。」艾蜜莉擠出一抹微笑，不敢說自己還沒編好。

「隱藏版有限量嗎？」白蛇又問。

「當然是……」「沒有」兩字在艾蜜莉嘴裡晃了一圈，她猛地意會到白蛇是想吃這款隱藏版冰品。

換句話說，他要來圓滾滾白熊吃冰！

「有有有，是限量的。」艾蜜莉忙不迭改口道，就怕白蛇一吃之後太愛這口味，又點了兩碗三碗四碗……

然後想來他們店的其餘客人就會鳥獸散了。

「一組，一組客人只能點一次。」艾蜜莉強調地說，「而且這是專為情侶推出的限定隱藏版，所以一定得帶著你最重要的她他它牠祂來才可以。」

白蛇露出若有所思的表情。

「還有一點。」艾蜜莉無比卑微地要求，「如果您明天真的想來我們圓滾滾白熊……」

嗚嗚，她都用上「您」這個尊稱了。

「能不能請您收斂一下您的氣勢？太有威嚴、太有魄力、太有存在感。」

一言蔽之，太嚇人了啊啊啊！

「我會再注意的。」白蛇給了個像是保證的回答，蒼白的五指鬆開，讓艾蜜莉重返自由的懷抱。

艾蜜莉這下也不敢悠悠哉哉地讓風吹著跑了。

她抓著小花傘，背後翅膀猛地拍振，帶出一片殘影，十萬火急地直衝回圓滾滾白熊。

要跟副店長說這個驚天大消息。

大事不好啦！白蛇明天要上門吃冰啦！

她的通關密語還沒想好，隱藏冰品也還沒設計好，是不是該店休一天逃避現實？

……可是白蛇會帶他的另一半來耶。

霎時，巨大的好奇心蓋過恐懼，也讓艾蜜莉徹底打消店休的念頭。

雖然白蛇在賽米絲學園人緣不好——有超過百分之九十的原因是根本碰不到人，這人都跑去不為人知的角落睡覺。

但不能否認的是，他在學園裡相當出名。

一個是因為他的身分，伊甸之蛇的後代；另一個便是他對刨冰的極端熱愛。

哪裡有新推出的冰品或是新開的冰店，哪裡就有他的身影。

哪裡有冰品大胃王的比賽，哪裡也會有他的……噢，現在賽米絲學園已經看不到這項比賽了。

白蛇憑一己之力，將所有冰店嚇得再也不敢舉辦類似比賽。

據小道消息說，他可以把刨冰當三餐，連續吃一禮拜都沒問題。

如果讓白蛇自己發言，他會說，不是據說，他是真的可以做到。

總之，白蛇就是一位這麼愛吃冰的美少年。

既然得知圓滾滾白熊將推出隱藏版冰品，他自然不會錯過，連鬧鐘都定好了。

至於店家規定的另一半，白蛇也想好該如何應對了。

隔天一早，設定好的鬧鈴聲在寢室裡瘋狂作響。

白蛇閉著眼睛，絲毫沒有要醒來的跡象，反倒是他的睡衣領口處冒出一截雪白的綁帶。

綁帶下一秒幻化成一條鱗片晶白的長蛇。

長蛇熟練地伸長身子，用自己的腦袋去撞了鬧鐘的開關一下。

鈴聲戛然而止，風格單調的寢室裡恢復寂靜。

又過了五分鐘，小蛇扭動身子，先用腦袋撞撞白蛇，再叼住他的頭髮，不客氣地拉扯。

只靠一隻小蛇的力道顯然不夠。

又一隻雪白的長條影子從白蛇衣領處冒出，加入叫醒白蛇的行列。

頭皮傳來的刺痛終於成功中斷白蛇的睡眠，他眉頭微蹙，眉心摺出兩條痕跡。隨著他心念一動，兩條小蛇消失，他也閉著眼睛從床上坐起了。

白蛇像座蒼白的雕塑坐著不動，大約三十秒後，彷彿遊魂似地下床，進入浴室刷牙洗臉，全程仍閉著眼睛。

直到毛巾披掛回架子上，白蛇這才睜眼，鮮紅色的眼瞳不再沾染一絲睡意，冷淡得讓人望之生畏。

白蛇離開寢室的時間還早，剛過七點半，這導致他出現在宿舍走廊上時，目睹這一幕的學生還以爲自己眼花了。

「欸欸，我沒看錯吧！」戴眼鏡的男生拍拍同學的肩膀，「你快看對面樓下，那是白蛇嗎？一A的那個白蛇！」

「怎麼可能？誰不知道他假日不過中午十二點是不會離開……靠！」換那名同學瞪大眼，「眞的是白蛇，太陽要從西邊出來了嗎？還是天要下紅雨了？」

最愛睡覺的白蛇居然會在八點前出門！

「你們倆傻在這裡幹嘛，不是要去餐廳吃早餐？」一名學生推開寢室門走出來，就瞧見與自己約好的同學像木頭樁子站著不動。

「你看，那個是白蛇吧。他竟然這麼早出現，不覺得很詭異嗎？」眼鏡男生連忙指著對面下層的走廊，「他手裡好像還拿著什麼。」

「讓開讓開，我來看看。」剛走出房間的男同學立刻湊到前面，雙眼用力盯緊對面。他有鷲妖的血統，視力特別好，「他拿著一張紙，上面畫了一隻好圓的白熊……」

「我知道了，是圓滾滾白熊！」另一人恍然大悟，「我姊在那邊工作，她說她們店裡今天有吃冰的活動。」

幾名學生頓時掌握眞相。

喔，是爲了吃冰啊。

那沒事了，這風格很白蛇沒錯。

❀❀❀

圓滾滾白熊與其他冰店不太一樣，開店的時間特別早，八點準時營業。

艾蜜莉對此振振有詞地說：沒人規定一大早不能吃冰吧，說不定就是有人想早上吃冰！

還眞的有人就是喜歡一早吃冰，這讓她收獲一小批常客。

加上從今天開始主打的小情侶活動，爲了限量隱藏冰品，圓滾滾白熊還沒開門，門外就先排了一小串隊伍。

來客都是成雙成對，有男女、男男、女女，這也使隊伍中間的雙人組格外醒目。

……或說詭異。

從背影看，左邊那人個子纖瘦高眺，髮絲像是褪去所有色素般蒼白，看上去比冬日霜雪還要冰冷。

而右邊那個，老實說還真看不出是男是女。

一堆繃帶纏出人形，繃帶與繃帶間的空隙極大，一看就知道裡面是中空的。

後面排隊的客人起初沒發現他們前方就是白蛇。

直到不小心瞥見對方手背與頸後的蛇鱗，再發現繃帶另一端赫然連在那人的皮膚上……說連也不算全對。

應該說，那繃帶分明是從那人手上長出來的！

電光石火間，排隊的小情侶猛地驚覺，排在他們前面的人是白蛇。

假如放在平常，小情侶早就下意識先遠離白蛇十公尺之遠。

對方自帶的天然威壓總會讓他們產生一種青蛙面對蛇般的本能僵硬。

但今天不一樣。

今天的白蛇……

彷彿變成了無害版本。

起碼在發覺前面的白髮少年就是白蛇之前，小情侶壓根沒感到任何不適。

雖然不曉得原因，但這讓排隊的客人們都鬆了口氣，畢竟誰也不想如履薄冰、戰戰兢兢地吃冰。

八點一到，圓滾滾白熊準時營業。

艾蜜莉恢復正常人體型，推出貼著活動宣傳海報的告示牌，手裡還拿著一疊傳單，逐一發給排隊的客人。

「歡迎光臨圓滾滾白熊，店裡現在正推出特別活動喔！只要帶著你最重要的它他她牠祂一起說出通關密語，再親一下，就能免費點一份限量的隱藏版刨冰！」

「只要說出『甜蜜蜜、軟綿綿、圓滾滾，爲刨冰注入愛的力量吧』就可以了嗎？」一道冷冽男聲問道。

「還要和你的它他她牠祂親一個才算通……」艾蜜莉抬起頭，甜美的笑容瞬間轉成驚恐，「噫呀！白白白……」

結巴好一會兒，艾蜜莉才慢半拍地反應過來。

明明站在白蛇面前，眼下卻完全沒有產生想拔腿就逃的衝動。

好像……變得不可怕了？

艾蜜莉鬆口氣，緊接而來的是滿滿的八卦之情。

她迫不及待地望向白蛇身畔，想知道白蛇心中最重要的究竟是誰。

這一看，艾蜜莉剛揚起的微笑頓時僵在臉上。

面對擺明就是用自己繃帶纏出人形、從頭到腳都散發著敷衍意味的白蛇對象，艾蜜莉不得不委婉地提出意見。

「不好意思呢，客人，特別活動必須由您和您的對象一起唸通關密語才算達成。雖然我們尊重各種型態的愛情，但再怎麼說……您的另一半必須是活的才行。」

「它只是啞巴。」白蛇平靜地說。

話聲剛落，纏出人形的繃帶「唰」的一聲全數鬆開，迅雷不及掩耳地鑽回白蛇體內。

用行動表明就算眞的無法說話，也拒絕被主人用這種嫌棄的語氣介紹。

白蛇沉默一瞬，隨後一隻如白雪砌成的小蛇從他肩側冒出。

「這是活的。」白蛇說，「也會說話，說蛇語。」

彷彿在附和白蛇，小蛇張嘴吐出紅信，嘶嘶幾聲。

艾蜜莉當然看得出小蛇是活的，更看出它是從白蛇身上長出來的，擺明就是他的一部分。

自己愛自己的水仙模式也不是不行，可還有個問題。

「呃……只要您到時能和它親、一、下，那麼的確算是通關了。」艾蜜莉在「親一下」三字加重語氣。

畢竟活動流程就是一起唸通關密語、親一個，才能獲得免費的隱藏版冰品招待。

白蛇垂下眼，和自己的小蛇對上目光。下一秒，前者的臉頰肌肉不明顯地抽動，後者則用最快的速度縮回去。

不用解釋，任誰都看得出來一人一蛇打從心底拒絕。

不能靠繃帶和小蛇矇混過關，白蛇的眉宇終於蹙起。

圓滾滾白熊每回推出的新品都相當美味，在他的冰店排行榜中少說也佔有前五名的位子。

如果吃不到隱藏版……不，他不會允許這種事發生。

眼看白蛇淡漠的表情出現變化，艾蜜莉心跳如擂鼓，雙腳微微發軟。

這時，白蛇主動開口，「能預留一份嗎？我十一點後再過來。不能的話，我會每天過來。」

以沒有刻意收斂氣勢的那種方式過來。

聽出白蛇的言下之意，艾蜜莉立即如小雞啄米般點頭，「能能能，絕對會爲您和您的另一半保留一份的！」

得到花精的保證，白蛇離開隊伍。

見危機解除，艾蜜莉提至嗓子眼的一顆心這才安然歸位。她重新揚起笑容，熱情地爲排隊的客人說明活動規則，片刻過後，才霍地反應過來。

所以說，白蛇眞的有!?

渾然不知自己的發言有如投下震撼彈，即使知道也不會關心，白蛇返回校內，找了一處有樹蔭的地方先睡一覺，睡到十點多，再由小蛇把他叫醒。

白蛇眨去眼底殘留的一縷睡意，準備開始找人。

事實上，當聽見圓滾滾白熊的宣傳詞，他的心頭自然而然浮現一道嬌小的紅黑身影。

然而要搶限量版，就得一大早爬起來。艾草個子那麼迷你了，再沒睡飽，豈不是永遠長不高。

白蛇自動遺忘艾草只是爲了節省力量消耗，才會儘可能以稚幼面貌示人。

要找到艾草很簡單，通常不是在她寢室，就是在圖書館，或者是莉莉絲那邊。

白蛇是在莉莉絲那找到艾草的。

那間滿是粉紅色的房間裡，正舉辦一場屬於少女的早茶。

茶會受邀者自然是艾草。

即使艾草在地府已休養完畢，補充好力量，才再度返回賽米絲學園就讀。

但莉莉絲可是發覺到了，艾草變成小女生狀態的身高，竟比以前縮水了零點零一公釐！

這可不行，一定要把艾草失去的再補回來！

莉莉絲的具體行動就是努力地餵飽艾草。

發誓要讓人從微米粒重新變回小米粒。

此時，莉莉絲正優雅地端著茶杯往唇邊送，一瞧見白蛇出現在門口，那細緻的眉毛立刻揚得高高，眼神裡更透出嫌棄之意。

「不是女的不准進來，現在可是我和小米粒的少女茶會。」

「快一百歲的少女。」白蛇的話語沒有起伏，卻滿是嘲諷之意，「妳說是就是了。」

「冷血的，你以爲自己就多年輕？」莉莉絲氣得差點把杯子往門口一砸。

沒有砸的原因是，這杯子是艾草送她的禮物。

「那吾，也不年輕了。」坐在莉莉絲對面的艾草一震，白瓷似的小臉沒有流露表情，可瞠圓的眼眸明明白白地讓人看出她受到幾分打擊。

「別理那傢伙胡言亂語，我們又不是人類，哪能照人類的年齡去計算。小米粒明明最年輕也最小了。」像要強調自己所言不假，莉莉絲又格外補充幾句，「哪裡都很小。」

艾草眼中的打擊之色霎時更甚，臉上更是寫著「難道眞的都很小嗎？」，她低頭看了看自己一馬平川的胸前。

……能順利看到自己的鞋尖。

艾草沉默片刻，像要轉移注意力般拿起一個紫色的馬卡龍。

但只要仔細觀察，就會發現她拿著馬卡龍的手指輕輕顫動，整個人正陷入難以言喻的衝擊。

莉莉絲正忙著朝白蛇扔出鋒利眼刀，漏看艾草的異狀。

這個冷血的，沒事跑來打斷少女茶會幹嘛？長那一張嘴還不如只會吃冰就好，何必多了說話的功能。

白蛇懶得接收莉莉絲擲來的眼刀，眼神全放在艾草身上，自然瞧見她的手微微顫抖。

他感到一絲好笑，但更多的是奇異的憐愛之情。

「莉莉絲連人話都不會說，艾草妳不用把她的話當眞。」

「啊？什麼叫我連人話都不會說？這句話明明該用力砸到你臉上吧！我告訴你，你要是敢闖進少女閨房，我現在就……給我把那混蛋攔住！」

見白蛇把自己的警告當耳邊風，莉莉絲怒從心起，當下召出影侍。

多名黑色人影如鬼魅出現，圍在白蛇身邊，但無一能成功近身。只要距離稍微拉近，立即就有多隻粗大的白色蛇影張開血盆大嘴，朝他們凶殘撕咬。

「艾草，我想起一件事，我還欠妳一個願望。」白蛇成功來到艾草面前，「在螢火光原的時候。」

艾草頓時忘卻自己哪裡都小的挫敗感，她記性很好，瞬間就從腦海翻出對應的回憶。

那時她剛來賽米絲學園，白蛇向她提出打賭，倘若他輸了，就會達成她一個願望。

「但那個願望，不是早就爲吾達成了？」艾草微歪著頭，黑潭似的澄澈眸子帶著疑惑。

當時艾草許的願是——好好地喊她的名字。

「那個太簡單了，不算。」白蛇推翻自己當初說的話。

「但吾並沒有什麼願望。」艾草老實地說。

白蛇微俯下身，在那雙黑瞳裡看見小小的自己。他的瞳孔深處想必也會有個小小的艾草，這念頭讓他不自覺感到愉快。

「小米粒，狠狠敲詐他一把，千萬不要客氣。」莉莉絲也暫時放下對白蛇的惱怒，在旁邊煽風點火，要艾草別手下留情。

要知道，想從白蛇那獲得承諾可是比登天還難。

不愧是她的朋友，艾草就是有辦法達成。

「等等。」莉莉絲的思緒忽地卡頓，再回神，她吃驚地瞪大一雙漂亮的眸子，「這又是什麼時候的事？冷血的你究竟做了什麼對不起小米粒的事，才會要給人願望賠罪？」

白蛇把莉莉絲的質問當蚊子在耳邊嗡嗡叫，半分心神都沒分給她，他誘哄著艾草。

「這很簡單，如果妳真的沒有願望，那麼妳可以想著……妳想替我做一件事，然後我答應了，這樣不就完成願望了？」

這串繞口令般的話，成功地把艾草繞進去。她眼中雖然閃過一絲迷茫，可還是先下意識點了點頭。

「那現在就來實現願望吧，我們走吧。」白蛇很滿意，拉起艾草就往外走。

影侍不知道該不該攔下兩人，但莉莉絲在一邊鎖著眉頭，猶在苦思白蛇丟下的那串話。

「嗯嗯嗯？這完全不對吧！靠，這不還是冷血的你佔了便宜嗎！」等莉莉絲終於回過神，艾草早就被拐得不見人影了。

地獄君主之女只能氣得破口大罵，罵了整整半小時，髒話都沒有重複一次。

白蛇帶艾草去的地方自然是圓滾滾白熊。

比起剛營業時的小段隊伍，接近中午的冰店外排了更長的人龍。

由此可見，艾蜜莉這次推出的情侶活動相當受歡迎。

「圓滾滾白熊……」艾草仰頭望著前方可愛的圓形招牌，上面畫了一隻捧著冰碗的大白熊，那隻熊非常非常地圓，「白蛇的願望是吃冰？」

「不是我的願望，是妳的願望，妳的願望是陪我一起吃冰，我只是在幫妳實現。」白蛇毫不心虛地顛倒是非。

艾草在路上已經反應過來，明明就是白蛇自己想找人一起吃冰，但不好意思直接說出來。她沒點破，只是一本正經地拍拍對方的手背。

陪人吃冰，這對地府城隍只是小菜一碟，交給她吧。

白蛇不知道艾草在想什麼，只覺得她一板一眼的認眞模樣極爲可愛。他帶著人一起站到隊伍最末端，手指像是忘記收回去，仍舊搭在她的腕上。

白蛇的袖口下探出一隻小蛇，它羞答答地靠近艾草的手腕，把自己當成麻花繩在上面纏過來又繞過去，直到打成結，才心滿意足地吐吐蛇信。

那副憨傻的模樣，與對影侍時展露的凶神惡煞根本是天壤之別。

艾蜜莉又出來發送傳單，讓客人可以先理解活動規則。緊接著她就發現隊伍後面的那抹醒目白影，趕忙跑上前去。

這全是因爲白蛇先前有預約，絕非八卦之心作祟，想看他帶的對象是誰。

艾蜜莉嫌跑太慢，背後張開一對透明薄翼，連跑帶飛地來到白蛇前方。

「客人您不用再重新排隊，我有先替你們保留座位。」艾蜜莉一邊領著人往店內走，一邊目光如炬地瞄向白蛇身側的人影。

綁著雙髻的艾草在艾蜜莉眼中看來，宛如一尊東方瓷娃娃那般可愛。

就是看起來……也太小了。

要不是知道島上都是非人類，外表不能代表年紀，不然這兩人看上去就一副高中生帶小學生的樣子……

曾在人類世界生活多年的艾蜜莉，都想要跟賽米絲學園的老師投訴，拐騙小朋友來參加情侶活動會不會太過分了一點。

艾蜜莉還瞧見代表白蛇一部分的小蛇就纏在艾草手上，還把自己打成結。再想想先前小蛇跟白蛇相看兩厭的態度，她還有什麼不明白的。

這絕對是眞的了！

艾蜜莉又是掐自己，又是拚命想著人生悲傷的二十件事，才總算沒讓表情變得太八卦。

白蛇的目的是隱藏版冰品，但也沒忘記讓艾草先看菜單，若有其他想吃的可以一起點。

艾草好奇地往四周張望，想看大家點了些什麼，結果震驚地發現別桌的冰碗大得能把自己的頭埋進去。

好大！這裡的冰居然如此大碗嗎？

艾草馬上搖頭，表示她沒有其他想點的。

「只要這個隱藏版冰品就好。」白蛇俐落點單。

冰送上來的速度很快。

一送到桌面上，艾草的眼睛瞬間亮起來。

隱藏版的刨冰赫然做成了白熊的形狀。

憨態可掬的熊頭旁邊圍了一圈繽紛的水果和小熊軟糖，讓白熊彷如置身花園裡。

時不時能聽見客人驚呼好可愛的聲音。

「現在要麻煩兩位唸出通關密語了。」艾蜜莉笑咪咪地說，「這會讓我們的白熊冰變得更好吃喔！然後唸完後記得要進行最後的步驟，我們會幫忙拍照，再把照片洗出來掛牆上當活動宣傳。」

「通關密語看這邊。」白蛇指著傳單。

艾草嚴肅地點點頭，跟著白蛇一起開口。

「甜蜜蜜、軟綿綿、圓滾滾，爲刨冰注入愛的力量吧。」

一大一小都面無表情，就連語氣也是相似的毫無起伏。

唸完通關密語，從白蛇領口冒出一條小蛇。它晃著橢圓腦袋，赤紅的眼眸反射著一層光澤，讓那雙眼睛看起來閃亮亮的，有種奇異的可愛感。

說時遲、那時快，它「咻」地一下竄向艾草，嘴巴往烏黑髮絲輕輕一碰，再火速撤退，雪白的身軀好似泛出一片淡淡的緋紅。

旁人還來不及看清，小蛇就藏回白蛇體內，所有動作都在一瞬間完成。

雖然沒能看見小蛇變粉紅蛇，可是它親吻艾草頭髮的畫面，艾蜜莉看得清清楚楚，還不斷地在腦海中重複播放。

她趕緊低下頭檢查手機，然後有些遺憾地嘆口氣。

只抓拍到小蛇退開的瞬間。

但再想想方才見到的珍貴一幕，艾蜜莉忍不住在心裡尖叫。

已知，小蛇是從白蛇身上化出的，是他的一部分。

小蛇親了艾草的頭髮，等於白蛇親了艾草的頭髮。

也就是說，他們是眞的！

艾蜜莉強忍激動，直到回櫃台後才用力拍打胸口，試圖恢復洶湧的情緒。

「妳幹嘛發瘋？」副店長將放好配料的白熊冰交給工讀生，對自家店長投予嫌棄的眼神。

「唉唷，妳不懂啦。」艾蜜莉看著拍到的相片，又回想起小蛇親艾草頭髮的畫面，忍不住捂嘴竊笑。

欸嘿嘿，眞沒想到那個白蛇也有如此純情的一面。

艾蜜莉滿意地欣賞自己拍到的照片，雖說沒抓到關鍵瞬間，但這種留白的感覺更讓人感受到青春。

白蛇、艾草分享白熊冰的照片，過不久就與其他情侶檔的照片一同掛在圓滾滾白熊的牆壁上。

至於有人在店外蹲點，爲的就是跟艾蜜莉索取檔案，好將照片裁切到只餘艾草一人，或是將相片中的男性P圖成自己，那都是後話了。

〈白之邀約〉完

後記

感謝天感謝地感謝一路支持的你們，《城隍・賽米絲物語》終於來到最後一集了。這次讓我苦思最久的就是BOSS之戰，因爲大家都很強，那反派的戰力一定不能輸人，最重要的是，心機要夠重（喂

自己寫下來，覺得雷文哈特老師應該有達到這個要求，畢竟成熟的大人跟犯相思病的少年們還是有差的XD

最終戰我寫得很開心，私心最喜歡的場景就是艾草恢復眞身、八將齊聚的那一幕了。夜風大也特地畫了大人版艾草，美少女就是讚，可以跟美少女一起登上封面的白蛇根本是這集最大贏家，因爲連番外主角也是他（將軍們很火大。

不能免俗地，我一定要來讚美夜風大的美圖，她的圖是我寫文的精神糧食！穿上官服的艾草眞的超級美，不愧是威凜十足的城隍大人，封面跟封底充分表現出完結篇的磅礡氛圍。

雖然艾草因爲過度消耗力量必須立刻回到東方，不過她的交換生之旅並沒有就此結束，等休養好之後，就會回學校繼續唸書。在這之前，我就讓莉莉絲他們先過來了。

我最喜歡寫大家聚一起、熱熱鬧鬧的日常故事，雖然在寫西方角色們前來東方遊玩的時

候，某根蘿蔔一直想要搶走我的鍵盤，好洋洋灑灑地寫下N萬字它的英姿，但幸好我堅持住了，不然遊戲世界裡的主題就不是打倒前男友，而是PK巨大蘿蔔了XD

至於大家關心的艾草感情線，因爲有將軍們的銅牆鐵壁保護，加上艾草在這方面比較遲鈍，莉莉絲等人還有好長的一段路要走，所以這部分就讓我採取開放式結局吧(ゝ∀･)

最後的最後，謝謝看到這裡的你們，有機會我們再見~

蒼葵

國家圖書館出版品預行編目資料

城隍．賽米絲物語／ 蒼葵 著.── 初版.──台北市：魔豆文化有限公司出版：蓋亞文化有限公司發行，2025.02

冊； 公分.──（Fresh；FS234）

ISBN 978-626-7542-12-5（第四冊：平裝）

863.57　　113019668

fresh FS234

城隍 賽米絲物語 4〔完〕

作　　者　蒼葵
插　　畫　夜風
封面設計　莊謹銘
責任編輯　林珮緹
總 編 輯　黃致雲
發 行 人　陳常智
出 版 社　魔豆文化有限公司
發　　行　蓋亞文化有限公司
地址：台北市103承德路二段75巷35號1樓
電話：02-2558-5438　　傳真：02-2558-5439
電子信箱：gaea@gaeabooks.com.tw
投稿信箱：editor@gaeabooks.com.tw
郵撥帳號 19769541　戶名：蓋亞文化有限公司
法律顧問　宇達經貿法律事務所
總 經 銷　聯合發行股份有限公司
地址：新北市新店區寶橋路二三五巷六弄六號二樓
電話：02-2917-8022　　傳真：02-2915-6275
港澳地區　一代匯集
地址：九龍旺角塘尾道64號龍駒企業大廈10樓B&D室
電話：+852-2783-8102　　傳真：+852-2396-0050
初版一刷　2025年 2月
定　　價　新台幣 360元
Published and printed in Taiwan

ISBN 978-626-7542-12-5

魔豆

魔豆